KB064370

마지막 마음이 들리는 공중전화

이 수 연 장 편 소 설

The Girl in a Phone Booth

마지막 마음이 들리는 공중전화

클레이하우스
CLAYHOUSE

만약 우리 삶이 5분밖에

남지 않았다는 걸 알게 된다면,

우리는 모두 공중전화박스로 달려가

자신의 소중한 사람들에게 전화할 것이다.

그리고 더듬거리며 말할 것이다.

사랑한다고.

—크리스토퍼 몰리(소설가)

차례

프롤로그

가로등조차 드문 때였다. 낮에는 동네 조성이라는 이유로 그려놓은 벽화 덕에 밝은 느낌을 주었지만 밤이 되면 달랐다. 어둠이 내려앉으면 벽화는 언뜻 흐릿한 형체의 동물이나 사람처럼 보여 으슥함을 더했다. 그런 동네에서 자식 둘을 키우는 기우는 딸이 자꾸만 마중 나오는 것이 불안했다. 이제 막 초등학교를 졸업한 희멀건 얼굴을 한 열네 살 아이. 자신의 얼굴을 발견하면 한낮보다 환하게 웃는 아이. 퇴근이 조금 늦어진 기우의 발걸음이 빨라지는 이유였다.

"아빠!"

딸은 항상 같은 곳에서 기우를 기다렸다. 어두운 골목에 위치한 공중전화박스. 바로 위에는 공중전화를 이용하는 사람들을 위해 가로등이 설치되어 있었다. 딸은 가로등 빛을 받으며 맑게 웃었다. 기우는 빠른 걸음으로 딸에게 다가갔다. 손이 닿을 거리가 됐을 때 눈앞에서 놓칠세라 와락 껴안았다.

"지안아, 아빠 기다리지 말라니까. 밤에 혼자 나와 있으면 어떡해."

"여기서 기다리면 괜찮아. 무슨 일이 있으면 바로 전화 걸 수도 있고."

"그래도. 앞으로는 집에서 기다려."

"괜찮다니까."

태연히 올려다보는 아이의 표정에 기우는 더 쓴소리를 할 수 없었다. 기우는 전화박스 안에서 얼마나 기다렸을지 모를 딸아이의 손을 잡고 집으로 향했다. 집에서는 애교라곤 없는 아들이 덤덤하게 인사를 건넸다. 그럼에도 기우는 웃음이 났다. 이런 평범한 날들이 되돌아봤을 때 가장 소중하다는 걸 남들보다 먼저 알았으니까. 그 소중함을 깨달았던 때에도 삼거리 매점 골목 뒤편, 여기 공중전화박스가 있었다.

아내와 이혼하고 이 동네로 이사 온 지 얼마 지나지 않았을 때였다. 짐을 정리하기 위해 기우는 평소보다 일을 빨리 끝냈다. 이른 퇴근길. 습관처럼 집에 전화를 걸었다. 전화를 받은 것은 지훈이었다.

─지안이는?

─아직 안 왔는데요? 아빠랑 있는 거 아니에요?

아들이라 그런지, 엄마를 닮은 건지. 지훈은 섬세하지 못했다. 저학년인 동생 지안이 먼저 학교가 끝났을 테고, 먼저 집에 와 있는 게 당연할 텐데. 자신이 먼저 집에 와놓고도 동생이 왜 아직까지 안 오는지 생각 한번 해보지 않은 듯했다. 반면 기우는 손이 파르르 떨렸다. 심각하게 생각하고 싶진 않지만, 이사 온 지 얼마 되지 않았기에 길도 잘 모르는 지안이 어디를 자주 가는지, 어디서 길을 잃은 건지 알 수 없었다. 최악까지 생각한다면 누군가에게 끌려갔을 수도 있지 않을까. 극단적으로 뻗어가는 마음은 부모가 아닌 사람은 가늠하기 힘든 두려움이었다.

—일단 아빠는 지안이 좀 찾아봐야겠다. 너는 혹시 지안이가 올지 모르니 집에서 기다려.

—네…….

기우는 동네를 샅샅이 뒤질 심산이었다. 마음 같아선 지나가는 사람을 전부 다 부여잡고 우리 딸을 본 적이 있냐고 묻고 싶었다. 그러나 사람들은 아무 관심도 보이지 않았다. 정신없이 찾다 보니 해는 점점 낮게 깔리고 그림자는 길어졌다. 경찰에 신고해야 하는 걸까. 지안은 고작 아홉 살. 처음부터 그래야 했나. 무슨 일이 생긴 것은 아닐까. 그림자가 더 길어지고 사라지는 밤이 오면 더 이상 지안을 찾을 수 없을 것 같았다. 그러던 중 전화가 왔다. 모르는 번호로. 기우는 마음을 단단히 부여잡고 통화 버튼을 눌렀다.

—아빠……?

—지안이니? 지안이야?

—아빠…….

—지금 어디야? 누구 같이 있어?

—나…… 나 매점 뒤에…… 여기 공중전화박스.

삼거리 매점 뒤편 공중전화박스. 지안이 있는 곳이었다. 기우는 지안이 있는 곳을 향해 있는 힘껏 달렸다. 해는 거의 저물어 벽화들도 슬슬 으슥한 기운을 풍겼다. 기우는 전화를 끊지 않고 지안에게 끊임없이 말했다.

—괜찮아. 아빠가, 가고 있어. 지금, 가고 있어.

—응…….

마침내 삼거리 매점을 끼고 돌았을 때. 오르막길 가운데에서 가로등 빛을 받고 있는 공중전화박스를 봤을 때. 그리고 그 박스 안에서 자신을 기다리는 지안을 봤을 때. 기우는 마지막 힘을 다 짜내어 빠르게 달렸다. 성인이 된 후 이토록 빠르게 달려본 적 있나 싶을 정도로. 기우는 지안을 끌어안고 다친 곳이 없는지 확인했다. 아무 일도 없었는데, 세상의 끝에 섰다가 돌아온 것처럼 눈물이 날 것 같았다.

"학교 마치고 집에 가는데, 집이 어디인지 몰라서…… 그래서 계속 골목을 돌았는데, 어딘지 몰라서…… 계속 걷다 보니까 여기라서 아빠한테 전화했어."

"잘했어. 잘했어, 지안아."

기우는 지안을 껴안고 숨을 푹 내쉬었다. 안도의 숨이었다. 지안이 전화를 건 공중전화박스는 집에서 5분 정도 걸리는 곳에 있었다. 집 근처까지는 어떻게든 찾아냈는데 정확하게 어딘지 몰랐던 듯했다. 기우는 마음이 차분해지자 지안의 손을 잡고 꼼꼼하게 짚어가며 길을 알려줬다.

"여기서 오르막 보이지? 오르막에서 셋까지 세. 그럼 골목 하나가 나올 거야. 그 골목 쪽으로 돌고 다시 셋을 세는 거야. 할 수 있지? 파란 그림 옆에 갈색 건물이 우리 집이야. 기억할 수 있지?"

"응, 응."

그 뒤 지안은 종종 길을 잃어버렸지만, 공중전화박스에서 집으로 가는 길만큼은 잊지 않았다. 어디에서 길을 잃든 어떻게든 매점 삼거리와 공중전화박스까지 찾아와 집으로 돌아갔다. 그렇게 중학생이 될 무렵 지안은 더는 길을 잃지 않았다. 아무리 길눈이 어두운 지안이라도 6년간 살아온 동네는 이제 길을 잃으려야 잃을 수 없는, 어린 시절이 고스란히 담긴 고향이 되어버렸다.

다음 해. 그다음 해. 또다시 다음 해. 지안은 아버지인 기우를 마중 나왔다. 비가 오면 공중전화박스에 들어가 떨어지는 비를 한참이고 바라봤다. 후두둑. 투두두둑. 시원한 소리가 귓가에 닿는 게 즐거웠다. 빗물이 가장자리에 떨어질 땐 높은 소리가, 가운데에 떨어지면 낮은 소리가 들려왔다. 높고 낮은 소리가 한꺼번에 울릴 때면 이건 여름의 음악 소리라고 지훈에게 우기곤 했다.

가을바람이 불어올 때면 잔뜩 쌓인 낙엽 중 하나를 골라 공중전화 위에 올려놓았다. 이곳을 찾는 낯선 이에게 편지를 전하듯. 누군가 답을 해준 적은 없지만, 다시 공중전화를 찾았을 때 낙엽은 사라져 있었다. 지안은 낙엽을 누가 가져갔을지 상상했다. 누군지 몰라도 가을을 좋아할 거라 확신하기도 했다.

눈이 오는 날에는 자신의 발자국을 가만히 지켜보았다. 쌓여가는 눈은 지안의 발자국마저 덮어버렸다. 하지만 집으로 향할 때, 다시 그 위를 밟았다. 아버지의 발자국과 자신의 발자국 크기를 비교하면서. 눈길을 걸으며 지안은 발자국이 사라지는 아득한 시간을 떠올렸다.

그리고 지안이 기억하는 마지막 다음 해. 오빠 지훈은 취업을 해 지방으로 내려갔다. 기다릴 아버지마저 떠나갔다. 그럼에도 지안은 계속 그 공중전화박스로 향했다. 낮이고 저녁이고. 새벽이고 해 질 녘이고. 그곳에 있으면 언제라도 아버지가 돌아올 것 같았다. 항상 그 자리에서, 아버지를 기다렸으니까. 아버지가 없어도 비가 내렸고 낙엽이 떨어졌고 눈이 내렸다. 그리고 전화를 걸었다. 스물. 대학에 합격한 지안은 정든 동네를 떠났다. 다시 이곳으로 돌아온 것은 10년 만이었다.

*

"지안 씨도 참, 굳이 이렇게 후미진 골목에 자리 잡아야 했어요? 간만에 차 좀 빌렸는데 주차 자리가 없어서 한참을 돌았어. 주변에서 여기 보고 흥신소라고도 하고 뭔 부검소라고도 하고. 사람 죽은 이유 찾아주는 곳이라나. 뭐, 내가 짜장면은 좀 시키긴 했지만."

"상우 씨도 이해하잖아요. 나름 역 주변에 있고. 센터 운영자금으로 자리 잡으려면 어쩔 수 없었다는 거요."

"말해봐요. 여기로 온 이유가 있지? 보니까 매점 아주머니랑도 완전히 아는 사이더구면."

"어릴 때 지냈던 동네라니까요."

3년 전, 심리부검센터를 개업하기에 앞서 여러 사무실을 찾아보던 지안에게 선택지란 많지 않았다. 대학원과 수련을 병행하며 정부 지원을 받아 사업을 시작하게 되면서 경제적 여유는 남 일이 되었다. 이때 도움을 준 사람이 초기 설립 멤버였던 상우였다.

상우는 지방에서 대학을 다니며 심리학과 경영학을 복수전공했다. 엄청 유명한 대학도 아니고 졸업 학점도 그리 대단하지 않았지만, 그런 상우에게 누군가와 비교해도 대단한 것이 있다면 친화력과 인맥이었다.

서울에서 수련을 받던 지안은 우연히 상우의 동기와 함께 프로젝트를 진행했다. 청소년 우울지수를 조사하는 연구였다. 반년간의 연구 프로젝트가 끝난 기념으로 열린 술자리에 끼어든 인물이 상우였다. 프로젝트와 관련도 없으면서 여기저기 끼어들고 대화를 나누는데 누구 하나 불편해하지 않았다. 낯선 이와 섭게 어울리지 않는 지안에게도 상우는 "동갑은 오랜만이네요!"라는 거부하기 힘든 무기로 무척이나 쉽게 다가왔다. 지안은 상우가 자신을 좋아하는 건가 헷갈렸지만, 곧 별생각 없는 상우의 친화력에서 비롯된 행동임을 깨달았다. 첫 만남 후 잊을 만하면 상우에게 연락이 왔고 어느 순간 지안도 상우에게 연락을 하고 있었다. 같은 계열에서 일하다 보니 술 한잔에 스트레스를 줄줄 풀어내던 날들도 자연스럽게 생겨났다. 어쩌다 보니 지안이 성인이 되어 처음 사귄 친구가 상우가 되어버렸다. 그런 상우가 실질적인 도움을 주기 시작한 것은 심리부검센터 개업 때부터였다.

"아는 부동산 형이 있는데 괜찮은 곳이 몇 군데 있대. 지안 씨 이번에 준비하는 일 얘기도 했는데 건물주가 괜찮아하는 것 같더라고."

때마침 나왔다는 몇몇 상가 중 하나가 눈에 띄었다. 지안이 어린 시절 자라온 그 동네였다. 지안은 그 상가를 콕 집어 상우에게 말했다.

"여기, 여기 보고 싶어요."

"여기요? 여기보다 더 깔끔한 곳도 있어. 더 봐요."

"아뇨, 여기로 할래요."

"좀 더 보는……."

"여기가 좋아요."

상우는 지안이 이토록 고집 있는 성격이었나 싶었지만, 말릴 이유는 없었다. 조금 후미지긴 해도 상권에 비해 저렴하고 평수가 잘 빠진 사무실이었다. 중개업자도 드문 매물이라며 한껏 지안의 결정을 추켜세웠다.

지안은 망설임 없이 상우와 중개업자와 함께 센터 자리를 보러 갔다. 삼거리 매점에서 조금 더 안쪽으로 들어간 곳에 있는 회색빛 건물이었다. 외관에서 세월의 흔적이 고스란히 묻어났다. 상우는 난감한 표정을 지었지만, 지안의 발걸음은 거침없었다.

4층. 사무실 문을 열었을 때, 바깥 모습과는 느낌이 확연히 달랐다. 큰 창 너머로 들어오는 빛과 생각보다 조용한 주변. 햇빛도 잘 드는 편이었고 초겨울이지만 그리 찬기가 넘치지 않았다. 건물 내부에는 아무것도 없어서 휑한 느낌이 들었지만 하얀색으로 페인트칠을 해 깔끔한 느낌을 주었다. 천장 역시 생각보다 높아 시야가 탁 트인 느낌이었다.

"가계약할게요."

자리를 옮겨 계약서를 작성할 때, 검게 피부가 그을린 중년의 부동산 중개인이 가볍게 물었다.

"근데 무슨 일을 하신다고요?"

"아, 심리부검입니다. 심리부검센터를 운영할 계획입니다."

"부검이요?"

거의 마지막 서명을 해갈 즈음 중개인은 놀란 듯이 되물었다.

"아니, 부검이면 시체도 들어오고 그렇습니까? 건물주께는 심리 관련 상담소라고 전해 들었는데……."

"아…… 저희도 실제로 시신을 볼 일은 없고요. 간단하게 심리센터라고 보시면 되는데 자살로 돌아가신 분들의 자살 이유나 원인을 분석하고 알아보면서 유가족을 위로하고 자살 예방을……."

"그니까 부검소, 뭐 그런 건 아니죠?"

사무실을 보여줄 때 서글서글했던 중개인의 표정이 한순간 서늘해졌다. 지안은 최대한 침착하게 자신이 하는 일을 끝까지 설명하는 동시에 서명해야 하는 곳에 냉큼 서명을 마쳤다.

"저희는 국가에서 지원을 받는 공인된 시설입니다. 자살 유가족을 위로하고 고인을 애도하며, 자살 예방을 목적으로 유가족의 심리상담과 심리부검을 진행하고 있고요. 계약금은 여기로 보내드리면 되죠?"

"아, 네. 여기 500만 원……."

"돈 보내드렸습니다. 영수증 부탁드리겠습니다."

"예…… 예……."

"이를테면 심리상담센터라고 생각하시면 됩니다. 심리적 부검을 진행하는 일, 말이죠."

계약 후 얼마 지나지 않아 사무실에 가구가 채워졌다. 공간을 소개해 준 상우는 자연스럽게 건물주에게 상가 건물의 용도를 설명하느라 센터와 중개업소를 오갔다. 겸사겸사 사무실을 꾸미다 보니 지안에게 심리부검이 무엇인지 물어오는 날도 많아졌다. "같이 할 수 있을까?"라고 먼저 물은 것도 상우였다. 상우 역시 본격적인 활동과 취업을 준비해야 하는 상황에서 지안의 일

18

에 공감했기 때문이었다.

"상우 씨가 있으면 든든하죠."

지안은 선뜻 상우의 제의를 받아들였다. 혼자서 센터를 운영하는 게 만만치 않을 테고 사람들과 어울리고 함께할 줄 아는 상우라면 같이해도 좋겠다는 게 이유였다.

2주간 공사가 진행되었고 메인 홀에는 상우와 지안의 책상이 각각 놓였다. 벽면으론 작은 탕비실 공간이 마련되었고, 책장에는 관련 자료와 서류철이 꽂혔다. 한쪽 구석에는 유리 가벽과 블라인드를 설치해 상담실 공간을 하나 만들었다. 공사를 마칠 무렵에는 깔끔한 정자체로 쓴 '4층 심리부검센터'라는 간판까지 생겼다.

지안은 그때를 돌이켜 보며 역시 상우와 함께해서 다행이라고 생각했다. 상우는 생채기 하나도 놓치지 않으려 섬세하게 마음을 살피는 사람이었으니까. 상담이 잡히면 테이블 위에 리넨 커버를 씌운 티슈를 준비해 놓던 것도, 여러 종류의 차를 준비하고 대접하며 상대의 마음을 함께 풀어준 것도 상우였다. 그 섬세함을 보고 있자면 상우 또한 섬세하게 상처받아 본 사람 같았다. 그 덕분이었을까. 심리부검센터는 주변의 따가운 시선에도 무사히 자리를 잡았다.

띠리리리리링.

지안과 상우의 행동이 잠시 멈칫했다. 음악이나 라디오 하나 켜지 않은 조용한 센터의 정적을 깨는 소리였다. 지안은 자신의 책상 위에 놓인 전화기를 들기 전, 속으로 숫자를 셌다.

'하나, 둘, 셋.'

마음속 '셋'이 끝나는 순간 수화기를 들었다. 지안은 낮고 차분한 톤으로 말했다.

—네, 심리부검센터입니다.

무슨 얘기가 오가는지는 몰라도 얼핏 여성의 목소리가 수화기 너머로 상우에게까지 들려왔다. 지안 역시 계속 "네"를 반복했다. 슬픔의 "네", 공감의 "네", 위로의 "네", 질문의 "네" 등 다양한 "네"라는 말을 여덟 번 정도 반복하고 나서야 지안이 말을 꺼냈다.

—저희가 방문할까요? 아니면 직접 센터에 방문하시겠어요?

지안은 잠시 고민하는 여성의 대답을 기다리다 날짜를 확인하고 메모한 뒤 최대한 정중한 어투로 말했다.

—이렇게 전화주셔서 감사합니다. 약속한 날짜에 뵙겠습니다.

10여 분이 넘는 전화가 끝이 나고 상우와 지안은 서로를 바라봤다. 상우는 지안의 통화 내용을 따로 묻지 않은 채 지안이 건넨 메모를 받았다. 지안은 일정표에 메모 내용을 등록하는 상우에게 아무렇지도 않게 말했다.

"의뢰인은 여성이고 남편이 3개월 전에 투신자살했대요. 지금 산재 처리 소송 중인데 변호사 통해서 센터를 알게 됐나 봐요. 이번 주 목요일 오후 2시에 방문 주신다고 했어요."

"서류 준비할게요."

3년간 함께 일한 상우는 능숙하게 절차에 따라 움직였다. 지안에게 의뢰인의 사정을 더 묻지 않는 것은 상우의 배려였다. 자신의 궁금증 때문에 지안이 누군가의 죽음과 그 슬픔을 다시 떠올리게 하지 말자는 다짐이었다. 일처리를 하던 상우는 흘긋 벽면 시계를 봤다. 초침과 분침이 멈춰 있는 것 같지만 조금씩 움직이고 있었다. 그 움직임의 한 순간, 상우는 확인하듯 물었다.

"지안 씨, 이따 강아인 씨 건으로 출장 간다고 하지 않았나?"

"저녁 7시, 천안이요. 점심 먹고 준비해야죠."

지안은 슬며시 입만 미소 지어 보였다. 상우 역시 대수롭지 않다는 듯 미소를 뒤로하고 새로운 일에 집중했다. 사무 일이 정리가 되어갈 즈음 지안은 덤덤한 표정으로 출장 준비를 했다. 노트북, 관련 서류와 녹음기 두 개. 서류 가방은 두툼하게 부풀어올라 딱 봐도 묵직해 보였다. 지안은 그보다 더 무거운 것을 짊어져 본 듯 가볍게 가방을 챙겼다. 지안과 상우 모두 그날이 특별하지 않았다. 하지만 한편으로 생각했다. 누군가 죽었다. 누군가 자살했다. 누군가 사랑하는 이를 잃었다. 제대로 된 이유도 알지 못한 채. 듣지도 못한 채. 위로받지 못한 채. 그것을 알기에 센터에는 어떠한 음악도, 라디오의 소리도 흘러나올 수 없었다.

*

    출장을 마치고 돌아오는 길. 지안은 익숙한 뒷골목으로 향했다. 좁은 오르막길 골목에 지안의 발소리가 울렸다. 공중전화박스를 비추던 유일한 가로등은 전구가 오래되어 미묘하게 다른 가로등과 불빛이 달랐다. 드물었던, 그래서 특별했던 이 가로등은 이제 수많은 가로등 중 하나가 되어버렸다. 주변을 감싸던 낡은 집 또한 깔끔하게 리모델링해 오피스텔이 되었지만, 그 공간만은 여전했다. 지안은 다시 그때 그 공중전화박스로 들어갔다. 키가 자란 탓인지 구두 굽 때문인지 천장이 낮게 느껴졌다. 지안은 시간을 확인했다. 그리고 수화기를 들었다.

    따르르릉, 따르르릉.

    그 역시 죽음을 알리는 소리였지만, 지안은 마지막까지 전화를 끊지 못했다.

1장

※

낙인 금지

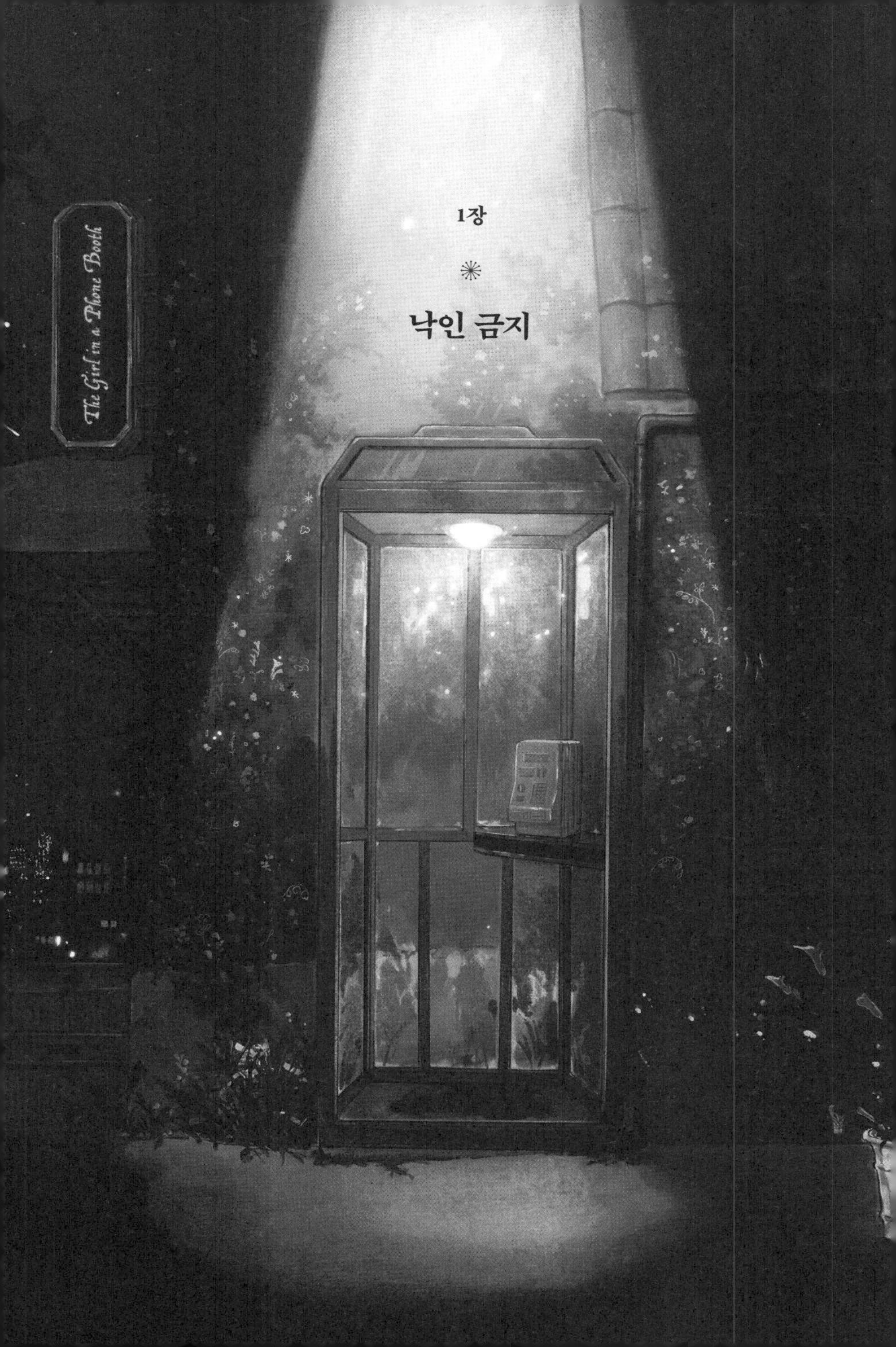
The Girl in a Phone Booth

"그러니까 부디 버려졌다고 생각하지 않으셨으면 해요.
서로가 서로를…… 너무 위했던 거예요."
"……."
"끝까지 가족을 아꼈기에 그만큼 힘드셨던 거예요."

자살자(강주열, 36세)는 2022년 7월 28일 출근 시간이 되어도 일어나지 않았으며 이에 아내(송연아, 33세)가 깨우자 '몸이 좋지 않다'고 대답함. 계속 누워 있던 자살자는 오전 10시 30분경 '나갔다 오겠다'는 말과 함께 집에서 나와 거주하고 있는 아파트 옥상에서 투신(엘리베이터 CCTV를 통해 확인), 오전 10시 43분경 아파트 주민에 의해 발견되었음. 사인은 추락으로 인한 충격으로 대퇴부 및 흉부 골절. 평소 가정 내 불화가 없었으며 두 살 된 아들이 있는 상황. 평소 직장 일에 성실했으나 자살 완료 3개월 전부터 직장에 관한 스트레스를 호소. 자살 완료 한 달 전부터는 극심한 불면증으로 정신과 치료를 받으며 약물을 복용했으나 전화상담, 대면상담 등의 상담을 시도한 기록은 없음. 의뢰인은 자살자의 증언에 따라 자살의 이유를 사내 스트레스로 보고 산재 신청을 하였으나 거부됨. 의뢰인은 항소심을 위해 심리부검을 의뢰함. 다양한 시각으로 조사가 이루어져야 할 것으로 보임.

[2022.11.17. 사건의뢰기록서]

· ·

구름이 옅게 깔려 아름답다 말할 법한 하늘이었다. 올려다보는 것만으로도 마음이 아득해져 지금이 현실이라 느껴지지 않았다. 고층 빌딩 앞으로 내딛는 한 발, 한 발이 무겁게 내려앉았지만 정신은 휘휘 날아오르는 것 같았다. 나는 지금 무엇을 하려 하는가. 나는 왜 여기까지 오게 된 걸까. 솟아오르는 질문에 답을 하지 않아도 걸음을 멈춘 순간, 모든 게 자연스럽게 흘러갔다.

"책임져, 책임지라고! 우리 남편 죽인 XX건설회사! 너희 다 살인자들이야!"

커다란 외침이 도로를 헤집었다. 각자의 방향으로 흘러가던 사람들의 발길이 멈칫하고, 지나가는 차는 속력을 줄이며 창을 열기도 했다. 그들이 아무리 내게 시선을 줘도 나는 앞을 보았다. 내 앞에 놓인 고층 빌딩을. 시선을 차근차근 올리다 보니 건물 너머 맑은 하늘이 다시 눈에 들어왔다. 다시 세상이 아득해졌다. 숨을 크게 들이마시고 신음을 삼켰다. 내본 적 없는 큰 소리로 다시 외쳤다.

"내 남편이 너네 회사 때문에 죽었어! 사람이 죽었다고. 애가…… 애가 고작 두 살인데…… 남편이 죽었다고! 너희 때문에, 너희가 책임지지 않아서."

두 번째 외침이 거리에 번지자 빌딩에서 사람 몇이 우수수 뛰쳐나왔다. 나는 흔들림 없이 자리에 서서 그들을 향해 세 번째 외침을 던졌다.

"부당한 부서 변경! 업무과중! 그렇게 죽었다고! 내 남편이 그렇게 죽었……."

어깨에 통증이 느껴졌다. 검은색 조끼를 입은 한 덩치가 내 어깨를 낚아챈 탓이었다. 검은 조끼를 입은 남성 둘, 색 빠진 파란색 경비복을 입은 중년 하나, 양복 입은 회사원 둘. 나를 둘러싼 사람들이었다. 그나마 직급이 있어 보이는 양복 차림의 중년은 내 어깨를 잡은 남성을 떼어낸 뒤 차분하게 말을 걸어왔다.

"사모님. 여기서 이러시면 곤란합니다. 결과도 나왔잖아요. 저희는 아무런 잘못이 없다니까요?"

"남편이 죽었어요……. 부서 이동 세 달 만에 죽었다고요. 우리집 아파트에서 뛰어내렸다고! 애가…… 애가 이제 겨우 두 살인데…… 이게 말이 돼?"

"마음은 알겠습니다. 알겠어요. 그런데 자꾸 이러시면 저희도 곤란해요. 소송으로 갈 수밖에 없습니다. 이렇게 회사 앞에서 업무 방해라뇨. 다른 직원들은 뭐라고 생각하겠어요?"

"사람 죽이는 회사란 걸 알게 되겠죠."

턱에 힘이 들어가며 이가 갈렸다. 마음 같아선 그 양반 얼굴에 침이라도 뱉고 싶었다. 양복 차림의 중년은 골치 아프다는 듯 희끗하게 센 머리를 쓸어 올렸다. 그가 잠시 주변의 시선을 살피는 눈빛을 보고 있자니 분노가 치밀어 올랐다. 눈치. 저놈의 눈치. 그렇게 사람 눈치를 보면서 내 남편을 죽였다. 어떻게든 아닌 척. 좋게 보이려는 가식들. 한순간도 그에게서 눈을 떼지 않고 쏘아봤다. 그는 한숨을 푹 내쉰 뒤 다시 차분하게 말하려 노력했다.

"그런 식으로 말씀하시면 저희도 곤란합니다. 오늘은 이만 가시죠. 날도 춥고 애도 있다고 하셨잖아요? 애 엄마가 이러고 있으면 애는 얼마나 불쌍합니까."

끝소리를 살짝 꼬는 말투가 내 신경을 긁었다. 말끝이 갈고리처럼 마음에 걸려 나를 찢는 느낌이었다.

"나쁜 새끼……."

이 와중에 그는 또 주변의 눈치를 살폈다. 그 모습을 보니 숨이 막혔다. 그는 아무것도 알지 못했다. 남편을 잃은 나의 마음을. 아버지를 잃은 자식을 키워야 하는 마음을. 자살 이후 남겨진 가족의 마음을. 너무 많은 감정, 분노나 슬픔 따위가 마구 섞여 말을 꺼내지 못하자 그가 내게 조금 더 다가와 작은 목소리로 말했다.

"사모님, 사모님이라고 할 때 가십쇼. 자살이든 뭐든 본인이 죽은 걸 왜 회사 책임으로 돌립니까? 돈 때문이에요? 억울하면 여기서 이러지 말고 항소를 하세요. 소용없겠지만."

"끝까지…… 끝까지 까발릴 거야. 너희 다! 다 살인자야! 똑같다고, 살인자!"

"그러니까, 억울하면 이러지 마시고 법으로 갑시다. 이만 가시라고요……."

그도 슬슬 짜증이 올라오는 듯 목소리를 꾹꾹 눌러 말했다. 남성 둘이 양옆을 지키고 있었다. 우리 사이에서 눈치를 보고 있는 경비원과 아래 직급으로 보이는 직원, 모두가 서로를 흘긋대며 눈치를 보고 있었다. 그 망할 눈치를. 다시 몸이 굳어버린 내가 할 수 있는 것은 그들을 미칠 듯이 쏘아보는 것밖에 없었다. 그런 자신이 얼마나 처참한지. 침을 삼킬 때마다 가시를 삼키듯 따가웠다.

"야야, 여기 택시 좀 잡아줘라. 사모님, 들어가세요."

그가 여유롭게 말하자 함께 온 젊은 사원 하나가 서둘러 몸을 움직였다. 도롯가에 서서 손을 흔들며 어떻게든 빨리 빈차를 잡으려고 노력하고 있었다. 그 역시 내 대답은 기다리지 않은 채 택시가 잡힌 걸 확인하자마자 내게 툭 말을 던지고는 거대한 빌딩을 향해 발걸음을 옮겼다.

"차비는 드릴 테니 들어가서 애나 챙기세요. 이 짓도 그만하시고."

돌아가는 그의 뒷모습. 큰 보폭에 망설임 없는 걸음. 순간 구역질이 올라와 신 침을 삼켰다. 아득했다. 아득하게 멀어졌다. 순간 멍해진 내가 아무런 움직임 없이 있자 젊은 사원이 내 어깨를 감싸 택시 쪽으로 안내했다. 걸음이 힘없이 이어졌다. 검정 조끼

남성은 우뚝 서서 그 모습을 지켜보고 있었다. 회사로 돌아가는 그의 뒷모습이 내 눈에 여전히 또렷하게 보였다. 나를 택시까지 밀어 넣은 사원이 차창 사이로 흰 봉투를 내밀며 말했다.

"차비입니다. 조심히 들어가세요. 기사님, 잘 부탁드립니다!"

내 의지와 상관없이 택시는 출발했다. 역삼에서 강남 사이 큰 대로변이 내겐 지옥처럼 느껴졌다. 죽을 만큼 고통스러운 회사를 다녀야 했던 그도 이 길을 다닐 때 나와 같은 마음이었을까. 이 처참한 마음으로 항상 오갔던 걸까. 다음 날도. 그다음 날도.

그 생각이 들자 불쑥 눈물이 터졌다. 어디로 향하는지도 모르는 택시 안에서 끅끅대는 신음이 흘러나왔다. 눈물이 그대로 떨어져 옷을 적셨다. 이제 내게 남은 건 후회뿐인 걸까. 그는 왜 다시 살아 돌아오지 않는 걸까. 지금 내가 이렇게 후회하고 있는데. 알아주지 못해서, 잡아주지 못해서 이렇게 후회하는데. 아무리 후회가 깊어도 시간은 앞으로만 흘렀다. 세상조차 야속했다.

*

역에서 그리 멀지 않다고 했으나 오르막 때문인지 멀게 느껴졌다. 역에서 나와 5분 정도 큰길을 따라 걷고 우회전. 몸을 돌리자 좁은 오르막 골목이 펼쳐졌다. 아이보리색 에나멜 구두는 다행히 굽이 낮아 오르막을 오르기에 불편하진 않았다. 터벅터벅. 걸음을 하나씩 옮기자 삼거리가 나왔다.

'이 근처라는데……'

삼거리에서 주변을 둘러보았다. 지도는 이 주변을 가리키고 있었다. 5분 정도 가만히 서 있으니 매점이 눈에 들어왔다. 꽤나 오래돼 보이는 매점은 편의점을 이길 정도로 주변 상권을 꽉 잡은 듯했다. 매점 앞 단상에서 나이가 지긋한 분들이 삼삼오오 낮술을 하고 있는 모습이 보였다. 매점 주인으로 보이는 아주머니가 술병을 손에 들고 문밖으로 나오면서 나와 눈이 마주쳤다. 황급히 눈길을 돌리려 했으나 멀리서 날 불렀다.

"아가씨 여서 뭐하쇼?"

"아…… 어딜 좀 찾고 있어서요."

어색한 웃음을 띠며 말하자 아주머니가 나를 빤히 쳐다봤다. 여전히 지도와 건물을 비교하며 삼거리를 벗어나지 못하자 다시 한번 목소리가 들려왔다.

"아가씨 흥신소 찾는가?"

"흥신소요?"

"여 사람 죽은 이유 찾아준다는 곳! 쩌그 옆 건물 4층인디."

"아……."

매점 주인의 말을 따라 시선을 옮기자 간판이 눈에 들어왔다.

'4층 심리부검센터.'

심리부검센터. 변호사가 말했던 곳이었다. 남편의 산재 처리가 반려되고 항소하기 위해 변호사를 찾아갔다. 그가 심리부검 의뢰를 해보는 것이 어떻겠냐고 했다. 자살한 이유를 추적해 찾아내고 유가족을 위로함과 동시에 자살 예방 계획을 수립하는 기관이라고 짧게 설명했다. 변호사는 은근슬쩍 "심리부검을 해봐야 알겠지만, 사모님께도 도움이 될까 해서요. 분명 도와주실 겁니다"라며 날 걱정하기도 했다. 그의 걱정이 마냥 이유 없진 않았다. 요 몇 달 사이 몸무게는 10킬로그램 가까이 빠졌고 화를 내는 일이 많아졌으며 말이 줄었다. 아마 변호사가 아닌 의사가 봤더라면 당장 입원시켰을지도 모를 일이었다.

"……감사합니다."

가볍게 고개를 끄덕이곤 걸음을 옮겼다. 굽 낮은 구두가 땅을 딛자 발걸음이 요란하게 울렸다. 긴장되었는지 손끝이 옅게 떨려왔다. 낡은 건물의 유리문을 열자 외관보다 깔끔한 복도가 나왔다. 엘리베이터 없는 4층. 걸음 하나하나에 신경 쓰며 숨을 골랐다. 이런 곳이 있다는 것도, 이런 곳을 찾게 될 줄도 몰랐다. 어째서 내게 이런 일이 일어난 건지 잡생각이 들 때쯤 이미 4층에 도착했다. 지문 하나 없이 깔끔한 유리문. 흰색 손잡이를 밀자 딸랑이는 종소리가 들렸다. 생각이 빠져나가고 종소리만이 머릿속에서 울려 퍼졌다.

"안녕하세요. 송연아 씨 맞으시죠?"

"……네."

나지막한 음성으로 내 이름을 듣자 마음이 차분히 가라앉았다. 목소리 주인공의 부드럽고 묵직한 인상이 눈에 들어왔다. 밝고 기운이 없는 미소에서 어떤 일을 하는지 어슴푸레 느껴졌다.

브라운 계열의 슬랙스와 블라우스는 단정한 느낌을 주었고 차분하게 잘 정돈된 머릿결에서 세심함이 느껴졌다. 내가 입구에 가만히 서 있어도 그녀는 재촉하지 않았다. 충분히 기다린 뒤 조심스럽게 내게 말했다.

"먼저 여기 앉으시겠어요? 따뜻한 차는 어떠세요?"

"……아, 네."

그녀의 말에 따라 걸음을 하나씩 옮겼다. 내 의지로 스스로 걸어 들어온 곳. 나는 그녀의 규칙에 따라 안내받은 소파 자리에 앉았다. 너무 푹 꺼지지도, 딱딱하지도 않은 길이 잘 든 소파였다. 패브릭 소재의 소파에선 은은하게 코튼 향이 뿜어져 나왔다. 향이 느껴지자 주변이 서서히 눈에 들어왔다. 칸막이가 설치된 사무 구역과 소파가 놓인 홀. 높이가 낮은 테이블. 구석 한 자리 불투명 유리로 막힌 공간. 하얀색 물결무늬 천장. 세련된 내부 인테리어와 달리 낡은 큰 창과 그 밖으로 보이는 풍경. 내가 주변을 살피는 동안 그녀는 차 한 잔을 내 앞에 슬며시 내밀고선 마주 앉았다.

"밖에서 보면 건물이 좀 낡았죠? 센터가 들어온 지는 3년밖에 안 됐어요. 그래도 내부는 깔끔해요."

"……네."

"저는 심리부검센터를 운영하고 있는 강지안이라고 합니다. 저기 자리에 앉아 계신 분은 임상우 씨고요. 센터의 전반적인 운영 업무를 도와주고 계세요. 센터 인원이 생각보다 적죠?"

그녀가 수줍은 듯 웃었다. 나는 상우라는 사람을 살짝 쳐다보았다. 덩치가 있어 약간 곰같이 느껴졌다. 눈이 마주치자 사람좋게 웃어 보였다. 눈빛만 봐도 서글서글하다는 걸 알 수 있었다.

"강주열 님 사건을 의뢰하고 싶으시다고요."

정신이 바짝 들었다. 그녀의 입에서 남편 이름이 나오는 순간내가 왜 이곳에 있는지 실감했다. 이름만 들었을 뿐인데 반사적으로 손끝이 떨려왔다. 발끝은 언제 움직였는지 탁탁 소리를 내고 있었다. 그녀는 내 모습이 이상하지 않은 듯 똑바로 바라봤다. 다만 무언가 마음에 와닿은 듯 눈썹이 살짝 내려가 슬픈 표정이되었다. 그녀는 천천히 말했다.

"많이…… 힘드셨죠?"

"……"

그 말 한마디에 눌러온 슬픔이 비집고 나왔다. 나는 대답할수 없어 고개만 작게 끄덕였다. 마음을 다잡기 위해 눈에 고인눈물을 빠르게 닦아냈다. 그녀는 조용히, 울어도 괜찮다는 듯 테이블 위 티슈를 내밀었다.

정적. 그리고 정적. 시간이 얼마나 지났을까. 눈물은 기어코흘리지 않았다. 하지만 몸은 이미 평평 울기라도 한 듯 피곤함이몰려왔다. 나른한 오후. 드문드문 상우란 사람이 키보드를 두들기는 소리만 들렸다. 무슨 말을 꺼내야 할지 알 수 없었다. 그녀가 내 막막함을 눈치챈 듯 어색함이 들기 바로 직전 말을 꺼냈다.

"변호사님 통해서 사건에 관한 이야기는 들었어요. 심리부검을 하기에 앞서 몇 가지 서류에 서명을 해주셔야 합니다. 조사에 필요한 내용의 정보동의서예요. 서명 이후에 인터뷰를 진행하게 될 거고요. 송연아 씨 외에도 저희 측에서 고인의 측근 인터뷰를 하기도 합니다. 오늘 인터뷰 괜찮으시겠어요?"

그녀가 동의를 구하듯 몸을 낮게 숙여 내 눈을 바라봤다. 얇은 쌍꺼풀 안 새까만 눈동자에서는 그녀의 마음이 제대로 보이지 않았다. 진심 어린 애도라든가, 남편을 잃은 사람에게 보내는 동정이라든가. 그녀가 무슨 마음으로 이 일을 하는지도 알 수 없었다. 그러나 나는 고개를 끄덕였다. 그녀가 무슨 마음이든 상관없었다. 항소에 유리한 결과만 나온다면, 주열 씨의 명예를 회복할 수만 있다면 그 무엇이라도 할 수 있었다. 회사 앞에 찾아가든, 시위를 하든, 소송을 걸든. 그 무엇이라도.

"상우 씨, 서류 좀 준비해 줘요."

"네."

프린터 소리가 공간을 가득 채웠다. 시야는 갈 길을 잃어 흐릿했다. 분주히 움직이는 기척이 느껴지고 떨군 시선 앞에 서류가 놓였다. 그 옆에는 '심리부검센터' 로고가 박힌 볼펜이 함께 있었다. 서명란에 서명을 하는 동안 그녀는 무슨 서류인지 계속 설명했다. 개인정보동의서, 기록확인서, 검시보고…… 낯선 단어가 섞인 말들은 하나도 내 속으로 들어오지 못했다. 더 이상 되돌아갈 수 있는 길이 없었다. 그저 눈앞의 서명란을 생각 없이 채울 뿐이었다.

"서류는 확인됐고 인터뷰 진행해도 괜찮을까요?"

"네……."

"그럼 상담실로 자리를 옮길게요. 여기로 오세요."

그녀가 자리에서 일어나 사무실 구석에 있는 분리된 공간의 문을 열었다. '상담실'이라는 문구는 마치 남편의 문제가 아닌 내 문제로 이곳에 온 것 같은 기분을 심어주었다. 심리상담을 받아 본 적은 없지만, 주열 씨가 처음 정신과를 찾았을 때 이런 기분이었을까 싶었다. 지푸라기라도 잡는 심정. 더 갈 곳 없는 낭떠러지에 놓인 마음. 아무도 들어주지 않던 이야기. 처참한 기분을 하나씩 밟으며 상담실로 향했다.

그녀가 안쪽에서 문을 닫자 놀라우리만치 고요해졌다. 이 세상이 아닌 다른 세계에 온 느낌이었다.

내가 먼저 자리에 앉고 그녀는 내 앞에 마주 앉았다. 그녀 뒤로는 회색빛 벽이, 오른편으로는 큰 창을 통해 바깥 풍경이 훤히 보였다. 오르막에 있는 건물이어서일까. 낮은 층수지만 탁 트여 햇빛이 넘쳐흘렀다. 햇빛을 따라 시야를 옮기자 그녀의 얼굴이 보였다. 오른편 구석구석 빛이 파고든 얼굴. 그 이면에는 약간의 그늘이 보였다.

"불 켜는 게 편하실까요?"

나는 고개를 가로저었다. 순간 떠올린 형광등의 불빛은 내 마음을 적나라하게 들출 것 같았다. 약간의 어둠과 그림자가 오히려 편안해 이대로가 좋다고 했다. 내 대답에 그녀는 불을 켜지 않고 말했다.

"지금부터 나누는 이야기는 모두 녹음이 됩니다. 물론 비밀이 보장되며 조사 이외의 용도로는 쓰이지 않으니 편하게 얘기해 주시면 됩니다."

그녀는 보이지 않는 곳에서 녹음 버튼을 이미 누른 듯했다. 이곳에 들어서는 순간부터 내 신경을 거스르지 않기 위해 심혈을 기울이는 듯했지만, 나는 그 무엇도 편하지 않았다. 자살. 누군가 자살했기 때문에 찾아오는 곳. 그 사실 자체가 이미 불편한 일이기에.

"먼저 자기소개를 부탁드려도 될까요?"

"송연아이고, 올해 서른세 살 주부예요. 두 살짜리 아들이 하나 있고 결혼한 지는 4년쯤 됐어요. 주열 씨는…… 세 달쯤 전에…… 떠났고요."

나는 목소리를 다듬어가며 말했다. 정확하게 말하기 위해 발음에 힘을 주었다. 정확하게, 내가 잘 얘기해야 남편의 죽음에 관해 항소할 수 있다. 그가 약해빠져 죽은 게 아니라 한 기업의 불합리한 대우로 사망한 사고로 인정받을 수 있다. 그의 마지막이, 내게 걸려 있다. 떠오르는 단어를 신중하게 골랐다. 단 하나의 오해조차 없도록.

"남편분의 성장 배경은 어땠나요?"

"지금은 어머님만 계시고, 아버님은 주열 씨가 대학교 다닐 때 심장마비로 돌아가셨어요. 아버님은 물류업을 하셨는데 돌아가신 후로 형편이 넉넉하진 않아서 주열 씨가 일하면서 대학교를 졸업했다고 했고요. 그 후엔 취업 준비를 좀 오래 했는데, 이때 많이 힘들었다고 들었어요……. 한 2년 좀 넘게 했나. 안정적인 회사에 가려다 보니 길어졌다고 하더라고요. 그 뒤로 저를 만났고요."

"부모님과의 관계는요?"

"좋았어요. 형편이 넉넉하지 않다 뿐이지 어머님이나 아버님이나 사이가 좋았대요. 형제가 없어서인지 부모님이 잘 챙겨주기도 하셨고요. 어머님은 저한테도 잘해주셨어요. 다정하고 좋은 분이시죠. 다만 조금 꼼꼼해서 까다로운 부분이 있긴 했어요. 그런 면이 닮아서인지 주열 씨도 완벽주의 성향이 좀 있었어요. 깔끔하고, 정확하고……."

그의 모습 하나하나가 떠올랐다. 첫 만남. 어머님과 나눴던 대화들. 가족에 관해 진지하게 얘기했던 어느 날. 그 얘길 하고 있자니 마치 남편이 지금 어딘가 살아 있는 듯했다. 이 모든 이야기가 계속 진행될 것만 같았다. 그와 함께한 날들. 그와 함께한 기억. 돌아가면 다시 그를 볼 수 있을까. 너무나도 눈에 선했다. 마치 어제처럼.

*

4월이었다. 이연이가 맞이한 두 번째 봄. 이연이는 봄을 무척이나 좋아하는 듯했다. 꽃봉오리가 생기기 시작하면서부터 산책을 나가면 온갖 꽃봉오리를 한 번씩 다 만지려 했다. 이윽고 꽃이 폈을 때는 환하게 웃으며 아장아장 뛰어다녔다. 남편은 무척이나 행복한 듯 웃었다.

"우리 애는 꽃이 좋은가 봐. 당신 같네."

그 얘길 하며 이연이를 번쩍 들어 안았다. 유모차를 끌고 나왔음에도 주열 씨는 이연이를 안고 주변을 보여주었다.

"날도 풀렸으니 주말마다 산책 같이 나가자."

그가 말했다. 의심 없는 웃음이었다. 티 없는 웃음. 이연이와 꼭 닮은 웃음.

아무리 그때를 떠올려봐도 주열 씨는 자살할 사람이 아니었다. 나와 이연이와 함께 살아갈 사람이었다. 한 번도 의심하지 않았다. 우리는 함께라고. 이연이를 함께 키워나갈 거라고. 화창한 날. 높은 건물은 눈에 띄지 않았다. 잘 조성된 산책로에서는 고개를 살며시 올리기만 해도 하늘이 눈에 들어왔다. 고개를 돌리면 웃음을 머금은 주열 씨 뒤로 나무가 시원한 소리를 내며 흔들렸다. 평화로운 순간이었다.

*

그러나 내가 그가 있던 날에 빠져들 때, 그녀는 다른 물음을 던졌다.

"혹시 송연아 씨에 관해선 조금 더 자세하게 말씀해 주실 수 있을까요? 송연아 씨에게 남편이란 어떤 의미였나요?"

"네……?"

그 물음에 나를 휩쓸던 독기가 무색해졌다. 그가 떠난 뒤로 나의 생각은 오로지 그였으니까. 왜 남편이 죽었는가. 어떻게 이 죽음을 납득할 수 있는가. 후회한다. 되돌리고 싶다. 그들을 원망하고, 분노가 치솟는다. 그게 전부라고 생각했다. 그래야 견딜 수 있었다.

그가 떠나고 나는 어떻게 살았던 걸까. 나는 무엇이 된 걸까.

"이제, 겨우, 제대로 된 가족이었어요. 아들도 이제 겨우 두 돌인데…… 일찍 취업을 하고 혼자 산 것도 부모님 때문이었어요. 아버지가 매번 돈 문제를 일으키니 엄마랑 싸우고, 저한테 화풀이를 하고. 도망치듯 혼자 온 거예요. 그런데 주열 씨는 달랐어요. 성실하고, 다정하고…… 연애하면서도 결혼하고 나서도 저한테 큰소리 한번 친 적 없는 사람이에요. 그런 사람인데…… 그 인간들 때문에……."

혼자, 오래. 그를 만나기 전, 나는 오랫동안 혼자였다. 나는 머무를 곳이 없는 사람이었다. 과거 그 어느 때로도 돌아가고 싶지 않은 사람이었다. 그런 내 삶에서 가족이 되어준 사람. 이 사회에 녹아 살아갈 수 있게 해준 사람. 과거를 그리워하게 만든 사람. 그는 내게 남편 그 이상의 의미였다. 그렇기에 나는 이 싸움을 포기할 수 없었다. 나는 어떻게든 속애길 끌어냈다. 나의 간절함이, 절실함이 닿길 바라는 마음으로.

"그 인간들이라면……?"

"그 회사 사람들이요. 어느 순간부터 주열 씨가 자꾸 회사에 가기 싫다고 하더라고요. 무슨 일이 있냐 물어도 대답해 주진 않는데 퇴사 얘길 하고. 저는 속없이 이제 애가 두 돌인데 무슨 얘기냐고 말하기도 했어요. 그런데 어느 날은 잔뜩 취해서 들어오더니 회사 욕을 해대는데, 회사 사람들 때문에 죽을 것 같다고 울더라고요. 차라리 그때 그만두게 했어야 했는데……."

"남편분이 힘들어하는 모습을 보일 때 송연아 씨는 어떤 마음이셨나요?"

목구멍에서 감정이 자꾸만 말을 막았다. 어떻게든 억누르고 짓이겨서라도 말해야 한다고 되뇌었다. 말해. 말하는 거야. 속으로 계속 다짐하며 어떻게든 끝까지 말을 이었다.

*

"부서 이동을 하게 됐어."

주열 씨가 그 말을 할 때, 나는 이연이의 웃는 얼굴에 푹 빠져 있었다. 아이가 짓는 세상모를 웃음에 나까지 세상을 잊어버린 듯했다. 나는 흘러가듯이 반사적으로 그에게 물었다.

"왜?"

"그냥, 회사 사정상."

"어쨌든 회사 일이니 열심히 해봐. 좋은 일일지도 모르잖아."

나는 그렇게 얘기했다. 그에게 돌아오는 말이 없어 그제야 주열 씨를 쳐다보았다. 그는 해맑게 웃는 이연이도 보지 않고 베란다를 쳐다보고 있었다. 무슨 일인지 몰라도 생각이 많아 보이는 표정이었다. 그럼에도 그저 잘해낼 거라 믿었다. 지금 돌이켜 보면 잔인한, 그리고 이기적인 믿음이었다.

'11시……'

하루가 끝나가고 있었다. 그가 부서 이동을 한 뒤 나는 시계를 보는 일이 많아졌다. 늦어도 8시 전엔 집에 오던 사람이 매번 밤 10시, 11시가 넘어 집에 오니 매 시간 벽걸이 시계에 눈이 갔다. 무거운 발소리와 함께 현관문이 열리면 지친 주열 씨의 얼굴에 빛이 들었다. 그의 눈은 차가운 장판을 향했다. 나와 눈을 맞추긴커녕 "왔어"라는 짧은 말을 던지고 바로 화장실로 숨어버렸다. 긴 목욕을 마치고 마침내 나란히 누운 그에게 넌지시 물었다.

"일은 어때?"

"피곤해. 자자."

사소한 물음에도 다정하게 답해주던 그는 이번엔 내 말에 제대로 답하지 않았다. 부서 이동을 한 뒤 달라진 모습이었다. 일이 많아서 힘든가 보다, 그렇게 생각할 수밖에 없었다. 나는 일부러 회사 일에 관해 묻지 않으려 했다. 그게 그를 믿는, 나만의 방법이었다.

일상은 아주 조금씩 틀어졌다. 늦은 퇴근과 무기력한 주말에

섭섭함을 느껴 그에게 한 소리를 하기에 이르렀다. 나도 하루 종일 이연이 보느라 힘들다, 주말이라도 같이 시간을 보내자, 함께 나간 적이 언젠지 아냐. 내 입에서 쏟아지는 불만을 듣던 그는 한숨을 푹 쉬었다. 나는 말문이 막혔다. 그 숨의 깊이가 너무나 까마득하게 느껴졌기에. 그는 마치 나와, 아무런 얘기도 하고 싶지 않은 사람처럼 보였다.

그런 그의 목소리를 듣게 된 건 한밤이었다.

"으…… 으아!"

시간조차 가늠할 수 없이 깊은 밤이었다. 그의 비명 소리가 안방을 울렸다. 나도 화들짝 깨어 그의 등에 손을 얹었다. 대답 없는 남편의 온몸이 식은땀으로 범벅이 되어 있었다. 그런 날은 몇 번이고 이어졌다. 조금 더 시간이 지나니 이 사람이 제대로 자는 것은 맞나 의심까지 들었다. 소리를 지르진 않지만, 한 번도 '잔다'는 느낌을 주지 않았기에. 자고 있을 때 내뱉는 특유의 거친 숨소리도 평온함도 없었다. 그저 알람이 울리기도 전에 몸을 일으켜 출근할 준비를 할 뿐이었다.

"주열 씨, 수면제라도 받아볼래?"

정신과 치료 얘길 먼저 꺼낸 것은 나였다. 섭섭함은 걱정으로 바뀌어갔다. 피곤함에 어두워진 얼굴. 이어지는 단답. 잠을 못 자니 체력이 부족해 그런 것이라 생각해 영양제도 사봤다. 하지만 주열 씨는 분위기가 달라졌다. 이전의 생기를 찾아볼 수 없었다. 그는 내 정신과 치료 권유에도 놀라지 않더니, 잠시 생각에 잠긴

후 혼자 병원을 찾겠다고 했다.

"그래도 같이……."

"이연이도 있잖아. 혼자 다녀올게."

그는 이 모든 일이 아무렇지 않다는 듯 덤덤하게 말했다. 병원 역시 혼자 알아봤기에 정확하게 어딘지 얘기해 주지 않았다. 처음 정신과를 방문하는 날, 그는 혼자 현관으로 향했다. 나는 이연이를 안고 문 앞까지 그를 배웅했다.

"다녀와."

"……연아야."

"응?"

"나…… 회사 그만둘까?"

그가 약간은 장난 어린 표정으로 살짝 웃어 보이며 말했다. 오랜만에 보인 편안한 미소가 그의 말을 편안한 농담이나 투정처럼 들리게 했다. 누구나 일하기 싫을 때가 있으니까. 주열 씨도 장난스러운 말을 종종 던지곤 하니까. 나는 당연하다는 듯 대답했다.

"이연이도 생각해야지. 이제 두 돌인데."

"그치?"

그는 마저 웃음을 보였다. 그러곤 뒤를 돌아 현관 밖으로 나갔다. 그가 나가고 잠시 나는 그 자리에 서 있었다.

*

그때 그 표정은 주열 씨의 마지막 거짓말이었다. 그 뒤 그는 미소조차 변했다. 미소를 지어야 할 순간이면 아슬아슬하게 미소처럼 보이는 어떤 표정을 지었다. 기이한 표정이었다. 경직된 눈과 일부러 끌어 올린 듯한 입꼬리, 살짝 드러난 치아, 미세하게 떨리는 광대의 근육. 누구에게서도 본 적 없는 그 웃음을 주열 씨가 지었다. 그럼에도 나는, 그것조차 미소라 생각하며 그가 괜찮다고 믿었다.

*

일을 쉴 수 없어 매주 토요일, 주열 씨는 혼자 정신과로 향했다. 자기 전엔 항상 영양제와 수면제를 함께 입에 넣고 잠에 들었다. 나는 새벽에 깰 때면 그의 폐가 부풀어 오르고 꺼지는지 반드시 확인했다. 그의 폐는 쉴 새 없이 움직였다. 무엇을 걱정했던 것인지. 잠든 그의 표정은 이연이와 산책을 가던 그때와 달라 보이지 않았다. 이번 주말에는 꼭 가족끼리 나들이를 가자고 다짐했다. 오랜만에 가족끼리 바람이라도 쐬고 오자고.

하지만 주말을 앞둔 금요일. 다시 일상이 깨졌다. 아슬아슬하게 끼워 맞춘 금 간 그릇이 다시 분열된 날이었다. 늦은 저녁. 여전히 남편은 들어오지 않았다. 야근이 워낙 잦아졌으니 일 때문이라고 넘어갔다. 12시, 1시…… . 새벽이 되어도 그는 연락 한번 없었다. 육아 이후 기다림에 지쳐 막 잠이 든 것은 새벽 2시가 넘어서였다.

"씨발, 그 새끼들 다…… 다 죽여버려야 해. 싹 다 죽어야 한다고! 사장이고 부장이고 뭐고…… 사람이 그러면 안 되잖아, 사람이!"

거실에서 들려오는 큰 소리에 놀라 잠에서 깼다. 남편의 목소리였다. 얼른 침대에서 일어나 거실로 나가자 불 하나 켜지 않고 비틀거리며 서 있는 그의 뒷모습이 보였다. 평소 술을 즐기긴 했지만, 한 번도 큰 소리를 내지 않은 순한 사람이었다. 내가 나오는 기척을 느낀 그는 소리치진 않았지만 신음을 내듯 말했다.

"다…… 다 죽어야 해. 씨발…… 씨……. 내가…… 내가 뭘 잘못했는데……."

"주열 씨?"

그는 뒤돌아 나를 보지 않았다. 그가 어떤 표정으로 그런 말을 하는지 알 수 없었다. 나는 놀란 마음에 조심스럽게 그의 곁으로 갔다. 가까워질수록 코를 쏘는 냄새가 났다. 술 냄새였다. 내가 어깨를 살짝 잡자 그는 그대로 주저앉았다. 여전히 뒤돌지 않은 채.

"주열 씨……."

"……자. 가서 자자……."

아까의 외침은 아무 일도 아니라는 듯 그가 말했다. 화내는 억양도, 분노감이 섞인 말도 아니었다. 무미건조하게 "자자"라고 했다. 그 단조로운 말이 나의 불안을 증폭시켰다. 나는 얼굴을 보기 위해 쪼그려 앉아 그의 어깨를 돌려보았다. 하지만 꿈쩍도 하지 않았다. 푹 숙인 고개 역시 보일 생각이 없었다.

"주열 씨, 무슨 일 있었어?"

내가 다정하게 물었다. 놀란 마음을 숨기기 위해 더 침착하게 굴었다. 그는 여전히 고개를 푹 숙이고 아무런 말도 하지 않았다. 한동안. 한동안. 나는 계속 그의 옆에 쪼그려 앉아 기다렸다. 시간은 새벽 3시를 가리켰다.

"……자자."

"……"

그는 내 물음에 답할 생각이 없는 듯 툭 얘기했다. 그러고선 벌떡 일어나 내 얼굴을 쳐다보지도 않고 안방으로 빠르게 들어갔다. 나도 그를 따라 안방에 들어서자 이미 침대에 뻗어 이불을 끝까지 뒤집어쓰고 있었다. 나는 그 옆에 나란히 누웠다. 침대에서조차 뒤돈 그를 살며시 안았다. 술 냄새와 함께 옅은 떨림이 느껴졌다. 불규칙한 숨소리 외엔 아무런 소리도 들리지 않았다. 많이 취한 거야. 취해서 그런 걸 거야. 처음 본 남편의 모습을 그저 취기 어린 모습이라 생각하고 싶었다. 다시 이연이와 산책하는 주말을 꿈꾸고 싶었으니까.

하지만 이상하게 그날 밤새 주열 씨의 이상한 표정이 떠올랐다. 보이지 않는 그의 표정이 어떤지 알 수 없었음에도.

*

　"마지막…… 목격하셨다고 전해 들었어요."

　그녀가 아주 조심스럽게 말했다. 굳이 꺼내고 싶지 않은 기억이라는 걸 알면서도 애써 물어보는 눈치였다. 어찌되었든 나는 말하기 위해 이 자리에 앉아 있고 그녀는 듣기 위해 이 자리에 앉아 있으니 필요한 것을 묻는 것이라 생각했다. 나는 덤덤하게 말했다.

　"모든 게 이상한 날이었어요."

　그날의 끔찍함은 도저히 현실 같지 않아 오히려 어떠한 감정도 느껴지지 않았다. 피가 차고 넘치는 잔인한 영화를 보다 보면 감각이 무뎌지는, 그런 느낌이었다. 나는 최대한 그날을 자세하게 묘사했다. 그녀도 그날의 끔찍함을 느낄 수 있게.

*

　7월 28일 오전 7시 반. 여러 번의 알람이 시끄럽게 울려댔다. 시간을 기억하는 것은 늘 그 시간에 알람이 울렸기 때문이다. 눈을 비비적거리며 옆을 보자 그가 누워 있었다. 알람을 끄지도 않은 채 전날 그대로 이불을 덮고 있었다. 나는 급하게 그를 흔들어 깨웠다.

　"주열 씨. 회사 늦겠어. 얼른 일어나."

"……."

"주열 씨. 일어나라니까."

"몸이…… 몸이 안 좋아."

이불을 끌어 올리는 그의 표정은 힘겨워 보였다. 나는 이마에 손을 올리며 열이 나는지 확인했다. 열은 없었다. 오히려 차가웠다. 일어나지 못하는 그에게 물었다.

"어디가 아픈데? 병원에라도 갈까?"

"……아냐. 좀 쉬면 될 거 같아."

"회사는?"

"이따…… 연락할게……."

그는 회사 생활을 하며 병가 한 번 낸 적 없는 사람이었다. 어머님이 유방암 초기 진단을 받고 수술에 들어갔을 때도 반차만 쓴 사람이었다. 그 힘든 마음으로도 회사에 출근해 해야 할 일은 꼭 하는 사람. 수술이 성공적으로 끝나고 간병을 해야 했을 때도 내게 부탁하고선 회사에 갔다. 월차 한 번을 쓸 때도 회사 일정에 맞춰 쓰는 그런 사람이었다. 그런 그에게서 쉬고 싶다는 얘기가 나왔을 때, 나는 떼밀 수 없었다. 쉬게 하는 것이 그를 위한 일이라 생각했다.

"그럼 나 밥 준비할 테니까 이따 밥 먹자. 이연이도 곧 깰 거 같고."

"……."

주방에서 아침밥을 하면서도 계속 시선이 안방으로 향했다.

그는 내가 나가자 안방 문조차 굳게 닫아버려 모습을 볼 수도 없었다. 많이 아픈 걸까. 어디가 아픈 걸까. 걱정스러운 마음이 점점 커져갔지만, 그저 묵묵히 밥을 차렸다.

똑똑.

"주열 씨."

노크와 함께 안방 문을 열자 여전히 침대에 누워 있는 그의 모습이 보였다. 휴대전화는 엎어놓고 이불을 끌어 올려 덮고선 팔로 눈을 가리고 있었다. 나는 그에게 다가가 애원하듯 말했다.

"밥이라도 먹자. 응? 쉴 때 쉬더라도 밥은 챙겨 먹어야지."

"……속이 좀 안 좋아."

"많이 안 좋아? 죽 해줄까?"

"……아니. 그냥 좀 누워 있을게."

"……."

그는 여전히 눈을 가린 채 힘없이 대답했다. 그가 어떤 마음을 눈에 품었는지 전혀 볼 수 없었다. 걱정되는 마음에 말을 걸어보려 해도 부담스러워 할까 싶었다. 그를 지켜보다 말을 건네려는 순간, 아이의 울음소리가 들렸다.

"이연이 깼나 보다. 쉬고 있어. 이연이 좀 보고 올게."

나는 서둘러 안방을 나섰다. 이연이는 얼굴을 있는 힘껏 찡그리며 세차게 울고 있었다. 우는 아이를 안고 달래는 것은 정신없는 일이었다. 장난감을 흔들고 안아 올리고 눕혀보기도 하고, 그래도 울음이 그치지 않아 이유식을 천천히 먹였다. 밥을 겨우 다

먹이자 이연이는 무엇이 그리 좋은지 해맑게 웃었다. 이제 좀 조용하겠구나 싶어 안도하던 순간이었다.

그가 여전히 안방에서 나오지 않았다. 마음이 무겁게 내려앉으며 걱정이 밀려왔다. 시간은 어느새 오전 10시. 전화 소리나 말소리도 들려오지 않는 안방을 확인해 보려는 순간, 그가 거실로 천천히 걸어 나왔다. 반가운 내 시선은 뒤로하고 그는 피하듯이 화장실로 향했다. 그렇게 10분. 다시 그를 부르려는 순간 화장실 문이 열렸다. 그는 거실 소파에 털썩 앉아 베란다 밖을 빤히 쳐다봤다.

"몸은 좀 괜찮아?"

"……응."

"회사는?"

"연락했어."

그는 절대 나를 쳐다보지 않았다. 까르르 웃으며 장난감을 흔드는 이연이에게도 시선을 주지 않았다. 오로지 베란다 밖만 봤다. 멍하게. 아무런 표정 없이. 그런 그를 잠시 보고 있다가도 이연이에게로 시선이 돌아갔다. 아이는 계속 자신을 봐주길 바랐다. 가족 모두 모인 거실에서는 이연이의 옹알거림만 들려왔다.

"나, 잠깐 나갔다 올게."

"어딜?"

"……좀 걷고 싶어서."

그가 몸을 일으키며 말했다. 기분 전환이라도 하라는 의미로 선뜻 그러라고 했다. 이연이는 내가 보고 있을 테니 편하게 다녀오라고. 평소에도 그가 출근하면 이연이와 둘이 있으니 서운할 것도 없었다. 남편은 나와 이연이를 지나 현관으로 향했다. 살짝 현관을 내다보니 그가 슬리퍼를 신고 현관문을 여는 뒷모습이 보였다.

'슬리퍼……'

어쩐지 이상한 느낌이 들었으나 동네 산책이겠거니 하고 넘겼다. 아파트 복도에 울려 퍼지는 그의 발소리가 점점 멀어졌다. 다시 이연이를 봤다. 장난감을 하나 가져오면서 히죽 웃고 있었다. 나도 살짝 웃었다. 이연이와 둘이 남아 있으니 남편이 출근한 평범한 날처럼 느껴졌다. 평소처럼 웃는 아이를 보다 흘긋 시간을 확인했다. 오전 10시 40분. 지금쯤 주열 씨는 요 앞 골목 편의점 근처려나. 남편에게 돌아올 때 우유 하나 사 오라 해야겠다는 생각을 할 때였다.

"꺄아아아아악!"

창밖에서 큰 비명 소리가 들려왔다. 놀란 마음에 손에 힘이 풀려 잔을 떨어뜨렸다. 잔은 매트 덕분에 깨지지는 않았으나 금이 갔다. 혹시 몰라 미세하게 떨어진 유리 조각을 치우고 무슨 일인가 싶어 베란다로 갔다. 몸을 반쯤 밖에 내밀고서 아래를 보자 사람들이 모여 있었다. 8층 높이에선 잘 보이지 않았지만 누군가 쓰러져 있는 듯했다. 새카맣게 바닥을 물들인 게 피인지는 알 수 없었다. 나는 불안한 마음에 주열 씨에게 전화를 걸었다.

지이이잉, 지이이잉.

집 안에서 진동 소리가 들렸다. 소리를 따라 안방으로 가보니 엎어진 그의 휴대전화가 보였다. 걷잡을 수 없는 불안이 밀려와 미친 듯이 집 밖으로 나가 엘리베이터를 잡았다. 아래층에서부터 천천히 올라오고 있었다. 엘리베이터 문이 열리자마자 1층을 누르고선 닫힘 버튼을 계속해서 눌러댔다. 엘리베이터는 내 마음과 상관없이 올라올 때와 같은 속도로 1층까지 내려갔다. 문이 열리자 다시 달렸다. 8층에서 보았던 그곳으로. 사람들이 모인 그곳으로.

그리고 보았다. 다리가 있을 수 없는 각도로 휘어져 있고 붉다 못해 검은 피가 바닥을 적신 모습을. 남편 얼굴을 한 머리가 으깨진 모습을. 입으로 피가 흘러나오는 모습을. 사라진 이를. 눈앞이 아득해졌다. 사이렌 소리가 울리고 경찰과 구조대원이 어떻게든 수습하려 하고 있는 모습을 보면서도 말 한마디 나오지 않았다. 다리에 힘이 풀렸다. 주저앉았는지 어쨌는지 아무 기억이 나지 않는다. 다만 그곳에 있던 경찰이 내게 다가왔고 그와의 관계를 물었다.

"남…… 편……."

그 뒤, 그날은 더 이상 기억나지 않는다. 그 자리에 피가 언제 다 지워졌는지도.

＊

"후회해요. 매일 후회해요. 그런 회사 그만두라고, 둘이 어떻게든 살아보자고 말했다면, 뭐가 힘든지 더 물어봤다면, 그날 밖에 나가지 말라고 했다면, 같이 있었다면……."

"송연아 씨……."

언제부터 울고 있었을까. 슬프다는 감정이 느껴지지 않는데 자연스럽게 눈물이 흐르고 있었다. 내게 남은 것은 후회와 그날의 기억이었다. 하나라도 달랐다면. 한 번이라도 물어봤다면. 주열 씨의 죽음을 방관한 사람. 방관한, 나. 도저히 용서할 수 없었다. 그들도. 나 자신도.

"송연아 씨, 우리는 미래를 알 수 없어요. 남편분이 이전에도 힘들다고 얘기하신 적이 있고 잘 이겨낸 모습을 보였다고 하셨잖아요. 이번에도 이겨낼 거라고 남편분을 믿으신 건 당연한 일이에요. 그걸 알아채지 못한 것도, 남편분이 그런 선택을 하게 되신 것도 모두 송연아 씨 잘못이 아니에요. 그런 일이 다신 없길 바라면서 저희가 이 일을 하고 있는 거고요."

그녀는 침착하게 말했다. 그녀가 계속 말하는 동안 말이 하나씩 귀에 들려왔다. 내 잘못이 아니라는 말. 마음 속 깊숙이 나를 괴롭히고 있던 말. 아무리 그들을 탓해도 벗어날 수 없던 마음. 누구도 내 잘못이 아니라 말해주지 않았는데. 나 자신조차도. 나는 쉽사리 그녀의 말을 받을 수 없었다.

"하나만 더 질문을 드려도 괜찮을까요?"

그녀가 작고 또렷하게 말했다. 나는 겨우 고개를 끄덕였다. 눈가가 뜨거워졌음에도 그녀를 정면으로 응시했다. 그녀의 질문을 듣기 위해. 주열 씨의 억울한 마지막을 알리기 위해.

"어떻게 하면 남편분을 구할 수 있었을까요?"

"회사, 회사요. 회사를 그만두게 했다면 달라졌을 거예요. 회사에서 무슨 일을 겪었는지 얘길 해주진 않았지만, 주열 씨가 그렇게 되기 전에 부서 이동을 한다고 했고 야근이 많아졌어요. 그때부터 힘들어했어요. 분명 그 회사 때문이에요. 근데 그 사람들은 책임지지 않으려 하고……."

나는 약해빠진 슬픔을 누르며 온 힘을 다해 나를, 그리고 주열 씨를, 우리 가족을 위해 말했다.

"분명 그 사람들 때문인데 산재 처리가 거부됐어요. 사람들이 뭐라는 줄 아세요? 남편이 죽었는데 돈 때문에 그러냐, 돈에 미쳤냐, 자살이 지 탓이지 왜 남 탓하고 있냐 욕해요. 저보고 남편이 자살했는데 돈 받아먹는 나쁜 년이래요. 정말 아니에요. 그런 거…… 그런 거 아니라고요! 아이에게 당당한 아버지로 주열 씨를 남기고 싶은 거예요. 힘들어서, 나약해서 자살한 아버지가 아니라, 회사 때문에 사고로 죽음을 맞이한 그런 아버지로요. 이건 돈의 문제가 아니라, 저희 가족에게 주열 씨가 어떤 아버지로 남느냐에 관한 문제예요."

"……."

"그러니까, 잘······ 부탁드려요."

"최선을 다하겠습니다."

그녀의 진지한 표정을 보자 그녀를 정말 믿고 싶어졌다. 어떻게든 이 상황을 구해줄 그런 사람이라 믿고 싶었다. 그녀가 내 얘길 진심으로 받아들이고 있다고, 내 마음을 알고 있다고 믿고 싶었다. 그녀는 신뢰의 의미로 내 손등 위에 자신의 손을 올렸다. 따뜻했다. 평생 오고 싶지 않은 곳이지만 어쩐지 이곳이 지금 내가 있어야 할 곳처럼 느껴졌다.

*

2주가 지났다. 센터 측에 남편의 휴대전화를 넘겼다. 연락 기록을 조회한다고 했다. 그사이 변호사를 만나 계속 항소심을 준비했고 남편의 회사 앞에서 매일 1인 시위를 했다. 중견 기업의 산재 신청 거부와 항소심, 그리고 시위는 힘을 얻어 언론에 보도됐다.

XX건설회사 직원 자살. 산재 신청 거부, 항소심 중

한눈에 나의 상황이 정리된 기사는 내가 했던 인터뷰 내용을 참고 삼아 작성되었다. 부서 이동. 과도한 업무. 일부 언론은 회사 시스템의 문제점을 다루기도 했으나 대부분은 '자살'과 '산재 신청'에만 초점을 두어 기사를 냈다. 자살을 어디까지 산재로 처리해야 하는가에 관한 이야기였다. 그들은 전혀 이해하지 못하고 있었다. 진짜 유가족의 마음을. 왜 남편의 죽음이 산재로 인정돼야 하는지 그 의미를. 그저 사회적 논란만 만들어낼 뿐이었다.

　—돈에 미친 년 ㅉㅉ

　—남편이 죽었는데 저러고 싶냐

　—남한테 피해 주고 죽은 건데 무슨 낯짝으로 산재 신청함?

　여론이 어느 쪽이든 간에 달리는 댓글들은 비슷했다. 돈에 미친 년. 남한테 피해 주는 자살. 약해빠진 인간. 어차피 자살할 놈……. 댓글들을 볼 때면 구역질이 났다. 억울했다. 그들도 나처럼 자신의 가족이 그렇게 죽는대도 똑같이 말할 수 있을까? 약해빠져서, 원래 자살할 사람이어서 자살했다고 받아들일 수 있을까? 하다못해 주변 사람이 자살했다는 소식을 들어도 슬픈 마음이라곤 없이 이렇게 비난만 할까? 꺾일 수 없었다. 그를 그런 사람으로 만들 수 없었다. 이 사건에서 승소해야만 했다. 그렇게라도 보여줘야 했다. 그들에게. 이 사회에.

　그날 역시 1인 시위를 나가기 위해 옷을 껴입었다. 아이는 옆집에 맡기고 시위용 피켓을 챙겼다. 피켓에는 붉고 강렬한 글자로 '살인하는 XX건설회사'라는 문구가 크게 박혀 있었다. 조금 더 작은 글자 속에는 주열 씨가 죽기 전 보였던 모습들이 담겨 있었다.

　옷장에서 목도리를 꺼낼 즈음, 전화벨 소리가 들렸다. 심리부검센터였다.

―안녕하세요, 송연아 씨. 심리부검센터 강지안입니다.

그때와 같이 그녀의 나지막한 음성이 들려왔다. 목소리를 든
자마자 마음이 떨렸다. 결과가 나온 걸까. 어떤 결과가 나온 걸
까. 침착함을 유지하며 겨우 대답했다.

―결과, 나왔나요?

―일단 저희 센터로 방문 가능하실까요? 만나 뵙고 얘기 나
누고 싶어서요.

―언제 가면 될까요?

―송연아 씨 편한 시간에…… 아, 오늘 오신다면 10시 반 이
전에 도착하실 수 있나요?

내 마음을 눈치챘는지 그녀가 잽싸게 말했다. 하루가 아까웠
다. 조금이라도 빨리 얘길 듣고 싶었다. 마침 아이도 옆집에 맡겨
놓았으니 가려면 지금 가야겠단 생각이 들었다. 나는 수화기를
든 채 체크무늬 목도리를 두르며 말했다.

―지금 가면 한 시간 정도 걸릴 것 같은데…….

―괜찮습니다. 지금이…… 9시쯤이니까, 한 시간 뒤에 센터에
서 뵙죠.

―네, 지금 출발하겠습니다.

―조심히, 오시고요.

전화를 끊고 잠시 멍하게 섰다. 옷장 옆엔 오늘 들고 나갈 피
켓이 놓여 있었다. 시선을 조금 돌리자 주열 씨가 힘겹게 머물렀

던 침대가 보였다. 조금 더 옆으로는 진회색 커튼이 쳐진 창이 보였다. 그제야 커튼 사이로 빛이 가늘게 들고 있음을 알았다. 가만히 빛을 보았다. 빛 속 부유하는 먼지들이 보였다. 가라앉고, 뜨고, 가라앉고. 봄을 떠도는 꽃가루 같은 먼지를 보다 발걸음을 옮겼다. 정신 차리자. 속으로 주문처럼 외웠다.

지하철을 타고 이동하는 동안 아무런 생각이 들지 않았다. 결과가 그의 잘못으로 나올 걱정도, 승소에 유리한 결과가 나올 기대도. 어느 것 하나 두드러지지 않은 초연한 마음이었다. 나는 남편을 믿었고 잘 알지는 못하지만, 그녀도 믿었다. 물론, 두 번째는 근거 없는 믿음이었다. 하지만 피하지 않는 눈, 나지막한 목소리, 섬세한 배려, 적당한 무게감을 가진 분위기에 누구라도 그녀를 신뢰할 수밖에 없을 터였다.

4층. 계단을 오르면서도 큰 감정이 느껴지지 않았다. 처음 이곳을 찾았을 때의 긴장감이나 떨림은 없었다. 그냥 계단을 오르는 일에 집중했다. 어느 쪽이든 결과는 이미 나왔을 테니까.

유리문 앞에 섰을 땐 그녀가 먼저 문을 열어주었다. 걸음 소리를 기억했다는 듯이.

"오셨어요?"

"······네."

그녀는 자연스럽게 바로 상담실로 데려갔다. 손에는 서류 같은 것을 잔뜩 들고 있었다. 상담실에 다시 앉자 조금은 익숙해진 적막이 흘렀다. 그녀는 마주 앉아 내 표정을 살폈다.

"어떻게 지내셨어요?"

"시위하고, 애 보고, 항소 준비하고 그랬네요."

"기사는 저희도 봤어요. 많이 속상하셨을 것 같은데……."

"……어쩔 수 없죠."

그녀는 내게 달린 댓글도 하나하나 읽어본 듯했다. 나와 주열 씨를 비난하는 댓글이 넘쳐났으니 보지 않을 수 없었을 것이다. 나는 애써 신경 쓰지 않는 척 마음을 숨겼다. 중요한 것은 그의 심리부검 결과였으니까.

"저희 쪽에서 추가적으로 인터뷰를 진행했어요. 일단 심리부검 보고서 먼저 보시겠어요?"

"……네."

그녀는 가지고 온 서류 중 하나를 꺼내 내 쪽으로 내밀었다. 서류에는 빼곡하게 글자들이 채워져 있었다. 그녀는 아무 말 없이 내가 서류를 다 읽길 기다렸다. 한 단어, 한 문장씩 머릿속에 넣어가며 꼼꼼하게 읽어나갔다.

심리부검 보고서

성명: 강주열

나이: 만 36세

사망일자: 2022. 7. 28.

사건 개요: 급성 우울증을 호소했으며 자살 완료 한 달 전에는 불면증과 불안 증세를 호소. 정신과적 약물 치료를 받았으나 2022년 7월 28일, 회사를 무단결근하고 잠시 밖에 나가겠다는 말과 함께 거주 중이던 아파트 건물 옥상에서 투신 및 자살 완료.

성장 과정 및 성향: 자살자(강주열, 36세)는 여유롭지 않은 경제적 상황에서 독남으로 부모님의 애정을 충분히 받으며 자라왔음. 아버지는 물류업에 종사했으며 어머니는 가정주부로 꼼꼼한 성격이었음. 학교 성적 및 생활 기록 또한 우수했던 것으로 보아 모범적이고 책임감이 강하며 완벽주의적 성향을 지니고 있었던 것으로 보임. 전반적인 삶에서 정신적 기저질환을 보이지 않았으며 특이사항(성격장애) 또한 보이지 않음.

스트레스 요인: 20대 후반에 건설회사에 취업한 이후 직장을 바꾸지 않고 성실하게 근무했으며 자살 완료 3개월 이전까지는 직장 관련해 큰 스트레스를 호소하지 않음. 다만 자살 완료 3개월 전, 사내 사고의 실수에 대한 책임을 지고 부당하게 부서 이동이 이루어진 것으로 보임. 야근이 잦았고(주 60시간 이상 근무), 부서 이동으로 인한 스트레스와 낯선 업무로 인한 무능감을 겪었으며, 사내에서 언어적 폭행이 있었던 것으로 추정. 평소 완벽주의적 성

향을 가지고 있던 자살자가 회사 업무 중 발생한 실수를 받아들일 때 큰 실패감을 느꼈을 것으로 여겨지며 책임감이 강했던 자살자가 가정의 경제활동을 혼자 책임지고 있었기 때문에 쉽게 사직을 할 수도 없었을 것이라 추정. 동시에 회사 내에서 부서 이동으로 제 역할을 수행하지 못하는 것이 큰 무능감으로 느껴져 자살 행동으로 이어졌을 것이라 판단됨.

최종 소견: 수사 내용을 종합해 볼 때 본 사건은 자살자의 완벽주의적 성향에 의한 스트레스, 그리고 기질적 문제가 아닌 갑작스러운 업무 환경 변화, 부당한 부서 이동과 과다 업무, 사내 언어폭력 등의 문제로 우울과 자살 충동이 촉발된 것으로 보임.

예방 계획: 자살 예방 계획 수립을 위해 기업 내 상담센터 운영 및 기업 내 심리적 폭행 등에 대한 감사가 필요하며 자살 완료 이전에 정신과 치료를 받았음에도 아무런 대처가 없었다는 점에서 자살 충동이 있는 내담자에게 자살 예방 교육 및 치료, 보호활동을 마련하는 등의 개선이 필요하다고 보임.

〈첨부_검시보고〉〈첨부_인터뷰1〉〈첨부_인터뷰2〉〈첨부_연락기록〉〈첨부_심리검사지및내담내용〉

*

"이건……."

결과를 다 읽고 나자 그의 뒷모습이 가장 먼저 떠올랐다. 출근하던 뒷모습. 술에 취해 주저앉은 뒷모습. 마지막 날 슬리퍼를 신고 나서던 뒷모습. 여러 뒷모습이 떠오르면서 의문이 들었다. 부당한 부서 이동은 무엇이고 언어적 폭행은 무엇인가. 왜, 왜 내게 말하지 않았을까. 어떤 말을 들었던 걸까. 말을 잇지 못하자 그녀가 먼저 얘길 꺼냈다.

"읽어보셨으면 아시겠지만, 조금 더 설명을 드리자면 인터뷰한 결과 하청업체에서 안전사고가 있었던 것 같아요. 회사 측에서 책임을 피하기 위해 남편분께 책임을 떠넘기고 부당하게 부서 이동을 시켰고요. 그렇게 가신 곳이 현장직인데…… 이 서류 한 번 읽어보시겠어요?"

그녀가 다시 서류 더미에서 몇 장을 빼어 내게 건넸다. 익명의 대화록이었다.

강주열 인터뷰 전문_A 씨

상담사: 강주열 씨와는 어떻게 지내셨나요?

익명: 꽤 가깝게 지냈던 것 같아요. 쉴 땐 같이 담배 피우면서 자식 얘기, 사는 얘기도 하고 끝나면 가끔 술도 먹고.

상담사: 강주열 씨의 죽음에 대해 어떻게 생각하시나요?

익명: 그게. 뭐라 해야 하지. 솔직히 자살까지 해야 했나 생각해요. 물론 사람 죽는 게 슬프죠. 저도 강주열 씨와 오래 일했고. 그간 일해온 거 생각하면 더 안타깝죠.

상담사: 회사에서 무슨 일이 있었나요?

익명: 강주열 씨가 워낙 꼼꼼하고 실수를 잘 안 하는데…… 한 번 실수를 했어요. 하청업체 현장에서 사고가 났거든요. 솔직히 그것도 그냥 안전사고로 사람이 다친 건데 잘잘못을 따지다 보니 주열 씨가 설계에서 작게 실수한 부분이 드러났고 주열 씨 탓이 된 거죠. 그때 미운털이 박혔는지 얼마 안 있다 부서 이동이 됐더라고요. 그것도 현장직으로.

상담사: 부서 이동 이후엔 어떻게 지내셨는지 모르세요?

익명: 이거야 사내 사람만 아는 얘기긴 한데, 여기 회사 현장직은 지옥이에요. 뭐 하나 잘못하면 욕, 욕, 욕. 얼핏 다른 사원 통해서 얘기 들은 걸론 설계만 하다 현장 갔으니 아무것도 모르면서 직급만 달고 있다고 엄청 갈군다나. 회사에서도 주열 씨를 내쫓으려고 보낸 거죠, 뭐. 그렇다고 자살할 줄은 몰랐겠지만……. 여하튼, 회사도 잘못이 크다고 생각해요.

상담사: 강주열 씨는 평소 회사에선 어떤 사람이었나요?

익명: 뭐, 말했던 대로 꼼꼼했어요. 지각 한 번 안 할 정도로 성실하고요. 야근을 해야 하면 싫은 티 안 내고 일하고. 대체적으로 책임감이 강하다고 해야 하나. 다른 사람이 일을 떠밀어도 묵묵히 하는데 저는 적당히 거절도 하라고 할 정도였죠. 그런 면에선 좀 무른 부분도 있었네요.

상담사: 그럼 혹시 부서 이동 후 강주열 씨가 들었던 언행에 관해 자세히 아시는 부분이 있을까요?

익명: 사내 사이트 있잖아요. 거기 주열 씨를 지칭하듯이 욕이 올라온 건 본 적 있네요. 공부만 했지 일할 줄은 모르는 멍청이가 현장에 있다고. 만날 다시 해오라고 해도 제대로 해오지도 않는다고. 병신이라느니, 능력도 없는 기생충이라느니 그런 얘길 듣는다고 하더라고요. 주열 씨의 이름은 없었지만, 설계팀에서 현장직으로 넘어간 사람이 몇이나 되겠어요. 보자마자 주열 씨구나 싶었죠. 그 일이 있고 나선 다 내려갔을 거예요. 기사도 나고 하니.

상담사: 그렇다면 꼭 물어보고 싶은 것이 있습니다. 어떻게 하면 강주열 씨를 살릴 수 있었을까요?

익명: 안전문제로 인명사고가 났을 때, 회사가 안전문제였다고 인정했다면 주열 씨가 현장직으로 쫓겨날 일은 없었겠죠. 아주 유능하진 못해도 성실한 직원이었으니까요. 다만 안전사고 문제를 인정하면 회사에서 책임을 져야 하니 누군가 책임이나 잘못을 지

게 해야 하고 때마침 주열 씨가 걸렸다고 생각해요. 솔직히 회사를 그만두지 못한 건, 같은 가장의 입장으로서 이해는 되거든요.

*

주열 씨가 말하지 못했던 것들. 숨겨왔던 일들. 그 모든 일이 대화록에 담겨 있었다. 회사는 내가 생각한 것 이상으로 악덕했다. 이 일을 혼자서. 누구의 위로 없이 혼자서. 머리가 복잡해지는 동안 그녀는 남은 말을 마저 했다.

"개인정보 보호상 익명이고 누군지 유추가 되는 부분은 제외했지만, 실제 인터뷰한 기록이에요. 인터뷰에 응해주신 분도 송연아 씨께 공개하는 걸 동의하셨고요. 강주열 씨의 죽음이 송연아 씨의 잘못이 아니라는 말이기도 하죠."

"왜……."

왜. 그 말이 먼저 튀어나왔다. 반사적으로. 툭. 그녀는 내 대답에 놀랐는지 아무 말 없이 내 다음 말을 기다렸다.

"그럼 왜 가족을 버린 거예요……?"

"……"

"이렇게 힘들면 얘길 하지. 말하고 같이 해나가지, 왜 저랑 이 연이를 버리고 떠난 거예요? 혼자가 아닌데, 주열 씨 혼자가 아니었는데…… 늘 함께라고 생각했는데, 왜……."

"송연아 씨."

그녀가 단호하게 내 이름을 불렀다. 무언가 할 말이 있는 사람처럼. 나는 그녀와 눈을 맞출 자신이 없었다. 그러나 그녀는 다시 내 이름을 불렀고 나는 그녀를 똑바로 쳐다보았다. 그녀는 아주 차분하게 말했다.

"저랑 같이, 잠시 나가실래요?"

"네……?"

그녀는 태연하게 먼저 일어나 자리에 앉은 나까지 일으켰다. 그러곤 상담실과 센터를 나와 4층 계단을 차례대로 내려갔다. 나는 어안이 벙벙한 채로 그녀의 뒤를 쫓으며 말했다.

"어디로 가는 거예요?"

"여기, 바로 앞이에요."

그녀는 심리부검센터 건물을 끼고 뒷골목을 향해 걸었다. 낮은 경사의 오르막에는 뜬금없이 공중전화박스가 우뚝 자리 잡고 있었다. 이어지는 오르막길 끝을 쳐다보아도 빌라와 돌벽밖에 보이지 않았다. 설마, 가자는 곳이 저기인가. 그때 그녀는 공중전화박스에서 걸음을 멈췄다. 딱 봐도 오래된 공중전화였다. 아직까지 작동은 하는 건지, 쓰는 사람은 있는 건지 의문이 들 정도였다. 공중전화박스에는 수많은 홍보용 스티커가 덕지덕지 지저분하게 붙어 있었다.

"남편분께 전화해 보시겠어요? 지금이 오전 10시 40분이니까…… 아마 송연아 씨라면 남편분의 목소리를 들을 수 있을 것 같네요."

"이게…… 뭐죠?"

이해할 수 없는 그녀의 행동에 나는 이렇게 물을 수밖에 없었다. 지금 이게, 다 뭐 하는 거냐고. 하지만 그녀는 너무나 진지하게 대답했다. 모든 것이 진짜라는 듯.

"쉽게 설명드릴 순 없지만, 정말 소중했던 사람. 정말 간절한 사람. 그런 단 한 사람만이 고인의 마지막 마음을 들을 수 있는 특별한 공중전화예요. 고인이 세상을 떠난 시간에만 들을 수 있어서 강주열 씨가 사망한 시간까지 와달라고 한 거고요. 물론, 언제나 연결되진 않아요. 고인이 마지막으로 마음을 전달하고 싶어야만 하죠. 다른 사람은 몰라도 송연아 씨라면, 들을 수 있을 거예요. 누구보다 간절하고, 강주열 씨가 사랑한 사람일 테니까요."

"……"

"믿기지 않아도 믿어주세요. 세상에는 말도 안 되는 일이 일어나곤 하잖아요."

다소 진지한 그녀의 말에 마음이 요동쳤다. 그녀의 말이 사실일까? 진짜 그의 마지막 마음을 들을 수 있는 걸까? 이런 믿기지 않는 일이 세상에 존재할 수 있는 건가? 하지만 그가 홀연히 세상을 떠났다는 것. 심지어 자살을 했다는 것. 그것 역시 내 세상에선 말도 안 되는 일이었다. 그런 말도 안 되는 일이 하나쯤 더 있어도 이상하지 않을지 모를 일이었다. 사실 그 말이 진실이든 아니든, 나는 뭐라도 믿고 싶었다. 남편이 떠나고 무엇도 믿을 수 없었으니까. 내가 믿고 있는데도 자살을 택한 주열 씨의 진심조차 믿을 수 없었으니까.

족히 20년은 된 것 같은 낡은 수화기를 손에 들자 머리가 멍해졌다. 남편이 떠나고 남편에게 전화를 걸어본 적은 없지만, 번호만큼은 절대 잊지 않았다. 나는 낯선 장소에서 익숙한 번호를 눌렀다.

010-XXXX-XXXX

통화 버튼을 누르기 전, 숨을 크게 쉬었다. 이런 말도 안 되는 거라도 믿고 싶은 마음이 어리석게 느껴지기도 했다. 전화해보면 알겠지. 그녀의 말이 진실인지. 나는 통화 버튼을 누르고 기다렸다. 그의 전화는 이미 해제되었는데 수신음이 들려왔다. 어디에 전화가 걸린 거지? 의아해하며 계속 기다렸다. 그러다 탈칵, 전화를 받는 소리가 들렸다. 남편의 목소리였다.

연아야 미안해. 이연이의 웃는 모습을 끝까지 보고 싶었어. 너와 이연이의 웃음 모두 지켜주고 싶었어. 이연이가 커가는 걸 보고 우리에게서 독립하는 그런 날까지 상상하기도 했지. 그런데 나는 이렇게 자꾸 떠나버리려 하네. 너무 괴로워서…… 지금 내가 도저히 버틸 수 없어서. 있잖아, 도망가면 된다는 거 알아. 도망갈 수도 있겠지. 그런데 차마 그렇게 되지가 않아. 도망갈 수 없다는 생각에 나 자신이 더 괴로워. 알면서도 그렇게 할 수 없어서. 죽는 것이 더 편안할 것 같아서. 이 생각에서 벗어날 수가 없네. 차라리 나 떠나고 더 좋은 사람을 만난다면, 그건 어쩌면 너와 이연이를 위한 일일지도 모르겠다. 부족한 내가 살아서 힘들게 할 바에야 나보다 더 좋은 사람 만나는 게 이연이에게도 좋을지 몰라. 이연이, 아직 어리니까. 가족 하나 제대로 책임지지 못하는 남편이라 미안해. 아빠라 미안해. 더, 좋은 사람 만나. 더, 행복해야 해. 내가 없는 게 가족을 위해 나은 일일 거야……. 지금까지 믿어줘서, 가족이 되어주어서 고마웠어.

그의 목소리가 흘러나오는 동안 나는 어떤 생각도 할 수 없었다. 오랜만에 듣는 수화기 속 그의 목소리는 나만 아는 그 특유의 억양까지 그대로 담겨 있었다. 녹음된 것이라 하기에는 그가 살아 있을 때 듣지 못했던 말들이기도 했다. 말도 안 되는 이 상황에서 말도 안 되는 말이 흘러나왔다. 자신이 죽는 것이 더 낫다니. 없어야 우리가 잘 산다니. 3분가량 흘러나온 그의 목소리가 끊기고 나는 당황스러운 얼굴로 그녀를 쳐다봤다.

"그게 강주열 씨의 마지막 마음이에요. 그 누구보다 송연아 씨가 알아줬으면 했던 마음이고요."

"이게, 어떻게…… 어떻게 가능한 거죠?"

"아마 이 전화를 걸던 사람도, 마음을 남기고 싶던 사람도 간절했기 때문이겠죠. 가끔은 말도 안 되는 일이 일어나곤 하니까요. 그 무엇이라도."

"다시…… 다시 들어볼래요!"

"아쉽게도 시간이 이미 지났어요. 고인이 된 순간이요."

이후 나는 내 휴대전화로 남편의 번호를 찍고 통화 버튼을 눌렀다. 혹시나 하는 마음에서였다. 그러나 흘러나오는 말은 지극히 당연한 말이었다.

이 번호는 없는 번호이며…….

그 말도 함께 전하자 그녀는 태연한 태도를 보이며 대답했다.

"저도 해봤지만, 이 공중전화만 연결돼요. 이 공중전화로 전화를 건다고 모두가 들을 수 있는 것도 아니고요. 이런 얘기 이상하게 들릴 수도 있지만, 어쩌면 누군가의 간절함이 만들어낸 일이지 않을까 싶었어요."

"……."

"제가 이런 말도 안 되는 얘기까지 하며 강주열 씨의 마음을 들려드린 이유는, 송연아 씨가 지금 간절하게 강주열 씨의 마음을 알고 싶듯 강주열 씨가 자기 마음을 간절히 알아주길 바란 그 한 사람도 송연아 씨였기 때문이에요."

그녀는 나에게 말했다. 하나씩, 차근차근. 나를 이해시키기 위해서.

"자살이라는 선택까지 가는 사람들은 모두 극심한 스트레스와 우울감을 겪게 돼요. 우울감에 빠지면 이성적 사고를 하기 어렵게 되고요. 마치 어린아이가 아무도 모르는 곳에 혼자 남겨진 것과 같아요. 그 상황에서도 강주열 씨는 가족을 위해 계속 회사를 다니려 노력하셨어요."

그녀는 단호하게 말끝을 맺으며 또박또박 말했다.

"강주열 씨는 송연아 씨와 아드님을 버린 게 아니에요. 자신이 무능력하다 느끼고 가족에게조차 아무런 도움이 되지 못한다고 생각하신 것뿐이죠. 그러니 자신이 없는 게 더 가족을 위한 일이라고 생각하게 된 거고요. 송연아 씨와 아드님이 더 잘 살기 위해선 자신보다 나은 사람을 만나야 한다면서요."

주열 씨의 얼굴이 떠올랐다. 이연이와 닮은 웃음. 티 없는 웃음. 그녀가 말하는 주열 씨의 모습은 책임감이 강하고 가족을 위하는 주열 씨 그 자체였다. 믿기지 않았다. 내 머릿속 남아 있는 그 기이한 미소도, 주열 씨의 자살도. 무엇이 진짜 그였을까 생각해 봤지만, 결국 모든 것이 그였다.

"알아요. 송연아 씨는 그렇게 생각하지 않으시겠죠. 하지만 강주열 씨는 자신이 놓인 상황에서 끝까지 그것이 모두를 위한 선택이라고 믿으신 거예요. 그러니까 부디 강주열 씨가 혼자였다고, 또 송연아 씨가 버려졌다고 생각하지 않으셨으면 해요. 서로가 서로를…… 너무 위했던 거예요."

"……."

"끝까지 가족을 아꼈기에 그만큼 힘드셨던 거예요."

지금까지 믿어줘서, 가족이 되어주어서 고마웠어.

마지막 목소리가 떠올라 두 손을 꽉 쥐었다. 그 무엇이라도 부여잡고 싶은 마음에. 눈을 질끈 감자 눈물이 한 방울씩 손등 위로 떨어졌다. 바보 같은 사람. 너무 힘들었던 사람. 주열 씨를 향한 마음이 원망이 아닌 연민을 향했다. 얼마나 힘들었으면. 얼마나 괴로웠으면. 얼마나 혼자 해내려고 노력했으면⋯⋯. 끝없이 주열 씨에게 말하고 싶었다. 당신이 힘든 것들 함께 나누고 싶었다고. 당신이 겪은 일들, 하나씩 같이 해결해 나가자고. 그러나 그는 이제 들을 수 없는 곳으로 가버렸다. 내가, 아니, 모두가 그의 마음을 알지 못해서.

눈물이 점차 거세졌다 사그라질 즈음, 공중전화박스 안에 서 있는 내게 그녀가 물었다.

"이제 어떻게 하실 생각이세요?"

그 말에 나는 살아야 한다고 생각했다. 어떻게든 살아야 한다고. 그를 위해서, 아이를 위해서 지금을 살아낼 거라고. 영원히 슬픔에, 분노에 빠져들 수 없었다. 나는 흔들리지 않고 그녀를 똑바로 바라봤다. 그리고 말했다.

"항소심에 이 서류를 제출해야죠. 지면 또 항소하고요. 끝까지 가볼 거예요. 아이를 위해서요."

"응원할게요."

그녀가 다시 내 손을 잡았을 땐 따듯함보다 진한 감정이 느껴졌다. 그녀는 내가 나아갈 거라는 걸 의심하지 않았다. 어떻게든 이겨내고 살아갈 거라고 믿었다. 나 역시 그 마음을 담아 그녀의 손을 잡았다. 살겠다고. 이겨내겠다고. 마주 쥔 손 사이로 오간 마음은 말로 표현할 수 없는 것들이었다. 그녀는 주열 씨의 삶도, 남겨진 나의 삶도 품어주었다.

*

변호사에게 심리부검 보고서를 전달하고 항소를 진행했다. 그런데 빨리 마무리될 것 같던 일이 끝나지 않고 이어졌다. 자료를 조금만 봐도 명백히 회사 잘못임을 알 수 있는데, 회사 측에선 연이어 반론을 제기했다. 어떻게든 책임을 없애기 위해 말도 안 되는 이야기를 해댔지만, 법원은 회사 측 의견 또한 받아들였다. 변호사는 소송이 길어질 거라 했다. 어쩌면 수년이 걸릴지도 모른다고. 계속해서 항소를 진행해도 산재 처리가 안 될 가능성이 있다고. 변호사도 내게 물었다.

"어떻게 하실 건가요?"

"계속해야죠."

내 의지는 변하지 않았다. 다만 이 긴 항소 끝에 무엇이 남을까 조금 생각해 보았다. 그럼에도 개인 사유로 판명난다면. 산재 처리가 되지 않는다면. 남편은 산재든 아니든 돌아올 수 없다는 걸 잘 알고 있었다. 항소를 진행하는 수년간 아이는 계속 자랄 것이다. 그때 나는 아이에게 뭐라 설명할 수 있을까. 산재라면 회사 책임이라 말할 수 있지만, 만약 아니라면. 그때는 어떤 삶을 살게 되는 걸까. 소송에서 진 이후의 삶. 그때 그녀의 얼굴이 떠올랐다. 수많은 자살을 봐왔을 그녀가.

다시 그곳을 찾게 된 건, 그가 아니라 내 마음 때문이었다.

*

"아…… 안녕하세요."

문을 여는 순간 상우라는 남자분이 반가운 듯 인사했다. 누군지 묻지 않은 것으로 보아 내 얼굴을 기억하는 듯했다. 그녀 또한 사무용 의자에 앉아 나를 보고선 놀란 기색을 보였다. 나는 멋쩍게 말했다.

"죄송해요. 연락도 없이……."

연락을 해보려 했으나 입이 떨어지지 않았다. 무슨 말을 해야 할지 몰라서 무작정 찾아와 버렸다. 그녀라면 이해해 줄 거라 생각한 탓도 있었다. 내 예상대로 그녀는 금방 미소를 지으며 괜찮다고 말했다. 그러곤 처음 앉았던 홀 소파 자리로 날 안내했다.

"조금 놀라긴 했어요. 갑자기 오실 줄 몰랐거든요. 항소는 어떻게 되어가나요?"

그녀가 따뜻한 차를 내밀며 물었다. 옅은 미소를 보자 마음이 한결 편해졌다. 그녀라면 무슨 얘기든 들어줄 것 같았다. 나는 숨을 한 번 푹 내쉰 뒤 말했다.

"사실 소송이 길어지고 있어요. 얼마나 더 기다려야 할지 모르는 상황이에요. 1년, 2년, 혹은 더 걸릴 수도 있겠죠. 변호사님 도 작성해 주신 자료가 도움이 될 거라고는 하면서도 자살이 산 재로 인정되는 경우가 워낙 드물어서 어려울 수 있다고 하시더라 고요. 안 될 마음으로 해보는 거라고…….”

“아…….”

진심으로 안타까워하는 마음이 '아' 한마디에 전해졌다. 나는 쓸쓸한 미소를 한 차례 짓고 솔직하게 말했다.

“시위도 해보고 청원도 해보고 별별 일을 다 해봤어요. 소송 도 그렇고요. 그런데도 안 될 거라는 마음으로 계속 기다리다 보 니까 센터장님께 여쭤보고 싶은 게 생겨서…… 그래서 근처 지 나다가 갑자기 찾아오게 된 거예요. 왠지 대답해 주실 것 같아서 요. 웃기죠?”

“아뇨, 전혀요. 필요하시다면 언제든지 찾아오셔도 좋은걸요.”

그녀가 미소를 짓자 얕은 보조개가 보였다. 생각해 보니 그 녀는 그간 나를 만나며 미소 한번 제대로 짓지 못했구나 싶었다. 아마 이런 일을 하기 때문이겠지. 나는 잠시 시선을 돌려 커다란 창 밖을 보았다. 청명한 하늘과 맞닿은 낮은 빌라들이 눈에 들어 왔다. 저 빌라에 사는 사람 모두 '살고 있다'는 게 신기했다. 지금 여기 있는 나도.

나는 다시 그녀를 보고선 품어왔던 물음을 꺼냈다.

“자살로 낙인찍힌 다른 유가족분들은 어떻게 살아가세요?”

“자살 유가족분들의 삶을 물으시는 건가요?”

그녀는 되물었다. 갑작스러운 내 질문이 다소 낯선 듯했다. 나는 그녀가 지난날 내게 남편의 마음을 설명해 주었듯 내 마음을 설명했다.

"좀 이상한 질문일 수 있지만, 생각해 봤어요. 만약 주열 씨의 죽음이 회사에 의한 사고가 아니라 그저 자살로 끝나게 돼버린다면…… 자살이라는 낙인이 찍히게 된다면…… 저랑 아이는 어떻게 살아가야 할까. 지금이야 계속 싸우고 있지만 언젠가 이 싸움도 끝이 나게 될 테니까요. 그때 만약 자살로 결과가 나온다면 어떻게 해야 하나 생각하게 되더라고요. 그래서 센터장님께 물어보고 싶었어요."

그녀는 내 말을 다 듣고도 바로 대답하지 않았다. 한동안 슬픈 눈으로 날 지그시 바라봤다. 나 같은 사람을 수없이 만나봤을 텐데, 무엇이 그리 슬픈지 알 수 없었다. 나는 그녀의 답을 기다렸다. 무슨 말을 듣더라도 그녀의 말을 받아들일 셈이었다.

"그 누구도 낙인찍을 수 없고 자살이 낙인이 되어서도 안 돼요. 지금 송연아 씨가 하고 계신 일 모두 낙인찍히지 않은 삶을 위한 싸움이에요. 자살이라는 것이 낙인이 되어서는 안 된다는, 한 사람의 잘못만이 아니라는 걸 증명하고 계시는 거예요. 설령 법으로 산재 인정을 받지 못한다 해도 고인이신 남편분과 지금 여기 계신 송연아 씨, 그 누구도 두 분께 낙인을 찍을 수는 없어요. 다른 자살하는 분들도, 다른 유가족분들도 마찬가지예요. 중요한 것은 '자살'을 했다는 게 아니라 '소중한 사람을 잃었다'는 거죠. 저희 모두 그 인식을 만들기 위해 각자의 자리에서 할 수 있는 일을 하는 거라고 생각해요."

"……."

"이 소송이 끝나더라도 송연아 씨가 할 수 있는 일은 많이 있어요. 자살이라는 편견에서 벗어나 소중한 사람을 잃은 슬픔을 온전하게 받아주는 세상을 만드는 일이요. 다른 자살 유가족분들도 그렇게 살아가세요. 각자의 삶에서, 각자의 위치에서."

그녀의 말을 듣고 생각했다. 나는 다른 '자살'한 사람을, 그 유가족의 아픔을 나와 같다고 해왔던가? 나는 다르다고 생각하진 않았나. 그들 역시 자신의 자리에서 누군가 원망하고 후회하면서 어떻게든 살아가고 있을 텐데. 자신의 슬픔이 온전히 이해받길 바라면서.

그들과 나는 다르지 않았다. 소송에서 지더라도 내가 해야 할 일은 똑같았다. 아이에게 주열 씨를 가족을 위했던 아버지로 남기는 것. 주열 씨가 부끄럽지 않은 아버지라 말해주는 것. 그게 내가 할 수 있는 앞으로의 일이었다.

마지막으로 센터를 나가기 전, 나는 그녀와 마주 섰다. 차분하고 다정한 그녀의 얼굴이 눈에 들어왔다. 그녀와 나는 닮은 구석 하나 없는데 서로의 마음이 비슷하다고 느꼈다. 그녀가 해준 말들 때문이었을까.

"감사해요."

"힘든 일이 있으면 언제든 다시 방문해 주세요. 좋은 소식이 있어도요."

그 말 끝에 그녀는 날 감싸주었던 손으로 악수를 청했다. 지금 보니 생각보다 작은 손이었다. 나는 그녀의 작은 손을 잡았다. 은은한 미소도 함께였다. 그녀는 악수를 끝내고 슬쩍 이런 물음을 던졌다.

"혹시, 강주열 씨의 마음을 다시 듣고 싶진 않으세요?"

"……아뇨. 이제 그 마음을 알았으니까요. 아마 주열 씨도 전화를 받아주지 않을 것 같아요. 제가 이연이와 미래를 살아가길 바랄 테니까요."

"두 분, 멋진 관계네요."

"센터장님에게도 그런 사람이 있잖아요. 소중해서 포기하고 싶지 않은 사람요."

그 말에 그녀는 대답 대신 쓴웃음을 지었다. 괜한 얘기였다고 덧붙였지만, 그녀는 금방 빈자리 하나 없어 보이는 미소를 지으며 괜찮다고 했다. 끝까지 그녀는 대답하지 않았다. 나도 묻지 않았다.

뒤돌아 센터를 나오는 길. 나와 그녀는 점점 멀어졌다. 나는 앞을 향했다. 이제 남은 것은 내가 혼자 해내야 하는 일들이었다. 그녀도 그걸 알고 있었다. 각자의 위치에서 각자 해내야 한다는 걸. 가로수가 늘어진 길. 좁은 틈 사이. 때 이른 꽃봉오리가 피어 있었다.

＊

그로부터 몇 년 후, 자살 관련 기사에 다는 댓글을 규제하는 법안이 통과됐다는 기사를 접하면서 나는 다시 그녀를 떠올렸다. 기사에는 이런 내용이 있었다.

심리부검센터 강지안 센터장의 말에 따르면, (……) 이에 중앙 심리부검센터는 유가족의 건강한 삶을 위해서 지난 2022년부터 댓글 규제 법안을 신청해 왔다.

2장

※

공소권 없음

The Girl in a Phone Booth

"감사해요. 이 말, 꼭 하고 싶었어요."
"그 얘기 하러 오셨군요. 저도, 정말 감사해요."

숨이 차올랐다. 두꺼운 암막 커튼은 밤낮 상관없이 이곳을 가장 어두운 곳으로 만들었다. 냉골이 된 원룸이라는 작은 공간. 나는 이불을 꽁꽁 싸매고 전기장판 위에 앉아 있었다. 얼굴로는 찬기가, 전기장판과 맞닿은 엉덩이엔 열기가 느껴졌다. 발끝이라도 이불 밖에 삐죽 나올 때면 어김없이 찬기가 훅 닿았다. 밖이 얼마나 추운지는 몰라도 코가 시렸다. 손에는 유행이 지난 스마트폰이 들려 있었다. 그곳에는 낯선 번호가 찍혀 있었다.

02-XXX-XXXX

통화를 걸기 위해 찍은 번호. 스마트폰 화면만이 원룸을 밝혔다. 초록색. 통화 버튼을 누를까? 누르지 말까? 누르는 거야. 아니, 아니야. 고민하는 동안 스마트폰이 어두워졌다. 잠금모드에 들어간 탓이었다. 나는 다시 스마트폰 화면을 켜고 전화번호를 보았다. 누르면 된다. 통화 버튼 한 번만 누르면 될 일이야. 아무리 속으로 외쳐봐도 통화 연결 버튼은 눌리지 않았다. 다시 화면이 꺼졌다. 어둠이 찾아왔다.

이불을 머리끝까지 뒤집어썼다. 이불을 끝까지 덮든 말든 어두운 건 매한가지였다. 몸을 웅크리고 전기장판에서 올라오는 열기로 얼굴을 녹였다. 숨을 쉴 때마다 따뜻한 기운이 올라왔다. 숨이 계속 답답해지는 것은 이불 속에 공기가 없기 때문일까, 용기가 없기 때문일까. 다시 한번 스마트폰 화면을 켜봤지만 그 이상은 몸이 움직이지 않았다. 뭐라 얘기해야 할지 알 수 없었다. 무슨 얘길 듣게 될지 몰라 무서웠다. 아무도 이게 현실이라 생각하지 않을 것 같았다. 아무도 내 곁에 없었다.

잠에 든 것이 언제인지 모른다. 어둠과 어둠 사이에서 시간은 무의미했다. 얼마나 잔 건지. 어쩌다 잠에 든 건지 생각나지 않았다. 하루에 몇 번씩 다시 잠들어도 상관없었다. 아니, 그 편이 나았다. 잠든 시간만이 현실을 잊게 해주니까. 눈을 뜨면 온갖 현실이 폭포처럼 쏟아지니까. 눈물과 함께. 이 모든 것으로부터 도망갈 수 있다면 영원히 눈을 뜨고 싶지 않았다. 아무도 날 찾지 않길 바랐다.

지이이잉.

진동 소리가 들렸다. 온몸이 소스라쳤다. 스마트폰엔 아무런 알람도 뜨지 않았다. 집 안 어딘가에서 내 것이 아닌 다른 휴대전화가 진동하는 듯한 소리. 내 것이 아닌 소리. 지금 이 진동 소리를 나만 들은 건가. 물을 사람조차 없었다. 여기엔 나 혼자니까.

"으흐흐흑…… 흐윽……."

아무도 날 찾지 않았다는 안도감과 그럼에도 누군가 날 찾아낼 것 같은 불안감이 섞여 눈물이 났다. 할 수 있다면 스마트폰조차 버리고 이곳을 나가 아무도 찾을 수 없는 곳으로 도망가고 싶었다. 산이나 바다를 떠올리기도 했다. 깊은 산속. 깊은 바닷속. 이곳을 떠나면 나는 얼마나 버틸 수 있을까. 수중에 남은 돈은 겨우 백 언저리. 한 달. 이곳을 떠난다면 한 달 만에 죽겠지. 그이상 버틸 돈은 없으니까.

한 달보다 더 살고 싶어 떠나지 못하는 것일까. 그런데 지금 죽고 싶은 이 마음은 뭘까. 왜 나는 아무것도 못 하고 있는 걸까. 이렇게 이곳에서 죽는 걸까. 돈이 떨어져서. 먹을 수가 없어서. 혹은 죽는 것 외엔 벗어날 길이 없어서.

다시 스마트폰을 켰다. 차마 걸지 못한 번호를 다시 찍었다. 지금 이렇게 죽는다면 전화 한번 못 할 일도 아닐 것이다. 죽는 것보다 전화 한번이 더 쉬울 것이다. 스스로에게 용기를 북돋기 위해 죽음까지 끌고 갔다. 남은 용기라곤 죽을 용기밖에 없는 것 같아서. 통화 버튼을 눌렀다. 신호음이 들려왔다.

따르르릉 따르르릉.

규칙적인 신호음이 세 번 정도 울렸을 때, 내 심장은 터질 듯이 두근댔다. 누군가 받아주었으면 하는 마음과 아무도 받지 않았으면 하는 마음이 동시에 들었다. 한 번 더 신호음이 들려왔을 땐 서둘러 전화를 끊었다. 나는 전화를 걸었다. 어찌됐든 걸었다. 받지 않은 건 그쪽이다. 그렇게 자신을 다독였다. 차마 끝까지 아무도 받지 않는다는 걸 확인할 순 없었다. 영원히, 아무도 내 연락을 받지 않을 것 같아서.

후욱. 숨이 나왔다. 그때 내쉰 숨은 안도의 숨이었을까, 불안의 숨이었을까. 아무도 날 도와줄 수 없을 거라는 절망은 왜 드는 걸까. 통화 연결음을 끝까지 듣지 않은 건 나인데. 그때 스마트폰이 울려댔다. 이번엔 진짜 진동 소리였다.

스마트폰엔 방금 전화를 끊은 번호가 그대로 찍혀 있었다. 손을 내밀어 진동을 껐다. 진동 소리만 들려도 숨이 막혀왔기 때문이다. 전화를 거는 것도 망설여졌지만, 막상 전화가 오니 받는 것도 망설여졌다. 가만히 빛나는 스마트폰을 바라봤다. 받을까? 말까? 생각에 잠긴 동안 전화가 끊겼다. 그쪽은 자동응답기로 넘어갈 때까지 전화 연결을 기다린 것 같았다.

지이이잉, 지이이잉.

다시 한번 전화가 울려댔다. 방금과 똑같은 번호. 스마트폰은 내 손에서 열심히 울려대고 있었다. 조금씩 손에 땀이 났다. 받을까? 버튼 한 번만, 한 번만 눌러볼까. 나는 천천히 통화 연결 버튼에 손가락을 가져다 댔다. 화면과 아슬아슬하게 닿을 때 즈음 반사적으로 손이 움직여 버튼을 눌렀다. 통화가 연결됐다.

　─여보세요? 부재중 전화 보고 연락드렸습니다. 심리부검센터 강지안이라고 합니다.

　─아, 저…….

　말투가 차분하고 부드러운 여성 목소리가 들려왔다. 목소리만 들었을 뿐인데 덜컥 눈물이 날 것 같았다. 무슨 말을 해야 할지 몰라 말을 잇지 못했다. 그러자 그녀가 물어왔다.

　─혹시 어떤 용무로 전화 주셨을까요?

　─…….

　─아, 그럼 어떻게 알고 전화 주셨는지 여쭤봐도 괜찮을까요?

　─인터넷으로…… 검색해서요.

　처음 이곳의 번호를 발견했을 때, 어쩌면 지금 내게 가장 필요한 것일지도 모른다는 생각이 들었다. 자살로 소중한 사람을 잃은 이들을 위한 게시판과 상담 전화번호. 누구도 내 마음을 모를 거라 생각했던 내게 그 공간은 어쩐지 위로 같았다. 그녀는 우물쭈물한 나와 달리 자연스럽게 질문을 이어갔다.

　─성함과 나이가 어떻게 되시나요?

　─유나은…… 스물두 살이에요.

　─근 3년 이내에 가깝거나 소중했던 분이, 떠나가셨나요?

　그녀는 서두르지 않고 내가 생각할 시간을 주었다. 말하지 못하는 상황조차 염두하는 듯한 태도였다. 가깝거나 소중했던 사람. 그 말을 곱씹고 있자니 눈물부터 났다. 흐느끼는 소리가 참

아지지 않고 입으로 튀어나와 고스란히 그녀에게 전해졌다. 그녀
는 전화를 끊지도, 묻지도 않고 기다렸다. 내가 스스로 말할 때
까지.

　—남자친구가 저 때문에……. 제가 헤어지자 그래서……. 그
래서…… 아, 모르…… 모르겠어요.

　—혹시 남자친구분이 사망하신 날짜가 대략 언제쯤인가요?

　—두 달……? 세 달……?

　—스스로…… 선택하신 건가요?

　—경찰은 그렇다고…….

　그녀는 내 말에도 당황한 기색 하나 내보이지 않았다. 오히려
너무나 많은 생각과 감정으로 엉킨 내 머릿속을 하나씩 풀어내
기 위해 차근차근 답할 수 있는 것부터 물어왔다.

　—남자친구분 나이는 어떻게 되실까요?

　—두 살 연상…… 스물넷이요.

　—인터넷이라면 사이트를 보고 연락 주신 거죠? 두 분 관계
는 어떠셨나요? 지금 유나은 씨 상황은 어떤지 제가 좀 듣고 싶
어서요.

　—저…… 오빠랑은 1년 반 정도 같이 살았어요. 만나는 동안
몇 번 헤어졌는데 그럴 때마다 죽겠다 그러고 손목도 긋고…….
그래도 날 아직 사랑하는구나 싶어서 다시 만나곤 했는데, 술만
먹으면 욕하고 가끔 때리기도 하고. 그렇다고 막 신고할 정도는
아니어서……. 그땐 진짜 그만해야겠다는 생각으로 집도 구해서

나와 따로 살았어요. 근데 이번에도 죽겠다고 해서……. 진짜 죽을 줄은 몰랐어요. 그냥 또 그러는구나 싶었는데……. 오빠 부모님은 제가 죽였다고 너도 죽여버리겠다 그러고, 일도 잘리고 경찰도 와서……. 어쩌다 보니…… 모르겠어요. 그냥 다…… 제 탓 같아서…….

두서없이 머릿속에 떠오르는 것이 툭툭 튀어나왔다. 앞뒤가 맞는지, 제대로 말하고 있는 건지 판단도 되지 않았다. 그럼에도 그녀는 날카로운 지적 한번 하지 않았다. 어떻게든 내 말을 있는 그대로 듣기 위해 노력하는 듯했다.

─혹시 유나은 씨도 자살을 생각해 보신 적이 있을까요?

─…….

섬뜩한 단어를 말하는 그녀의 어투는 따스했다. 조금이라도 날카로운 느낌이었다면 전화를 끊어버렸을 텐데 그녀는 그러지 않았다. 다시 눈물이 차오르는 바람에 목이 막혀 쉽게 말이 나오지 않았다. 가슴에선 신음이 밀려 올라왔다. 나는 겨우 신음을 말로 바꾸었다.

─죽고…… 죽고 싶어요…….

그 말에 그녀는 쉽사리 어떤 얘기도 꺼내려 하지 않았다. 그래선 안 된다거나, 그것은 잘못된 일이라고 꾸짖고 단정하지도 않았다. 다만 말을 꺼냈을 땐, 단호하고 선명한 발음으로 또박또박 전달될 수 있게 얘기하려 애쓰는 마음이 느껴졌다.

─유나은 씨, 먼저 심리부검 의뢰를 맡도록 할게요. 대신 그동

안 유나은 씨가 잘 버텨주셔야 해요. 저희가 이유를 찾고 유나은 씨의 죄책감을 덜어드릴 수 있도록 최선을 다하는 동안, 유나은 씨는 그 죄책감에 지지 않고 기다리고 견뎌주셔야 그 죄책감에서 벗어나 앞으로를 살아가실 수 있어요. 심리부검에 앞서 서류를 몇 가지 보내드릴 테니 동의해 주시면 돼요. 그 후엔 인터뷰를 하게 될 거예요. 인터뷰는 방문이 편하신가요, 아니면 저희가 찾아뵐까요?

　─찾아오시면 좋을 것 같아요.

　그녀가 확신을 갖고 말하자 내 모든 상황을 해결하기 위해 무엇이라도 해줄 것처럼 느껴졌다. 아무도 해주지 못한 일들을. 마음 한구석. 누구라도 구해주길 바랐다. 얼굴도 모르는 그녀일지라도. 죄책감을 벗어나 살아갈 수 있다고 말하는 그 말이 꿈처럼 느껴졌다.

　─네, 그렇게 하겠습니다. 시간과 일정은 이 연락처로 보내드릴게요. 그동안 상담치료를 받으시면 좋겠어요. 저희 쪽에서 필요한 부분은 준비해서 연락드릴 거고요. 혹시 더 말씀하실 부분이 있나요?

　─아뇨…….

　─좋아요. 그럼 인터뷰날 뵐게요. 제가 한 말, 약속이라 생각하고 지켜주세요.

　그녀는 마치 나를 다룰 줄 아는 것 같았다. 약속이라는 말은 쉽사리 어길 수 없는 것이니까. 그런 것이라도 없다면 버틸 수 없을 마음을 아는 사람이었다. 마지막까지 전화를 먼저 끊지 않은 것도 그녀였다. 나는 짤막한 대답과 함께 전화를 끊었다. 고개를 들고 방을 쳐다봤다. 얼굴에서 빳빳하게 굳은 눈물 자국이 느껴졌다. 세상은 여전히 어두웠다. 빛나는 건 그녀와 막 전화를 마친 스마트폰뿐이었다.

. . . .

자살자(이기범, 24세)는 사건 당일, 2022년 10월 4일 오전 12시 30분경부터 전 여자친구에게 연락을 취했으며 오전 1시 20분경에는 한강 다리 위에서 전 여자친구에게 사진을 찍어 보냄. '다시 만나지 않으면 뛰어내리겠다'는 내용으로 확인. 오전 1시 32분경에는 한강 다리 펜스에 몸을 반쯤 넘긴 채 사진을 찍어 보냈으며 이에 전 여자친구가 경찰에 신고. 오전 1시 38분경 경찰이 도착했을 땐 이미 자살자는 보이지 않았고 바로 수색에 들어갔으나 사체로 발견됨. 사인은 투신에 의한 익사. CCTV 확인 결과 전 여자친구에게 마지막으로 연락한 1시 32분경 스스로 몸을 반쯤 내민 것이 확인되었고 그 이후에 다리 밑으로 떨어지는 것이 포착되었음. 반복적으로 전 여자친구에게 '자살하겠다'는 연락을 취해온 것으로 보아 수사 과정에서 자살로 판명됨. 정신과적 치료 이력은 없으나 반복적으로 '자살'을 얘기하거나 이별 이후 자해 사진을 전 여자친구에게 보내온 것으로 보아 정신과적 이슈가 있었을 것으로 의심됨. 의뢰인은 전 여자친구로 자신 때문에 자살자가 자살하게 되었다는 죄책감이 심해 인터넷 검색을 통해 심리부검을 의뢰하

....

헤어지려고 했었다. 수없이 헤어져야 한다 생각했다. 처음 천둥같이 크게 소리쳤을 때, 나는 그가 무서웠다. 어떻게든 지지 않으려고, 두려움을 숨기려고 나도 큰소릴 냈다. 서로의 언성은 점점 높아졌다. 그러다 언성이 아닌 다른 큰 소리가 났다. 오빠가 손에 들린 내 스마트폰을 집어 던진 것이다. 내 얼굴을 향해.

스마트폰은 아슬아슬하게 머리를 비껴가 벽에 부딪혔다. 그는 붉어진 얼굴로 숨을 쌕쌕댔다. 순간 정적이 찾아왔다. 나는 그를 일부러 쏘아봤다. 놀란 마음을 숨기고 싶어서. 그의 표정은 조금씩 누그러졌다. 나는 그걸 보고서야 몸을 돌려 떨어진 스마트폰을 주웠다. 액정이 모두 깨져 있었다. 얼마나 충격이 컸는지 전원조차 꺼졌다. 깨어진 액정에 손가락을 대자 살짝 베여 피가 났다. 등 뒤로 그가 말했다.

"미안, 미안해."

"……."

"내가 널 얼마나 사랑하는지 알잖아."

방금까지 스마트폰을 내 얼굴에 대고 던진 사람이 이번에는 어느 누구보다 애처롭게 말했다. 처음이자 마지막일 거라고 믿었다. 화가 나면 누구든 한 번은 그럴 수 있다고 생각했다. 속으로 내게 말했다. 이번 한 번만 그런 걸 거야. 사랑하잖아. 그럴 수도 있잖아. 사랑한다잖아. 스스로 마음을 어떻게든 달래는 동안 그가 내게 다가와 뒤에서 껴안으며 말했다.

"내일 스마트폰 새로 사러 가자. 내가 사줄게."

"……."

그는 다음 날 구형 스마트폰을 중고로 사주었다. 마음 같아선 좋은 것을 잔뜩 사주고 싶지만 그러지 못해 미안하다 말했다. 내 손엔 유행 지난 스마트폰이 들려 있었다. 그는 어제는 잊고 웃는 것 같았다. 어제는 잊고 사랑해 주는 것 같았다.

*

쿵! 쿵! 쿵!

누군가 현관문을 두드리는 소리에 정신이 들었다. 누구지? 배달은 시킨 적이 없는데? 나는 그 소리에도 이불 속을 벗어날 용기가 나지 않았다. 망설이는 사이 두 번째 소리가 들려왔다.

쿵! 쿵!

슬그머니 문 앞으로 다가갔다. 바로 문을 열어주기보다 외시경으로 밖을 봤다. 어떤 여성이 서 있었다. 배달 기사도, 오빠의 부모님도 아니었다. 스마트폰을 확인했다. 1월 13일, 오후 2시. 그제야 생각났다. 오늘은 심리부검을 한다던 사람과 약속을 잡은 날이었다.

철커덩.

문을 열었다. 늦은 점심. 햇빛이 들어옴과 동시에 그녀의 모습이 보였다. 나와 비슷한 키에 옅은 쌍꺼풀, 단정한 길이의 슬랙스 바지가 눈에 띄었다. 시선을 조금 내리니 검은색 에나멜 구두가 맑게 빛나고 있었다. 밝은 빛에 눈이 부서 그녀를 똑바로 쳐다보기 힘들었다. 그녀가 현관 앞에 서서 말했다.

"전화드렸던 강지안입니다."

그녀는 명함을 내밀었다. 하얗고 두께감 있는 명함에는 센터 로고와 함께 '심리부검센터 대표 강지안'이라고 적혀 있었다. 내가 명함에만 시선을 두자 그녀가 나긋하게 물었다.

"제가 들어가도 괜찮을까요?"

"아…… 네."

내가 뒷걸음질 치며 원룸으로 들어가자 그녀가 구두를 벗고 따라 들어왔다. 현관문을 닫으니 집이 다시 어둑해져서 서로의 얼굴을 제대로 볼 수 없을 정도였다. 그녀는 살며시 원룸 안을 살피다 암막 커튼 앞으로 향했다. 그리고 다시 내게 물었다.

"커튼, 좀 열어도 괜찮아요?"

"……네."

"대화하기엔 조금 어두운 것 같아서요. 실례할게요."

그녀가 과감히 커튼을 걷자 빛이 환하게 들어왔다. 이렇게 빛이 잘 드는 집이었나 싶을 정도였다. 주변이 밝아지자 집 안 곳곳이 하나씩 눈에 들어왔다. 치우지 않은 배달 음식 찌꺼기들. 내놓지 않은 쓰레기. 얼룩덜룩한 좌탁. 아무렇게나 널브러져 있는 옷들. 내가 살아오던 곳이, 지켜오던 모습이 이런 거였나. 이 모두를 함께 봤을 그녀를 생각하자 부끄러움이 밀려왔다. 그러나 그녀는 아무렇지 않은 듯 좌탁 앞에 앉아 내게 눈짓했다.

"오빠네 부모님이 찾아올까 봐…… 밖에…… 잘 안 나가요."

내가 애써 변명해 가며 그녀 앞에 마주 앉았다. 밝은 곳에서 보니 그녀는 코가 작고 오밀조밀해 동안이라는 느낌이 들었지만, 실제로도 나이가 그렇게 많아 보이진 않았다. 다만 풍겨오는 분위기가 무게감 있어 어른이란 느낌이 들었다. 그녀는 다정하게 말했다.

"춥진 않으세요?"

"잘 땐 전기장판 켜서 괜찮아요. 계속 난방 켜면 돈 나가니까……."

"그러시군요."

걱정하는 그녀의 마음이 느껴지자 벌써부터 시야가 뿌옇게 보였다. 눈물이 차오른 탓이었다. 누군가에게 다정한 배려를 받은 지가 언제인지 기억조차 안 나 그녀의 작은 마음 하나가 너무나 소중히 느껴졌다. 나는 어떻게든 눈물을 흘리지 않기 위해 눈을 깜박이지 않았다. 눈물은 눈가에만 머물렀다. 흔들리지 않는 그녀의 눈동자와 달리 내 눈동자가 흔들리고 있었다는 걸, 그녀는 알았을까.

그녀는 감정에 젖은 나와 달리 담담해 보였다. 내가 자신의 얼굴조차 보지 않음에도 서류 가방에서 서류 한 뭉텅이를 꺼내

설명했다. 사건을 위한 정보동의서와 비밀유지각서 등 다양한 서류였다. 나는 그녀의 얘길 들으며 서명하기 위해 펜을 잡았다. 떨리는 펜촉에서 내 불안이 느껴졌다. 서류 절차를 밟은 뒤엔 그녀가 내 눈을 정면으로 응시했다. 그러곤 특유의 분위기를 풍기며 천천히 말했다.

"이제부터 질문을 드릴게요. 괜찮으시죠?"

그녀가 물었다. 그 말을 듣고서야 그녀가 왜 나를 찾아왔는지 생각났다. 오빠가 죽고 그 죄책감에 못 이겨 전화한 것이 나흘 전이었다. 그때도 전화 한 번을 하기 위해 수차례 망설이고 떨었다. 정말 내 잘못일까 봐. 내 잘못이 드러날까 봐. 오빠의 부모님처럼 내가 그를 죽였다고 생각할까 봐. 세상에 내 편이 아무도 없었기에 전화를 걸었던 걸까? 잃을 것이 없었기에 그녀가 날 찾아온 걸까?

"먼저 자기소개 부탁드릴게요."

"유나은……. 스물두 살이요. 고등학교 졸업하고 카페에서 알바하다 직원으로 일하게 됐는데 얼마 전부터 안 나가요. 밖에 나가는 것도 무섭고……. 오빠네 부모님이 카페로 찾아왔거든요. 그래서 일하던 곳에서도 잘리고 계속 집에서 지내는데, 일도 해야 하는데……. 아무것도 못 하고 있네요."

틱. 틱틱, 소리가 들려왔다. 내가 내 손톱을 물어뜯는 소리였다. 의식하지 않았는데도 오빠 얘기가 나오자마자 반사적으로 움직인 듯했다. 손끝이 붉게 부어오르는 것도 신경 쓰지 못했다. 반복적으로 손톱을 계속 물어뜯을 뿐이었다.

"전 남자친구분은 어떻게 만나셨어요?"

"카페에서 일할 때 손님으로 자주 왔었어요. 오빠 말로는 제가 맘에 들어서 계속 왔던 거래요. 말도 좀 하게 되고, 전화번호도 교환하고, 몇 번 따로 만나다가 사귀게 되고. 사귄 지 세 달쯤 됐을 때 오빠는 고시원에 살고 저도 룸메이트랑 따로 살게 돼서 집을 합치자 했죠. 그렇게 1년쯤 같이 살았는데……. 그래서 더 못 헤어진 것도 있고……."

"그분은 어떤 분이셨나요?"

"초반에는 엄청 잘해줬어요. 배달 회사에서 관리하는 일을 했는데 나름 인정받는다고 얘기도 하고 기념일도 잘 챙기고 그냥 평소에도 사랑한다 자주 얘기해 주고 표현도 잘하고……. 근데 같이 살면서 술 먹는 날이 많아지더니 싸우면 욕도 하기 시작하고, 나중에는 발로 차거나 밀치기도 하더라고요. 침대에 머리를 박아서 찢어진 적도 있어요. 경찰에 신고도 할까 했는데 그러고 나면 꼭 바로 미안하다고 비니까……. 그다음엔 언제 그랬냐는 듯 잘해주고……. 근데 그게 반복되니까 너무 무서웠어요. 언제 다시 화내고 싸울지도 모르고……. 그래서 사귄 지 반년 좀 지났을 때 헤어지자고 했는데 헤어지면 죽겠다면서……."

손끝에 축축함이 느껴졌다. 물어뜯은 손가락에서 피가 비친 탓이었다. 나는 맺힌 핏방울을 보곤 입 속에 쑥 넣어버렸다. 손을 빼자 다시 핏방울이 솟아올랐다. 손끝을 비비고 피를 닦아내며 그때를 떠올렸다. 죽을 거라면서 찾아왔던 그를. 사랑한다고 말했던 그를.

"그때는 그냥 그래서 다시 만났어요. 그런데 다시 헤어지자고 말했을 땐 제 앞에서 손목을 그었어요. 놀라서 또다시 만나고, 헤어지고 다시 만나고. 오빠는 계속 화가 나면 욕하고 때리고……. 이젠 진짜 헤어져야겠다는 생각으로 짐을 싸고 집을 나왔어요. 계속 연락이 오더라고요. 다시 안 돌아오면 자살하겠다고. 손목을 그어서 사진을 보내오고, 절 죽이겠다고도 하고……. 답도 안 하고 무시하려고 했는데 그날 한강에서 뛰어내리겠다고 사진을 보내오더니 진짜…… 그렇게…… 진짜…….."

*

그날만큼은 정말 마지막이라고 생각했다. 한 달 전, 머리가 찢어진 날. 응급실에서 머리를 꿰매며 정말로 마지막이라고 생각했다. 한 번만 더 내게 욕을 하거나 밀친다면 다시는 오빠를 만나지 않겠다고 말했다. 그는 고개를 끄덕였고, 무서우리만치 부드러운 말투로 나에게 사랑한다고 했다. 이 모든 일이 실수에 불과했다고. 다시는 그러지 않겠다고. 바보같이 그 말이 믿고 싶었다. 그가 아니면 내가 돌아갈 곳은 없었으니까.

하지만, 끝나지 않았다. 잠시 평화로운 시간이 있었을 뿐, 그는 다시 내게 욕을 했고 손을 치켜들었다. 시작은 늦은 시간 울린 진동 소리였다. 나와 누워 있던 그가 누구냐고 물었고 '친구'라 답했다.

"친구 누구?"

"왜…… 같이 고등학교 다녔던 애 있어."

"남자야?"

그의 눈이 싸늘해졌다. 나는 애써 그의 팔에 매달리면서 말했다.

"그런 거 아냐."

"그러면 누군데, 씨발."

그의 입에서 다시 욕이 나왔을 때, 지금까지의 일이 계속 반복될 거라고 느꼈다. 연락 온 사람이 남자고, 여자고가 중요한 게 아니었다. "누군지가 그렇게 중요해?"라고 말을 받아치자 그는 더욱 언성을 높였다. 자신이 응당 그래야만 한다는 듯이. 그는 내 스마트폰을 뺏으려 달려들었고 나는 그를 피해 도망갔다. 좁은 집에서 도망갈 수 있는 곳은 많지 않았다. 그는 금방 내 팔을 낚아챘고 스마트폰을 빼앗았다. 나는 다시 그에게 밀려 넘어졌다.

"……내놔."

"이 새끼한테 전화해 본다?"

"내놓으라고!"

벌떡 일어나 그의 손에 들린 스마트폰을 빼앗았다. 그의 눈은 매서웠다. 그 뒤 날아오는 손은 묵직하게 내 뺨을 때렸다. 고개가 돌아간 채로 섰다. 다시 그의 눈을 보고 싶지 않았다. 나는 방에서 옷가지 몇 개와 지갑이 있는 가방을 챙겨 밖으로 나갔다. 밖으로 나가는 동안 한 번도 그의 눈을 쳐다보지 않았다. 현관문을 닫고 빠르게 그곳을 벗어나는 동안에도 스마트폰 진동 소리는 멈추지 않았다.

하루는 친구 집에서 머물고 다음 날 바로 작은 반지하 원룸을 구했다. 바로 들어갈 수 있는 고시원 같은 곳이었다. 풀 짐도 없어 이불이 배달 오기 전까진 가져온 옷가지들을 모아 그 위에서 잠을 청했다. 그때도 스마트폰은 멈추지 않고 울려댔다. 하루에 수백 번, 죽겠다는 연락과 죽여버리겠다는 연락이 반복해서 왔다. 일주일이 지났을 때엔 하루 정도 연락이 오지 않았다. 지긋지긋하던 진동 소리가 멈추자 오히려 불안함이 올라왔다.

연락이 그치고 다음 날 밤 12시 30분을 넘긴 시각, 그가 피투성이가 된 손목 사진을 하나 보내왔다. 지금 연락받지 않으면 죽을 거라면서. 몇 번을 겪은 일임에도 떨려오는 심장을 다독일 수 없었다. 지금 연락하게 되면 다시 모든 게 똑같아질 거라고 나를 부여잡는 수밖에 없었다. 애써 그의 연락을 무시했다. 진동 소리를 내는 스마트폰에는 '기범 오빠'라는 이름이 계속 떴다. 두려운 마음이 사랑이라면 나는 그때도 그를 사랑하고 있었다.

전화가 잠시 멈추고 다시 스마트폰이 울렸다. 사진 한 장이었다. 한강 다리에서 다리 하나와 몸을 반쯤 밖으로 내민 사진.

너 다시 나 안 만나면 지금 뛰어내려서 죽어버릴 거야.

살인자 되고 싶어?

보기만 해도 위태로워 보이는 사진은 지금 내가 겪는 것이 현실인지 물어왔다. 진짜 뛰어내릴 생각인가? 진짜 한강 다리에 올라간 걸까? 의문이 들면서도 손은 급하게 112를 눌렀다. 신고해야겠다는 생각이 먼저 들었다. 경찰은 상황을 물어왔다. 나는 벌벌 떨며 어떻게든 상황을 설명했다.

―남자친구…… 남자친구랑 헤어졌는데, 지금 한강에서 뛰어내리겠대요. 사진…… 사진 보내왔어요.

신고를 마치고 전화를 끊자 스마트폰은 다시 울리지 않았다. 괜찮다는 연락도, 죽었다는 연락도 오지 않았다. 그렇게 두려워하던 진동 소리를 그날만큼은 기다렸다. 밤이 너무나 길었다. 그가 죽었다는 연락을 받은 것은 이틀이 지난 낮이었다.

*

"주변에서도 알고 있었어요?"

나는 고개를 가로저었다. 머리를 푹 숙인 탓에 머리카락이 시야를 가렸다. 아무도 알지 못했다. 말할 수 없었다. 말할 사람도 없었다. 그가 내 연락을 모두 통제했으니까. 다 확인하고 답장까지 본인이 하기도 했으니까. 지금 날 지켜보는 그녀의 표정은 어떨까. 나는 차마 그녀의 표정을 확인할 용기조차 나지 않아 계속 눈을 가렸다.

"주변에서는 전 남자친구분이 어떤 사람이라고 하던가요?"

"좋은 사람이라고…… 성실하고, 능력 있고, 재밌는 사람이라고……. 오빠 친구들을 만날 때면 오빠는 항상 인기 있는 편이었어요. 다 잘 어울리고 친구들도 나쁜 얘기 하나 하는 사람도 없고……. 제 친구들한테도 잘해줘서 친구들이 남자친구 잘 만났다고 얘기할 정도였어요."

"얘기하지 못한 이유가 그것 때문이었나요?"

"네……. 애초에 자기가 그런다는 걸 얘기도 못 하게 했어요. 감시하고, 확인하고……. 다 좋은 사람이라고만 하니까…… 남자친구가 때린다고 하면 저만 이상해질 것 같아서……. 또 잘해줄 땐 진짜 잘해주니까, 싸우지만 않으면 된다고 생각했어요. 제가 좀 더 잘하면 된다고…… 그럼 잘 지낼 수 있을 거라고……. 이번에도 제가 헤어지자고만 안 했어도……."

나는 부정할 수 없었다. 그를 온전히 미워할 수 없었다. 처음 내게 보여줬던 웃음들. 서로가 같이 보냈던 시간. 기념일에 몰래 등 뒤에 숨겨 가져온 꽃다발. 내가 열이 나면 늦은 시간인데도 어떻게든 해열제라도 사 왔던 모습. 그 모습들은 내가 보기엔 사랑이었다. 그가 날 사랑한다고 믿었다. 가끔 폭력적이었다 해도, 그 모든 기억을 부정하고 싶진 않았다. 그렇게라도 믿어야만 내 마음이 편했다. 날 사랑해서 그런 거라고. 그는 날 사랑한다고. 사랑받지 못했던 삶보다, 그렇게라도 사랑받았던 삶이 낫다고 생각했다.

"유나은 씨 잘못이 아니에요."

그녀는 고개 숙인 내 얼굴을 살며시 들여다보며 말했다. 새까
만 눈동자가 언뜻 보였다. 가볍고 하찮은 위로를 하려고 꺼낸 말
이 아니라는 걸, 그녀의 눈이 알려주었다. 그럼에도 나는 그 말을
믿을 수 없었다. 그의 가족은, 오빠의 부모님은 내게 살인자라고
했으니까. 어떻게든 출근한 직장까지 찾아와 내게 살인자라 외치
고 나 때문에 그가 죽었다고 했으니까. 그곳에 사람이 얼마나 있
든 상관하지 않았다. 아니, 오히려 사람이 많길 바랐을 것이다.
내가 살인자라는 걸, 모두가 알아야 한다고 했으니까.

그들도 내게 말했다. 살인자가 되고 싶냐고.

"유나은 씨가 겪은 일들, 그 모든 건 폭력이에요. 유나은 씨가
더 잘했더라면, 헤어지지 않았더라면, 그런 생각을 한다고 해결
될 수 없는 일이요. 이런 폭력은 반복돼선 안 되고 유나은 씨는
자신을 지키기 위해 옳은 선택을 하신 거예요. 유나은 씨는 더
나은 사랑을 할 수 있고, 사랑받을 수 있어요. 저희가 그 죄책감
을 가져갈게요. 혼자가 아니에요, 나은 씨."

"죄송해요……."

"그럴 때는 '고마워요'라고 해줘요."

그녀가 나의 어깨를 감싸고 부드럽게 토닥였다. 그녀의 손이
한 번 내게 닿을 때마다 슬픔이 울컥 올라왔다. 그녀는 고맙다고
말해달라 했지만, 여전히 내 입가엔 미안하다는 말이 맴돌았다.

지울 수 없는 죄책감에 나는 아무 말도 할 수 없었다.

*

그날부터 며칠이 지났을까. 나는 매번 눈을 뜰 때면 그녀의
말이 떠올랐다.

"유나은 씨 잘못이 아니에요."

"유나은 씨가 겪은 일들, 그것들은 폭력이에요."

그 말을 곱씹으며 하루를 보냈다. 모두가 나를 탓했지만, 그
녀만큼은 날 탓하지 않았다. 어쩌면 모두가 날 탓한다는 것 또한
내 생각일 뿐일지 모를 일이었다. 세상이 그녀의 눈으로 날 바라
봐 준다면, 누구도 날 탓하지 않았을까? 그럼에도 나는 여전히
집 밖을 벗어날 수 없었다. 내가 저 밝은 곳으로 발을 디딘다면,
누군가는 날 찾아내 당신은 사람을 죽였다고 외칠 것 같았다.

지이이잉.

이번에도 환청인 줄 알았다. 밤 12시. 누군가에게 연락이 오
기엔 다소 늦은 시간이었으니까. 그 누구도 이 시간에 날 찾지
않을 테니까. 아니, 언제라도 이제 날 찾지 않길 바랐다. 나의 지
난 일들을 들춰낼까 봐. 그들도 날 탓할까 봐. 하지만 다시 한번,
소리가 들려왔다.

지이이잉.

깨끗한 소리. 이건 현실의 소리였다. 얇은 막이 낀 듯한 느낌

이 아니라 현실에 존재하는 소리. 나는 스마트폰을 뒤집었다. 그녀의 연락이었다.

나은 씨, 혹시 지금 방문 가능할까요?

늦은 시각, 이 시간에 그녀는 왜 나를 찾는 걸까. 그녀의 인상을 봐선 늦은 시간, 제멋대로 연락해 올 사람 같진 않았다. 오히려 밤이 되면 누구와도 만나지 않고 조용히 일을 마칠 사람, 언제나 예의를 지켜 연락해 올 그런 사람처럼 보였다. 내가 확인만 하고 답장을 하지 않자 다시 문자가 왔다.

나은 씨가 꼭 해줘야 하는 일이 있어요. 주무시고 계시지 않는다면, 제가 지금 방문할게요.

해야 하는 일……? 도대체 내가 무슨 일을 할 수 있다는 걸까. 나는 의아함에 결국, 답장을 했다.

무슨 일인데요?
만나서 얘기하고 싶어요. 불편하지 않으시다면 지금 가도 될까요?
……네.

만약 그녀가 '그녀'가 아니었다면, 나는 그녀의 방문을 어떻게 생각했을까. 그녀의 초연한 모습. 진지한 분위기. 섬세한 배려와 부드러운 말투. 그 모두가 합쳐진 그녀의 모습을 떠올리면 거절이란 어려운 일이었다. 그리고 무엇보다 나보다 견고하고 단단해 보이는 그녀가 내 도움이 필요하다니. 무슨 일인지 몰라도 그녀에게 중요한 일 같았다.

30분, 아니 40분 정도 됐을까. 방 전체가 낮게 울렸다. 1층 주차 공간에 누군가 주차할 때면 자동차 엔진 소리에 반지하가 이렇게 울려대곤 했다. 시동이 꺼지는 게 느껴지고 조금 뒤, 누군가 현관문을 두드렸다. 그녀였다.

"죄송해요, 늦은 시간에."

"아…… 아뇨. 괜찮아요……."

"일단 저랑 같이 가실 곳이 있어요. 차에 탈래요? 가면서 설명드릴게요."

그녀는 그렇게 말하고선 내게 신발을 신겼다. 꺼내 신어본 지 오래인 낡은 운동화였다. 그녀의 구두는 아이보리색 단화였다. 슬리퍼가 바로 앞에 있는데도 내게 운동화를 신기는 그녀의 마음을 알 수 없었다.

차에 타자 그녀는 시동을 걸고 어딘가로 향했다. 그녀가 남성이라면 꽤나 무서울 법한 상황이겠지만, 악의가 전혀 보이지 않는 그녀에게선 어떠한 위압감도 느껴지지 않았다.

"부탁드릴 게 있는데…… 아, 혹시 뒷좌석에 있는 노트북 좀 보시겠어요?"

"……아, 잠시만요."

나는 그녀의 차 뒷좌석에 아무렇게나 놓인 노트북을 집어 무릎 위에 올렸다. 그녀는 운전에 집중하면서도 말하는 것을 잊지 않았다.

"먼저, 봐주실 게 있어요. 노트북에 영상 하나 있죠? 그거 보시겠어요?"

"……?"

그녀 노트북에 담긴 영상을 틀었다. 어두운 밤에 촬영된 것인지 검고 푸른 빛이 감돌았다. 그곳엔 한 남성이 덩그러니 서 있었다. 한강 다리. 한강 다리였다. 그 남성은 스스로 몸을 다리 밖으로 내밀고 손을 뻗었다. 손에는 휴대전화가 들려 있었다. 그리고 몇 분 뒤. 남성은 다리 아래로 떨어졌다. 나는 그가 누군지 알 수 있었다.

"이건……."

"이걸 보여드리는 게 나은 씨를 위한 일일지 많이 고민했어요. 그런데 조금 더 자세히 보면……."

그녀가 운전하면서 노트북의 키보드를 눌러가며 한 프레임씩 앞으로 넘겼다. 키보드를 한 번 누를 때마다 그가 움직였다. 이윽고 그가 손을 뻗어 내게 보낼 사진을 찍을 즈음, 그의 몸이 흔들렸다. 무게가 잘못 실린 사람 같았다.

다음 프레임. 또 다음 프레임. 영상 속 그는 뛰어내리려는 것인지, 중심을 잡는 것인지 알 수 없게 움직였다. 그러나 서서히 몸이 난간 밖으로 밀려나 훅 떨어졌다. 떨어지는 순간까지 난간을 부여잡으려는 듯 팔을 내밀고 있었다.

"저희 쪽에서 사건을 다시 조사하다 발견한 부분이에요. 이기범 씨의 부모님 또한 인터뷰를 마쳤는데, 아무래도 성장 과정에서 일어난 '자기애성 성격장애'로 판단이 되더라고요. 자기애성 성격장애를 가진 사람은 성과 중심적 행동과 승부욕, 성취욕, 소유욕을 크게 보이는 경향이 있어요. 이를 테면…… 나은 씨를 자기 소유물로 본다는 거죠. 이론적으로는 어린 시절 부모의 무관심과 절대적 애정의 교차로 인해 불안정 애착 유형이 형성되어 발생한다고 해요."

"그래서요……?"

"자기애성 성격장애는 자살률이 낮아요. 자신이 우월하고 최고라고 생각하기 때문이죠. 그런 면에서 이기범 씨가 자살할 이유는 없어 보인다는 게 저희 쪽 의견이고, 그래서 당시 사건 파일을 다시 조사한 거예요. 그리고 이 영상을 봤고요."

"……자살이 아니라는 건가요?"

"영상만 봐선 확실하지 않아요. 그래서 확인하기 위해 나은 씨가 필요해요. 잡아요!"

그녀가 과감하게 드리프트를 했다. 운전은 험하게 하는 스타일인가. 이렇게 급히 가는 이유가 있는 걸까. 나는 어리둥절해서 그녀를 바라봤다. 그의 죽음이 자살이 아닌 사고사라는 걸까. 그걸 확인하기 위해 왜 내가 필요한 걸까? 내가 상황을 판단하지 못하자 그녀는 사뭇 진지한 얼굴로 주차 모드까지 한번에 처리한 뒤 드디어 차를 세웠다.

"내리죠."

"……."

좁은 오르막 골목에 멋대로 주차해 놓은 차에서 내리자 낡은 공중전화박스가 바로 앞에 놓여 있었다. 그 주변으론 가로등밖에 없어 눈에 띄는 것은 공중전화박스 하나였다. 그녀는 천천히 전화박스 앞으로 걸어갔다. 그러곤 믿기지 않는 얘길 했다. 말하면서도 믿기지 않는다는 듯이.

"이 공중전화로 고인의 사망 시간에 전화를 걸면 고인의 마지막 마음을 들을 수 있어요. 그 마음을 간절히 듣고 싶은 사람과 간절히 말하고 싶던 사람의 마음이 연결돼야 들을 수 있죠. 저도 전화를 걸어봤지만, 연결되지 않았어요. 이기범 씨 부모님도 마찬가지였고요. 전화를 들을 수 있는 사람은 단 한 사람이에요. 남은 사람은 나은 씨고요. 나은 씨라면, 이기범 씨의 마지막 마음을 들으실 수 있을 것 같아 이 시간에 찾아온 거예요. 마지막 마음을 들으면 확실히 알 수 있을 것 같아서요."

나는 그녀가 지금 무슨 말을 하고 있는 건지 알 수 없었다. 눈을 보아도 조금의 거짓이 묻어나오지 않아 더 혼란스러웠다. 그녀는 자신의 휴대전화로 시간을 확인했다. 새벽 1시 31분. 1분 뒤면 그가 다리에서 뛰어내린 시간이었다.

"시간이 얼마 없어요. 부탁해요, 나은 씨."

그녀가 나를 공중전화박스로 끌고 왔다. 세월의 때가 타 잿빛이 되어버린 공중전화였다. 여기저기 흠이 나고 손때가 탄 수화기. 숫자가 반쯤 지워진 버튼. 공중전화박스를 비추는 빛이 다른 가로등. 그 묘한 분위기에 이끌려 나는 홀린 듯 오빠의 번호를 눌렀다. 스마트폰이 아닌 공중전화. 같은 번호임에도 버튼을 누르는 감각이 낯설었다.

"통화 버튼, 눌러보세요."

나는 그녀의 말에 손가락을 올렸다. 이미 이성적으로는 아무것도 구분되지 않는 상태였기에 더 이상 의심조차 들지 않았다. 통화 버튼을 누르는 순간, 그녀에게 처음 전화를 걸었을 때가 떠올랐다. 그 괴로움과 망설임의 시간이.

따르르룽, 따르르룽.

전화가 연결되는 소리가 들렸다. 내 놀란 표정을 보자 그녀가 예감했다는 듯 자신도 통화를 들을 수 있도록 내 옆에 딱 붙어 수화기 가까이 귀를 댔다. 부담스러울 정도로 가까운 곳에서 본 그녀의 표정은 진지했다. 그녀의 말을 믿어서 전화를 건 것은 아니지만, 전화가 걸린다는 것 자체가 이상하기도 했다. 이윽고 통화 연결음이 끝났을 때, 오빠의 목소리가 들려왔다.

내가 널 사랑해서 만난 줄 알아? 사랑하는 척하니까 뭐라도 된 줄 알고 소리나 지르고 말이야. 그냥 넌 말이나 잘 들을 것 같아서, 쉽게 넘어올 것 같아서 작업이나 쳤던 거야. 그런데 이제 뭐? 헤어지자고 하더니 답장도 안해? 나 같은 사람이 만나주면 그냥 조용히 지낼 것이지. 내가 이런 거 하나 못 해서 너한테 끌려다닐 줄 알아? 몇 번 손목 긋고 난리 치면 또 내 앞으로 기어 오겠지, 니가 어쩌겠어? 죽긴 내가 왜 죽어? 내가 죽으면 죽더라도 너랑 같이 죽을 거야. 사랑해서가 아니라 너가 사는 꼴은 보기 싫어서. 끝까지 찾아내서 결국 내 앞에서 슬슬 기게 해야지. 씨발. 습관을 잘못 들였어요. 하여튼. 아, 아! 살려줘! 아악······.

말이 뚝 끊겼다. 마치 전화를 뚝 끊은 것처럼. 그의 목소리로 흘러나온 욕은 그가 내게 욕하던 때의 어투와 완벽하게 똑같았다. 그냥 그가, 그 말을 한 것 같았다. 그의 목소리를 함께 들은 그녀는 숨을 작게 몰아쉬었다. 나는 멍하게 그녀를 보고 있을 뿐이었다.

"예상대로네요."

"뭐가 어떻게 된 거죠?"

"지금 들은 얘기가 이기범 씨의 마지막 마음이에요. 사고로 떨어지면서 중간에 끊기듯 남았나 봐요."

"아니······ 이게 가능······ 그것보다 이게 오빠의 마지막 마음이라고요?"

"네. 이기범 씨는 나은 씨를 사랑하지 않았어요. 오로지 소유하려 했을 뿐이죠. 아마 그 집념 때문에 나은 씨와 통화 연결이 된 것 같네요."

이 잔인한 말을 어찌 저리 평온하게 할 수 있는지. 그녀의 말

111

을 부정하고 싶었지만, 흘러나온 목소리가 그의 마지막 마음이든 아니든 그의 목소리로 녹음된 것만은 부정할 수 없었다. 분명 그였으니까. 그렇다면 진짜 오빠는 날 사랑하지 않은 걸까. 그저 소유하고 싶었던 걸까. 나는…… 나는 사랑했는데. 사랑이라 생각했는데. 원망과 분노 속에서도 슬픔은 그치지 않았다. 그가 사랑이든 아니든 내가 사랑하는 그를 잃은 것은 매한가지였으니까.

"저희 쪽에서 재수사를 의뢰할 거예요. 이기범 씨 부모님께도 말씀드릴 거고요."

"그래도…… 그래도…… 저랑 헤어지지 않…… 않았으면, 그런 사고…… 없었을 거잖아요."

오만 가지 감정이 섞여 나온 것이 고작 눈물이라 나 자신이 바보 같았다. 설령 사고라고 한들, 아니라고 한들 내가 헤어지자 말하지 않았다면 그런 사고조차 일어날 일이 없지 않았을까? 아니, 그가 날 사랑하지 않았어도, 소유욕에 불과했어도 한강 다리에서 몸을 내민 것은 나 때문이 아닌가. 내가 그를 사랑해서. 내가 그를 사랑한다 믿어서. 그에게 속아줘서. 이 모두가 아니라면 나는 죽은 사람을 탓해야 하는 걸까. 대화조차 할 수 없는, 죽고 싶지도 않았던 사람을.

순간 그런 생각이 들었다. 그런 그를 원망해야 한다는 것이, 사랑하는 죄책감보다 버겁다는 것. 사랑하는 편이, 죄책감에 시달리는 편이 나아서 나는 그를 사랑했던 것일까. 그때 그녀가 내 생각을 비집고 말했다.

"알아요. 사랑하셨겠죠. 사랑하니까 변할 거라 믿으셨겠죠. 하지만 지금 중요한 것은 이기범 씨의 죽음이 누구의 잘못인가가 아니에요. 살아 있는 유나은 씨가 어떻게 살아가느냐죠. 저는 유나은 씨가 데이트 폭력을 당했다는 것과 사랑한 사람을 죽음으로 잃었다는 사실을 죄책감으로 묻어버리지 않고 제대로 마주하며 치유해 나가셨으면……."

"제 마음을 어떻게 알아요!"

조용한 뒷골목. 내 목소리가 동네에 울려 퍼졌다. 혼란스러운 상황에서 차분하게 얘기하는 그녀에게 화가 치밀어 올랐다. 아무리 그녀의 말이 맞다 해도 남겨진 것은 나 하나였다. 그녀같이 차분할 수 없고, 그녀같이 넘겨버릴 수도 없었다. 어떻게 그럴 수 있는지 아무도 알려주지 않았다. 그게 외로웠고, 또 슬펐다.

"어떻게…… 어떻게 그렇게 사냐고요! 죽었다고요. 오빠가 죽었다고요! 저 때문에……. 선생님이…… 선생님이 제 마음 어떻게 알아요? 책임질 것도 아니잖아요……. 저 대신 힘들어할 것도 아니잖아요……."

"……."

"죄…… 죄송해요……."

울컥 외치고 나니 죄책감이 쏟아졌다. 왜 항상 소리를 지르면 후회할 일만 펼쳐지는지. 어찌 됐든 날 위해 시작한 일인데. 내가 먼저 그녀를 찾았는데. 그녀에게 화를 낸 나에 관한 죄책감이 마음을 짓눌렀다. 그녀는 아무런 말도 하지 않았다. 그런 그녀의 얼굴을 쳐다볼 수 없었다.

얼마간의 시간이 흐르고 나서 살며시 고갤 들어 그녀의 표정을 살폈다. 그녀는 나를 보고 있지 않았다. 내 뒤편 공중전화에 시선이 머물러 있었다. 표정은 차분했지만, 머무른 시선은 아무런 세상도 존재하지 않는다는 듯 텅 비어 보였다. 그녀는 너무나 슬픈 눈으로, 또 다정하게 말했다.

"……괜찮아요. 그래도 제 마음은 알아주셨으면 해요. 나은 씨 잘못이 아니라고 믿는 제 마음이요. 나은 씨가 사랑한 마음도 믿고 있어요."

살며시 내민 그녀의 손은 옅게 떨리고 있었다. 왜인지 손등이 살짝 불그스름해져 있었다. 내가 차마 손을 잡지 못하는 순간에도 붉은기는 점점 번져갔다. 나는 허공에 내민 손을 바라보았다.

내 잘못이 아니다. 나는 그를 사랑했다. 그것만은 거짓이 아니다. 그가 어떤 마음이든 나는 사랑했고, 그 사랑은 끝났다. 그녀의 손이 말하고 있었다. 지금 이 손을 잡으면 되는 거라고. 받아들이면 된다고. 나는 천천히 손을 내밀었다. 그녀는 내민 손을 놓치지 않으려는 듯 가볍게 내 손을 쥐었다.

그녀가 나를 집까지 다시 데려다주었다. 운전하는 그녀의 손목을 슬쩍 보자 붉게 올라온 부위가 점점 원래의 색을 찾아가고 있었다. 집에 도착한 그녀는 바로 떠나지 않았다. 쓰레기를 모아 집 밖으로 내다 놓고 전기장판에 열이 오르길 기다렸다. 그녀는 마지막으로 자리에서 일어날 때까지 나를 살폈다. 내 표정. 내 마음. 그런 모습 하나하나가 힘든 마음을 하나도 남기지 않고 자신이 가져가겠다는 다짐 같았다. 신발장에서 아이보리 구두를 다시 신을 때도 그녀의 눈은 다정했다. 뒤돌아 나가기 전엔 눈을 똑바로 맞추고 명함 하나를 내밀면서 가라앉은 목소리로 말했다.

"여기로 연락하시면 복지 관련 상담이랑 심리상담을 받아보실 수 있어요. 아마 도움이 많이 되실 거예요. 여기 연락하는 게 불편하시다면 제게 연락 주셔도 돼요. 제가 도움드릴 수 있는 부분은 도와드릴 테니까요. 다만 유나은 씨 스스로 작은 일 하나를 성취해 보는 마음을 얻으셨으면 하는 마음에 명함을 드려요."

내 손 위에 명함이 놓였을 때. 그녀의 진심 어린 마음이 닿았을 때. 진실이 몸속까지 와닿았을 때. 내가 살아야 하는 곳이 이 현실임을 알았을 때. 이제는 내 몫이라는 걸 느꼈을 때. 그때도 나는 고맙다는 말 한마디 할 수 없었다.

심리부검 보고서

성명: 이기범

나이: 만 23세

사망일자: 2022. 10. 4.

사건 개요: 2021년 6월부터 의뢰인(유나은, 22세)과 카페 직원, 손님 사이로 만나 교제를 시작하였으며 교제 3개월 만에 개인 사정으로 동거를 시작. 이후 자살자는 음주 행동과 함께 폭언과 간헐적 폭행을 가하기 시작했고 이에 참지 못한 의뢰인이 몇 차례 이별을 시도했으나 자해 및 자살 협박 등을 통해 의뢰인과의 만남을 유지함. 자살 완료 1주 전에 의뢰인은 동거 생활까지 정리하고 이별을 고했으나 이에 다시 자살자가 연락을 해오며 '다시 안 만나면 한강에서 뛰어내리겠다'고 한강 다리에서 사진을 찍어 보냄. 이후 오전 1시 32분경에는 펜스에 몸을 넘긴 채 '뛰어내리겠다'며 사진과 함께 연락을 해옴. 이에 의뢰인이 신고했으나 자살로 사건이 마무리됨.

성장 과정 및 성향: 자살자(이기범, 24세)의 어린 시절, 사업 실패로 아버지가 정상적인 사회 활동에 참여하지 않고 음주와 폭언, 무시를 일삼았으며 어머니는 가계 활동을 책임지면서 외아들인 자살자의 요구를 거부하지 않고 무조건적인 애정을 보였음. 이에 자살자는 아버지의 무시와 어머니의 허용 속에서 혼란을 겪으며 불안정 애착 유형을 형성. 아버지의 폭언과 무시는 자존감 형성에 큰 타격을 주었고 어머니의 순응은 '내가 특별한 존재다'라는 인식을 심어주어 자기애성 성격장애 유형의 특성을 갖게 됨. 승부욕과 정복욕이 뛰어나 학창시절 교우 관계에서 싸움에 휘말린 경험이 있으나 이후 직장 생활에선 이를 이용하여 유능함을 인정받

고 정상적인 사회 활동에 참여해 몇몇 성취를 이뤄냄.

스트레스 요인: 자기애성 성격장애의 특징으로 자신의 의지대로 누군가 움직이지 않는 것에 큰 스트레스를 받은 것으로 추정. 전 여자친구와 이별하며 급진적으로 자신의 소유물을 잃었다는 감정을 겪으며 지속적으로 자해 및 자살 협박을 해온 것으로 보임. 사랑의 상실보다 소유의 상실 과정에서 과도한 스트레스를 받았을 것으로 짐작됨.

최종 소견: 자기애적 성격장애 특성상 자살까지 이어지는 경우가 드물다는 것, 연락의 내용과 인터뷰의 내용을 종합적으로 판단해 보았을 때 자살자가 보인 행동이 실질적인 스트레스와 실패감으로 인한 자살을 염두했다기보다 의뢰인을 협박하기 위한 용도로 사용되었다는 점과 CCTV 재확인 결과 고의로 뛰어내렸는지 불분명하다는 점을 근거로 수사 기관에 해당 사건을 재수사 요청함.

예방 계획: 지속적인 자해 사진 및 자살 협박이 가해졌을 때 피해자에 관한 보호 조치가 우선됐어야 할 것으로 보이며 자해 행동 시 적절한 심리상담 및 치료과정 개입이 필요했다고 봄. 한강에서 투신한 만큼 해당 지역에서 반복적인 사건이 일어나지 않도록 안전망이 필요함.

〈첨부_CCTV기록〉〈첨부_인터뷰1〉〈첨부_인터뷰2〉〈첨부_인터뷰3〉
〈첨부_연락기록〉〈첨부_정신분석결과지〉

이기범 인터뷰 전문_관계: 모(母)

상담사: 아드님이 어렸을 때 집안 환경은 어땠나요?

익명: 애 아빠가 사업을 하다 망해서 방황을 많이 했어. 지금이야 작은 일이라도 나가지만 그때는 매일 술에 외박에. 술만 먹으면 또 어찌나 난리를 피워대던지. 집 안에 안 부서진 가구가 없었다니까. 그때 애는 막 초등학교에 들어가고…… 애 아빠랑 이혼도 해보려고 했는데 또 학교에서 아빠 없다는 얘기 돌까 꾹 참고 살았지. 진짜 기범이(자살자)만 보고 살았어. 애 아빠는 밖으로 나돌아도 애만 있으면 된다고. 그 맘을 기범이도 알았는지 학교에서 성적도 잘 받아 오고 말도 잘 들더라고. 고집이 세긴 했는데 하나뿐인 아들 부탁 뭘 못 들어주나. 해달라는 대로 다 해줬지. 형편은 안 돼도 부족함 없이 키웠어요.

상담사: 이기범 씨를 대하는 아버님의 태도는 어땠나요?

익명: 그 양반, 눈에 뵈는 게 없어서 만날 욕이었지, 뭐. 나한테도 애한테도. 주말에 어디 시간 내서 같이 다니지도 않았어. 술 먹으러 다니기나 했지. 뒤늦게 정신 차렸지만, 애한테는 미안하죠.

상담사: 혹시 자살에 관한 가족력이 있나요? (물음에 불쾌감을 표출함. 재차 가족력을 물음.)

익명: 애 아빠 쪽에 자살한 사람이 있어요. 기범이 둘째 고모. 서른쯤에 자살했대요. 기범이는 태어나지도 않았을 때에요. 그게 다야.

상담사: 어머님은 아드님이 왜 그런 선택을 했다고 생각하세요?

익명: 그년 때문이지. 그년이 우리 아들을 단단히 홀려서 그런 짓까지 하게 만든 거라니까. 기범이가 학교 다닐 때 또래랑 좀 싸웠긴 해도 그렇게 나쁜 애는 아니었는데. 그년이 뭘 어떻게 했으면 애가 자살까지 한다고 난리 치고 결국 몰래 동거까지 하고. 이렇게 될 줄 알았으면 따로 내보내서 살게 하지도 않았을 텐데.

상담사: 아드님이 학창 시절 싸움을 했던 적이 있나요?

익명: 그냥 애들 싸움이었는데, 애를 좀 때려서 합의했던 적이 있어요. 왜 남자애가 크다 보면 싸울 수도 있고 그런 거죠. 서너 번 그런 뒤론 별로 큰 문제 없이 지냈어.

상담사: 마지막으로 어떻게 하면 아드님의 선택을 막을 수 있었을 거라 생각하시나요?

상담사: 그 여자앨 못 만나게 했다면. 아니, 혼자 살겠다고 나갈 때 못 나가게 했다면. 아니, 차라리 내가 애 아빠랑 빨리 이혼했다면

애가 다 커서 그런 행동을 할 정도로 힘들어하진 않았을 텐데. 내가 단 한 번이라도 애한테 전화를 했다면 달라지지 않았을까. 그런데 어떡해. 나도 다 애 잘 크라고 참고 살고 애 잘되라고 나가서 살게 한 건데, 그년이랑 헤어지고 그 꼴이 났으니 그년을 탓할 수밖에. 내 아주 그년만 생각하면 똑같이 죽이고 싶어. 어디로 숨어 버렸는지. 직장까지 그만뒀더라고.

*본 인터뷰는 재수사 의뢰를 위해 첨부하므로 외부 유출을 금합니다.
*해당 사건 관련하여 의뢰인(유나은)의 보호를 요청합니다.

*

다시 그녀에게 연락이 왔을 때, 나는 그의 죽음이 사고사로 판명 났다는 소식을 들었다. 내 잘못이 아니라고 그렇게까지 얘기해 주고 싶었던 걸까. 그녀는 수화기 너머로 이런 말을 했다.

─이기범 씨의 부모님께도 이 사실을 전달해 드렸어요. 앞으로 유나은 씨를 향한 원망을 거두고 자식을 잃은 부모의 마음을 치유해 가며 살아가시길 바란다고 했고요. 다시 나은 씨를 찾아온다면 반드시 신고해 주세요. 그게 유나은 씨를 스스로 지켜내는 방법이에요.

그녀가 나를 스스로 지켜야 한다고 했을 때, 나는 부모 손을 놓고 막 걸음을 뗀 어린아이가 된 기분이었다. 빛이 들지 않는 반지하. 쌓인 배달 음식 찌꺼기와 쓰레기들. 아무렇게나 놓인 옷가지들이 쌓여 있는 이곳에서 벗어나는 일은 내가 해내야 하는 일이었다. 그녀와의 전화를 끊고 내가 가장 먼저 한 일은 커튼을 걷는 일이었다. 그녀가 처음 이곳에 왔을 때처럼.

쌓인 쓰레기를 분류해 봉투에 넣자 족히 다섯 봉투는 나왔다. 옷은 얼마 없어 모두 곱게 개어 한쪽에 쌓아 올렸다. 이부자리만 겨우 남았던 공간에 여유가 생겼다. 바닥은 물티슈로 천천히 정성스레 닦아냈다. 바닥 닦는 일에 집중하다 보니 생각이 흐려졌다. 지금 내가 어떤 상황인지보다 바닥을 깨끗하게 닦는 일이 무엇보다 중요하게 느껴졌다.

집을 청소하고 난 뒤, 머리부터 발끝까지 따뜻한 물로 씻어냈다. 얼마 만에 한 샤워인지. 따뜻한 물이 피부에 닿아 발끝으로 떨어져 내리는 감각이 예민하게 느껴졌다. 거품을 내고 씻어내는 동안에도 서두르고 싶지 않았다. 모든 것이 씻겨 내려가는 이 순간을 천천히 느끼고 싶었다.

수건으로 젖은 머리를 털자 상쾌한 기분이 들었다. 주변을 정리하고 몸을 씻은 것만으로 세상이 달라진 것 같았다. 여전히 형광등은 켜지 않았지만, 창문에서 불투명한 빛이 들었다. 테이블 위엔 그녀가 남긴 명함이 올려져 있었다.

OO 여성심리상담센터

나는 전기장판 위에 앉아 명함에 적힌 번호를 구형 스마트 폰에 입력했다. 다시 마주한 통화 버튼. 여전히 손끝은 떨려왔다. 톡, 한 번 누르면 되는 일이 망설여지는 것은 어쩔 수 없었다. 가 만히 번호를 바라봤다. 여전히 낯선 번호였다. 그들은 무슨 얘길 할까. 나를 뭐라 말할까. 그러나 나는 그녀의 말을 떠올렸다. 나 를 위로해 주던 말. 나를 믿어주던 말.

스마트폰이 잠금 화면으로 돌아가기 전, 나는 통화 버튼을 눌렀다. 조용한 원룸에 통화 연결음이 울렸다.

─○○ 여성심리상담센터입니다. 무엇을 도와드릴까요?

─……도움을 받고 싶어요.

그 말에서부터 내 삶이 시작되었다. 도움을 받고 싶다는 마음 으로. 그 말로. 그건 내가 도움이 필요하다는 것을 인정하는 말 이자 홀로 걷기 위한 첫발이었다.

*

지이이잉, 지이이잉.

주머니에서 진동이 느껴졌다. 막 주문받은 음료를 다 만들어 갈 즈음이었다. 주머니에서 스마트폰을 꺼내자 '심리부검센터 강 지안'이라는 이름이 떴다. 이전에 전화번호를 저장해 놓은 덕에 그녀라는 것을 바로 알 수 있었다.

"음료 나왔습니다."

샷 추가된 쌉싸름한 아메리카노를 손님에게 건네고 그녀의 전화를 받았다. 작고 조용한 카페 한구석. 스마트폰을 통해 그녀의 익숙한 목소리가 흘러나왔다.

―유나은 씨? 심리부검센터 강지안이에요. 잘 지냈어요?

―아…… 그럭저럭요.

―사건 종결되고 연락을 따로 못 드려서 어떻게 지내시나 확인차 연락드렸어요. 잠깐 통화 가능하세요?

―지금 일하는 중이라…….

내가 난감한 듯 말을 꺼내자 그녀는 괜찮다는 듯 "일, 시작하셨군요"라고 내 안부를 확인했다. 그녀의 말대로 2주 전, 나는 일자리를 구했다. 경력을 살려 동네 골목에 있는 작은 개인 카페에 취직할 수 있었다. 그녀는 약간은 안도한 듯 전화를 마치려 했다. 그때 불쑥, 그녀에게 말했다.

―혹시, 저…… 한번 다시 만나 뵐 수 있을까요?

―저를요?

―네……. 제대로 인사 한번 못 한 것 같아서…….

―저야 괜찮죠. 이번에도 제가 방문드릴까요?

―제가 찾아뵐게요.

내가 찾아간다는 말에 그녀는 흔쾌히 센터의 위치와 방문 가능한 시간을 알려주었다. 나는 속삭이듯 대답하고 전화를 끊은 뒤, 문자로 그녀에게 찾아갈 시간을 보냈다. 연락을 주고받고 나서 나는 스마트폰을 꼭 쥐었다. 그녀를 다시 만난다는 긴장감에 손에서 약간 땀이 났다. 그때의 일을 잊고 싶은 마음에서 오는 긴장감이었다. 하지만 이제 알고 있었다. 언제까지 도망칠 수는 없다는 것을.

다시 만난 날, 나는 그녀의 사무실에 있었다. 삼거리 매점 안쪽에 간판이 있을 거라 일러주어 금방 찾을 수 있었다. 요즘 매점이란 간판 자체도 보기 드문 터라 헷갈리지 않았다. 낡은 건물이지만 내부는 깔끔했다. 차분한 색으로 인테리어한 공간은 꾸준히 다니던 상담센터와 비슷한 느낌이었다.

"오셨어요?"

그녀가 은은한 미소를 지으며 인사를 건넸다. 직원으로 보이는 키 큰 남성 또한 일어나 꾸벅 인사를 하던 참이었다. 나는 남성에게 고개를 까딱하며 작게 인사했다. 처음 보는 얼굴에 조금 당황했던 탓이었다.

"저는 눈 좀 치우고 오겠습니다. 눈이 많이 오네!"

내 눈치를 봐서인지 남성은 그 말을 외치곤 홀러덩 밖으로 나갔다. 그의 말대로 전날 눈이 소복이 내려 이곳으로 오는 길에 흰 눈을 잔뜩 밟으며 왔다. 그가 센터 밖으로 나가자 그녀는 홀에 위치한 소파에 앉으라 말하며 차분하게 이야기를 꺼냈다.

"임상우 씨라고, 저희 센터 직원이에요. 나은 씨는 처음 보죠?"

"……네."

"저분, 나은 씨 오신다는 얘기에 미리 눈을 치워놓겠다고 하더라고요. 그런데 왠지 나은 씨랑 둘이 얘기하고 싶어서 제가 말렸어요. 그리고 지금 나가라고 막 눈치 준 거 있죠?"

그녀가 그 말을 하며 푹 웃는데 어쩐지 안도감이 들었다. 그때 보았던 슬픔은 감춰둔 것인지 사라진 것인지. 그녀는 그때 내 원망을 잊은 듯했다. 20평 남짓한 센터에는 나와 그녀만이 남았다. 무슨 말을 먼저 꺼낼지 몰라 하는 내게 그녀가 먼저 질문을 했다.

"어떻게 지냈어요?"

"그때 주신 명함으로 연락해서 상담치료 받고 있어요……. 일도 구했고요."

"무슨 일 해요?"

"똑같이 카페 일인데, 작은 개인 카페예요. 손님은 적은데 그래서 좋은 것도 있어요. 다음에 놀러 오세요."

"그럴게요."

그녀가 친근하게 대답하자 다시 정적이 흘렀다. 나는 그녀가 내온 따뜻한 찻잔을 감싸 손을 천천히 녹이며 머뭇거렸다. 그녀에게 무슨 얘길 하면 좋을지 몇 번이고 생각하며 왔지만, 막상 이곳에 앉으니 쉽게 말이 나오지 않았다.

"저번보다 보기 좋아요."

그녀가 조심스럽게 말했다. 좋아 보인다는 말조차 조심스럽게 하는 사람이구나. 나는 그녀의 배려에 용기를 내어 무슨 말이든 꺼냈다. 오늘 여기, 얘기하기 위해 온 거니까. 그 일을 마주하기 위해 찾은 거니까.

"밖에도 조금씩 나가곤 해요. 아직 힘들긴 하지만…… 그래도 사람도 만나보려고 글 쓰는 모임 다니고 있어요. 복지관에서 소개해 준 곳인데 사람들끼리 모여서 힘든 얘기도 하고 글도 써요. 그게 좋아서…… 더 해보려고요."

"마음은 좀 어때요?"

그녀를 처음 만났을 때 그 질문을 들었다면 덜컥 울어버렸을 거라 생각했다. 하지만 상담센터를 다니며 나는 그 질문을 종종 마주해야 했다. 내 마음은 어떤지. 앞으로 어떻게 해야 할지. 나는 그간 떠올린 생각을 하나씩 풀어냈다.

"상담도 받고 글도 쓰면서 느낀 게 많아요. 선생님이 제 잘못이 아니라고 해주셨잖아요. 근데 저는 늘 제 잘못 같았거든요. 내가 잘못해서, 오빠가 그렇게 된 거라고……. 그런데 얘기하다 보니까, 상담 선생님도 똑같은 얘길 해주셨어요. 제 잘못이 아니라고요. 그럼 오빠가 나한테 했던 것들은 뭐였을까요, 나는 분명 사랑이라고 생각했는데……."

"……."

"그런데 지금은…… 지금은 그게 폭력이었구나 싶어요. 죽겠다면서 매달린 게 협박이었고, 술 먹고 욕한 거, 밀친 거, 때린 거, 그게 다 폭력이었구나……. 그건 사랑이 아니었구나……. 선생님 말이 맞아요. 제가 아닌 다른 누구였대도 오빤 그랬을 거예요. 그렇게 생각하고 나니 다 내 잘못은 아니구나 싶더라고요. 물론 죄책감을 완전히 버리긴 힘들겠지만……."

그녀는 깊은 눈으로 나를 보고 있었다. 나는 고개를 들어 그녀의 눈을 마주했다. 이 말만큼은 꼭 눈을 마주 보고 말하고 싶었다. 마지막 힘을 내어 그녀에게 말했다.

"감사해요. 이 말, 꼭 하고 싶었어요."

"그 얘기 하러 오셨군요. 저도, 정말 감사해요."

그녀는 찻잔을 쥔 내 손을 살며시 감쌌다. 손바닥 온기가 스르륵 맞닿았다. 그때 내 어깨를 감싸주던 그 느낌 그대로였다. 그녀는 단단한 웃음을 한 번 짓고 목소리를 한 톤 올려 쾌활하게 물었다.

"앞으로는 뭘 해보고 싶어요?"

그녀는 내게 '앞으로'라는 단어를 쓸 수 있다는 것에 진심으로 기뻐하는 듯 보였다. 나한테까지 뿌듯함이 전해져 든든한 마음이 들었다. 그녀의 말을 버팀목 삼아 걸어온 것이 헛된 일이 아니었다는 걸, 그녀는 온몸으로 말해주었다. 나도 그녀와 같이 조금 힘을 주어 말했다.

"글쓰기 모임을 하면서, 다들 각자의 상처가 있다는 걸 알게 됐어요. 같이 글을 쓰고 읽는데 위로를 받아 종종 울게 되더라고요. 저는 그냥…… 다시는 이런 상처가 없었으면 좋겠어요. 저를 포함해서 다른 누구한테라도요. 종종 생각해요. 만약 오빠의 죽음이 사고가 아니라 진짜 자살이었다면 나는 죄책감을 이렇게 벗어날 수 있었을까? 누군가 저처럼 폭행을 당했는데 상대가 진짜 자살해 버리면 어떻게 하지? 그런 물음을 던지면 마음이 너무 아파요, 피할 수 없을 것 같아서……. 그래서 글을 쓰려고요. 저 같은 사람뿐만 아니라 가해자가 진짜 자살했을 때 남겨질 사람의 마음까지 이해하고 위로할 수 있는 글을요. 저를 위해서…… 그 사람들을 위해서 글을 쓰고 싶어요."

"듣기만 해도 위로받는 마음이에요. 저도 응원할게요."

차가웠던 손을 녹이느라 찻잔은 금방 식어버렸지만, 그 따스함이 마음속으로 들어온 느낌이었다. 그녀에게 나의 마음을 다 털어낸 것 같은 기분. 그녀는 어쩌면 다시는 자신을 찾아오지 않길 바라는 듯했다. 자신에게 힘든 마음을 다 건네고 홀가분히 앞을 향해 나아가길 바라면서. 그것이 그녀의 마지막 역할이었을지도 모른다.

"만약에 책 나오면 한 권 보내드릴게요."

"꼭! 약속이에요."

내가 뒤돌아 센터를 나올 때까지 그녀는 나를 배웅했다. 시원섭섭한 마음으로 계단을 하나씩 내려가자 건물 밖 풍경이 눈에 들어왔다. 새하얀 눈이 낮게 깔린 아스팔트. 누군가 밟은 흔적. 이곳에 올 때의 내 발자국인가 생각하고 있을 때, 다시 눈이 내렸다. 제법 굵은 눈 줄기는 천천히, 소복하게 다시 쌓였다. 시커멓게 변해버린 발자국 위로 다시 새하얗게. 나는 건물 앞에 서서 쌓여가는 눈을 감상하듯 보았다. 어느새 발자국은 흔적도 없이 사라졌다.

그때가 되어서야 나는 눈을 맞으며 다시 새하얀 거리로 나왔다. 다시 발자국을 새기며. 눈이 내린 날은 유난히 조용하다던 어떤 이의 말이 떠올랐다. 진동 소리도 들리지 않을 것 같은, 고요한 날이었다.

3장

❋

두 개의 얼굴

"다영이는 기적이 있을 거라 생각해?"
"있으면 좋겠어요. 없는 것보다 낫잖아요."

발자국 소리가 들려온다. 가벼운 걸음과 탁! 탁! 맑게 바닥을 치는 소리. 시간은 오후 5시 40분. 다영이가 학교를 마치고 무사히 집으로 오고 있다. 아이가 눈에 보이지 않으면 세상에서 사라진 듯한 느낌이 들곤 한다. 그리고 이 발소리가 들려올 즈음, 난 세상에 아이가 아직 존재한다는 것에 안도한다. 하지만 진짜 시작은 지금부터다. 이제 곧 현관 비밀번호를 누르고 집 안으로 들어서겠지. 숨을 크게 들이마셨다. 마음으로 할 수 있는 가장 곱고 부드러운 말을 입에 머금고 표정을 풀었다.

띠띠띠디띠띠.

"우리 다영이, 학교 잘 다녀왔어? 오늘은 별일 없었고?"

다정한 엄마처럼 아이에게 다가갔다. 아이는 신경질적이진 않왔지만 무심하게 소파에 바로 누우며 "별일 없었어요"라고 말했다. 손에는 스마트폰이 들려 있었다. 친구와 연락을 하는 듯 내쪽으로 시선조차 주지 않았다. 마음에선 재촉했다. 뭐라도 더 해. 더 살가운 말이라도. 더 다정한 표정이라도. 애써 나온 말은 "간식 줄까?"라는 짧은 말이었다.

"저 이따 친구들 만나러 나갈 거예요."

"몇 시에?"

"7시요."

"그 저녁에? 누구?"

"엄마!"

아이가 큰 소리를 내자 몸이 떨려왔다. 더 큰 소리로 아이에게 안 된다는 말을 할 수 없었다. 좋은 엄마가 되자. 아이를 힘들게 하지 말자. 최대한 부드럽게. 차분하게. 마음을 가라앉히고 대화를 하는 거다.

"엄마는 걱정돼서 그러지. 나가지 말라는 게 아니고."

"그냥 친구 있어요."

"몇 시까지 들어올 건데?"

"10시 전에요."

"그렇게 늦……."

아이가 나를 노려봤다. 차가운 눈길에 몸이 얼어붙는 것 같았다. 집 안에 도는 싸늘한 기운에 다리가 후들거렸다. 그 애가 떠났던 날에도 이런 싸늘함이 감돌았다. 늘 따스하고 포근한 집이었다면 지금 여기 함께했을까. 나는 남은 아이를 지키고 싶었다. 그렇기에 연기했다. 친근하고 다정한 엄마를.

"그럼 한 시간에 한 번은 연락하고. 어딘지 꼭 말해주고."

"알겠어요."

"엄마랑 약속 지킬 수 있지?"

"……네."

아이는 소파에서 가방을 낚아채듯 들고 방으로 들어갔다. 방문이 닫히는 소리가 마음의 소리 같아 가슴이 아려왔다. 마음 같아선 다영이의 방문은 없애버리고 싶었다. 무엇을 하는지 언제든지 볼 수 있게. 아이의 작은 것까지 모두 통제하고 싶었다. 내 안에서 안전하게 살길 바랐다. 그러나 내 마음처럼 붙잡으면 안 된다는 것은 내가 가장 잘 알고 있었다. 붙잡으려다 완전히 먼 곳으로 첫째가 떠나갔으니.

첫째 아영이가 떠난 지 2년. 둘째 다영이는 지금 떠나간 아영이의 나이가 되었다. 그때부터 나는 참을 수 없이 두려웠다. 다영이도 아영이처럼 열일곱 이후의 삶이 없을까 봐. 같은 선택을 하게 될까 봐. 모든 것을 잃을까 봐. 그래서 어떻게든 좋은 엄마이고 싶었다. 조금 늦었더라도. 최소한 다영이에게만이라도. 하지만 그마저도 왜 이리 어려운 걸까. 다영이의 마음을 알 수 없었다. 아영이의 마음도 알 수 없었는데. 다영이도 떠나갈 것 같은 불안감. 불안감을 숨기려 애써 좋은 모습만 보여주는 날, 다영이는 어떻게 받아들일까.

＊

그 전화는, 우연이었을까.

다영이의 고등학교 입학식이 지난 어느 초봄이었다. 나의 일상은 대부분 다영이를 중심으로 이뤄졌다. 아이를 등교시키고 돌아오면 밥을 차려주고 학원을 챙기고. 집이라는 것은 내 삶과 같았다. 그곳에 사는 다영이도. 전화가 울린 시간은 저녁이었다. 다영이가 학원에 가 있을 시간. 모르는 번호로 울려대는 이 전화가 혹시 다영이 일인가 싶어 급히 받을 수밖에 없었다. 그런데 생각지도 못한 이름을 들었다.

─양아영 님 어머님 되시죠?

아영 엄마. 지난 2년. 나를 그렇게 부르는 사람은 더 이상 없었다. 조심스럽게라도 주변에서는 아영이의 이름을 쉽게 뱉지 못했다. 대신 '다영 엄마'의 삶이 내게 부여되었다. 나는 그 두 아이 모두의 '엄마'였음에도.

─네, 혹시 어디신지……?

─아, 저희는 중앙 심리부검센터입니다. 현재 새학기를 맞이해 자살률이 올라가는 10대의 자살 예방 계획 수립 연구를 진행하고 있는데요. 실례되는 일이지만, 자살 예방을 위해 유가족분들께 연락을 드려 심리부검을 진행하면서 자료와 케이스를 모으고 있습니다. 저희 쪽에서 전달받은 바로는 2년 전에 아영 양이 그…… 사망하셨다고요.

―아니 그러니까, 아영이가 죽어서, 연락을 주셨다고요?

―아…… 어머님. 그런 의미는 아니고요. 저희는 자살 예방 계획 수립을 위한 공공기관이라고 보시면 됩니다. 아영 양처럼 청소년기에 자살로 떠나는 사람이 없도록 노력하고 있어요. 그 노력에 양아영 님 어머님께서 도움을 주신다면 정말 감사하겠습니다.

처음에는 대체 무슨 말인지 알 수가 없었다. 딸이 자살해서 연락을 했다. 자살 예방을 한다. 아영이의 얘기가 필요하다. 아영이가 죽었다는 것을 이렇게 얘기하는 그들에게 소리를 지르고 싶었다. 그런 일로 아영이를 찾지 말라고. 자살이라는 걸로 아영이를 끝내버리지 말라고. 하지만 겨우 그 말을 참을 수 있었던 것은 '아영이와 같은 아이들'이란 말 때문이었다. 나는 다영이가 아영이처럼 될까 두려웠으니까. 조금의 방법이라도, 돌파구라도 있다면 다영이는 아영이처럼 되지 않게 할 수 있을 테니까. 직원이란 사람이 절차와 의미를 주절주절 말하는 동안 내 머릿속엔 다영이가 떠올랐다. 내가 보지 못한 세상이 있을 다영이. 살아 남겨진 다영이. 살아남아야 하는, 살아야 하는 우리 다영이.

―……할게요. 어떻게 하면 될까요?

―저희 센터로 방문 주시겠어요? 주소는…….

＊

　기대가 너무 컸던 것일지도 모르겠다. 다영이 때문에 심리부검이란 일에 참여하게 된 것도 있지만, 내심 알고 싶었던 것은 왜 아영이가 떠나갔느냐였다. 아영이의 마음을 알아야 다영이의 행동도 막을 수 있을 것 같았으니까. 부검이라는 단어에 어울리게 무엇이라도 찾아내고 맞추며 이유를 내밀 줄 알았던 심리부검은 실제로 정보동의서를 작성한 뒤 500개가 넘는 문항에 답을 하는 방식으로 진행됐다. 질문지에는 '사망 3개월 이내 고인이 스트레스를 얼마나 받았습니까?', '유년 시절 활달한 편이었다' 등 간단한 질문들에 '전혀 아니다', '아니다', '보통이다', '그렇다', '매우 그렇다'로 나눠 체크를 하는 것이 다였다. 정작 아영이에 관한 얘기는 20분 정도 나눴으며 그마저도 아영이의 얘기보다 아영이를 보낸 후 상황에 더 치우쳐 있었다. 이게 다인가. 두 시간에 달하는 심리부검 인터뷰를 마치고 돌아가려는 길, 나는 지푸라기라도 잡는 심정으로 센터 직원에게 물었다.

　"혹시…… 우리 아영이가 왜 그렇게 떠났는지 이유라도 알 수 없을까요?"

　"아, 저희 센터는 자살 예방을 목적으로 하고 있어서 결과는 알려드릴 수 없어요."

　"……."

　"대신……."

센터 직원이 다가와 조심스럽게 운을 뗐다. 마치 다른 이들에게는 들리면 안 된다는 모양새여서 귀를 기울일 수밖에 없었다.

"딱 한 군데, 임상으로 진행 중인 심리부검센터가 있어요. 원래 여기 중앙 심리부검센터에서 근무하시던 분이 센터장으로 가계시는데, 그곳에선 인터뷰와 함께 조사가 이뤄지고 결과까지 전달해드린다고 해요. 그것 때문에 흥신소니 뭐니 안 좋은 소문이 있어서 오히려 유가족분들이 꺼리실까 봐 잘 추천드리진 않는데……."

"소개해 주실 수 있나요?"

"원하시면 말씀드릴게요. 그래도 믿을 수 있는 분들이라는 건 분명합니다."

그러고 직원은 휴대전화를 뒤적이더니 수첩에 번호와 이름을 휘갈겨 내게 전해주었다.

심리부검센터 강지안 02-XXX-XXXX

. . . .

자살자(양아영, 17세)는 2021년 4월 8일 오전 9시 20분경 자신의 방에서 의뢰인(정유화, 45세)에게 발견됨. 신고 당시 이미 사망 이후였으며 검시 결과 사망 추정 시간은 같은 날 오전 1시 10분경. 리스트컷에 의한 과다 출혈 및 쇼크사로 판명. 출혈이 직접적 원인이라기보다 충격으로 인한 심정지로 추정됨. 치명적 자해 이전에 얕은 상처 수준의 주저흔이 다수 발견됨. 교사의 증언에 의하면 14세 때부터 자해를 해온 것으로 보이며 자해의 횟수가 잦았으나 자살 시도로 이어지거나 치명적인 자해까지 이어지진 않았다고 진술. 그러나 자해 행동으로 인해 의뢰인과 말다툼이 잦았으며 사망 전날 밤 평소보다 크게 다퉜다고 함. "그래봤자 죽을 수나 있냐", "이제 정신 좀 차려라"라는 등의 대화가 오갔고 자살자는 다음 날 사망한 채 발견. 의뢰인은 자살자의 어머니로 자신의 언행 때문에 자녀가 사망했다는 극심한 죄책감과 함께 차녀(양다영, 사건 당시 15세) 육아에 어려움을 겪고 있음을 호소함. 중앙 심리부검센터에서 시행한 [청소년 자살 예방을 위한 지침 계획서] 참고 조사인으로 참여하며 심리부검을 알게 되었으며 해당 센터로 연계됨. [2023. 4. 1. 사건의뢰기록서]

....

"어디 다녀왔어요?"

집에 오자 다영이의 얼굴이 보였다. 아영이와 꼭 닮은 눈매와 볼이 작은 코. 살가운 느낌 없이 앙다문 입. 무심함이 더해진 표정이었음에도 집에 있다는 사실에 꼭 안아주고 싶었다. 하지만 안으면 내 마음이 바스라질 것 같았다. 하루 종일 아영이에 관한 얘기를 해서인지, 다영이의 그 모습이 꼭 아영이가 살아서 눈앞에 있는 것 같았으니까. 다영이와 아영이가 다르다는 건 알고 있었다. 하지만, 마음이 그랬다. 나는 아영이의 방으로 시선을 돌렸다. 짐을 잘 정돈해 둔 비어 있는 방. 내 눈앞에 있는 것은 다영이었다.

언니를 보낸 다영이에게, 흔들리는 엄마의 모습을 보일 순 없었다. 나는 정신을 부여잡기 위해 되뇌었다. 다영이는 달라. 다영이는 아영이가 아니라고. 몇 번을 떠올린 뒤에야 여유로운 척을 하며 농담처럼 말할 수 있었다.

"엄마도 약속 좀 있었어."

눈을 가늘게 뜨고 광대를 끌어올렸다. 거기에 혀를 윗니에 붙이면 진짜 웃음처럼 보인다는 걸 웨딩촬영 때 배웠었다. 다영이는 평소와 다른 분위기에 어리둥절해했지만, 나는 아무것도 보여주지 않았다. 다영이는 열일곱. 모르는 것이 낫다. 내가 어떤 마음인지. 내가 책임져야 하는 것이 무엇인지. 그게 다영이가 '편하게' 사는 일이라고 믿었다.

"엄마 좀 씻고 밥해줄게."

안방으로 들어온 나는 문을 걸어 잠갔다. 문이 잠기는 소리조차 나지 않게, 천천히 잠금장치를 돌렸다. 탈칵, 문이 잠기는 소리가 날 때에는 일부러 발소리를 냈다. 문이 잠겼다는 걸 알리지 않기 위한 방법이었다.

문이 닫히자 사방이 벽으로 막힌 기분이었다. 작은 공간. 한 집에서 분리된 나와 다영이. 아이의 시선이 닿지 않는 곳에 와서야 바닥에 손을 짚고 미끄러지듯 주저앉았다. 마음도 함께 주저앉은 듯 눈물이 흘렀다. 소리를 참기 위해 숨을 짧게 나눠가며 내뱉었다. 눈물은 그대로 바닥에 떨구었다. 흐르는 눈물을 닦는 것보다 흘려보내는 것이 티가 나지 않는다는 걸 알기에. 눈물이 거세지고 신음을 참기 위해 목에 힘이 바짝 들어갔다. 숨조차 멈추었다. 너무 큰 숨소리는 슬픔을 드러내니까.

다영이가 없다면 나는 살아 있지 않았을 것이다. 아영이처럼 세상을 떠나버렸을 것이다. 하지만 현실은 다영이가 있다. 내 곁에, 내가 책임져야 할 한 아이가 있다. 죽음을 이겨내고 슬픔을 다시 주워 담고 온화한 미소를 지으며 따뜻한 밥상을 차려줘야 한다. 나는 엄마니까.

일어서기 전, 다리에 힘을 줬다. 넘어지지 않고 한 번에 일어날 수 있도록. 문고리를 지지 삼아 비틀거리며 몸을 일으켰다. 두 다리로 섰을 때엔 머리끝부터 피곤함이 몰려왔다. 슬퍼하는 일조차 힘들었다. 하루가, 세상이 다 저문 것 같았다.

거울을 한번 보고 눈물 자국을 지웠다. 잠긴 문을 열고 주방으로 향했다. 행여나 운 티가 날까 다영이와 눈을 맞추지 않고 냉장고 앞에 섰다. 평소처럼 의미 없는 음을 흥얼거리며 냉장고에서 파와 양파를 꺼내고 하나씩 다듬었다. 밥솥에서 밥을 푸고, 아침에 끓여둔 찌개를 다시 데운 뒤 반찬 두세 가지를 식탁 위에 올렸다. 나는 높은 톤으로 다영이에게 말했다.

"다영아, 저녁 먹어."

"네."

소파에서 스마트폰을 보던 다영이가 한 번에 일어나 식탁 앞에 앉았다. 밥그릇이 하나인 걸 보고 다영이는 말했다.

"엄마 밥 안 먹어요?"

다영이가 나를 올려다봤다. 살짝 눈이 마주칠 뻔하자 나는 서둘러 몸을 돌렸다. 냉장고를 정리하는 척 옆모습만 은근히 드러냈다. 아무렇지도 않다는 듯이. 나는 모든 것이 괜찮다는 듯 말했다.

"엄마는 지금 속이 안 좋네. 먼저 먹어."

"무슨 일 있었어요?"

덜컥 내려앉은 심장을 끌어 올리며 조금은 무심하게 말했다.

"무슨 일은. 학원이나 잘 다녀오세요."

다영이는 고개를 갸웃하더니 이내 별일 아니라는 듯 밥을 먹었다. 나는 그런 다영이의 모습을 보았다. 어깨 아래로 부드럽게 내려오는 머리. 작지 않은 어깨. 훌쩍 커버린 키와 진해진 눈매.

2년 새 다영이도 많이 컸다. 아영이의 마지막 모습만큼이나.

철컥.

다영이가 학원에 가려고 현관문을 열었다. 그새 붓기가 빠졌는지 두 눈이 또렷하게 떠졌다. 그제야 다영이의 얼굴을 제대로 봤다. 피하지 않는 눈. 은은한 미소. 부드러운 말투. 내가 보여줘야 하는 모습으로 말했다.

"다녀와."

다녀오라는 그 말. 그 말이 얼마나 간절한지. 얼마나 불안한 마음을 뚫고 나온 바람인지. 다녀오는 것보다 간절한 소망은 없다는 걸 다영이는 알지 못할 것이다. 다영이는 그 나이에 맞는 웃음을 지었다. 환한 웃음은 아니지만 천진난만함이 묻어 있었다. 문이 닫히고 손이 툭 떨어졌다. 무언가 위에서 짓누르듯 몸이 바닥에 탁 달라붙었다. 찬기가 올라오는 바닥에 주저앉자 다시 눈물이 흘렀다. 이번에는 슬픔이 아니라 후회였다. 아영이에게 이렇게 하지 못한 후회.

*

걸음이 무거웠다. 오르막을 걷는 발걸음은 과거로 들어가는 길 같았다. 걸음마다 기억이 거꾸로 떠올라 아영이가 떠나던 그날까지 닿았다. 소개받은 센터로 향하는 길. 내내 생각했다. 아영이가 살아 있을 때 마음을 알아주었다면. 이렇게 다 잃어버린 뒤에야 마음을 알고 싶어 하는 부족한 엄마가 아니었다면. 차오르는 숨만큼 용서를 구하기도 했다. 이제서라도 너를 알고 싶은 엄마를 용서해 달라고. 슬픔과 후회가 들어차고 나서야 네 마음에 눈이 간, 엄마를 용서해 달라고.

기억을 모두 밟고 계단까지 올랐다. 층수는 4층. 낡은 건물 때문인지 엘리베이터가 없었지만, 막상 유리문 앞에 서자 손자국 하나 남아 있지 않은 깔끔함이 눈에 띄었다. 큰 숨을 한 번 내쉬었다. 아이의 죽음을 마주하기 위한 마음의 준비였다.

딸그랑.

맑은 소리가 마치 다영이가 돌아올 때의 발걸음 소리 같았다.

문이 열리며 시끄럽지 않게 울린 종소리였다. 먼저 인사를 건넨 쪽은 덩치가 큰 남성분이었다. 전화한 사람은 여성이었는데. 남성은 나를 보자마자 편한 미소를 건네며 말했다.

"안녕하세요. 오늘 상담 예약하신 유화 님이시죠?"

남성은 너무 가볍지도, 무겁지도 않게 말했다. 나는 어색해하며 대답했다. 눈을 돌리니 사무실 책상에는 다른 남성 한 분이 더 있었다. 먼저 본 분보다 얄쌍하고 무뚝뚝한 느낌이었다. 나와 눈이 마주치자 별말 없이 자리에 일어나 깍듯하게 인사했다. 나는 여전히 굳은 채 고개만 까딱였다.

"지금 센터장님이 잠시 자리를 비워서요. 5분 안에 돌아오실 거예요. 저는 센터에서 근무 중인 임상우이고 저기 계신 분은 이번에 새로 오신 강지훈 씨예요. 그러고 보니 조금 일찍 오셨네요! 센터장님이 약속 시간은 칼같이 지키시니 조금 앉아 계세요."

"네……"

상우라는 사람이 테이블이 있는 소파 자리로 안내했다. 지훈이라는 사람은 별 반응 없이 일을 하는 듯했다. 너무 푹 꺼지지 않는 패브릭 소파는 사무용보다 가정용처럼 느껴졌다. 천에서 은은하게 좋은 향이 났다. 작은 부분까지 손길이 닿은 듯 보이는 사무실은 잘 꾸려진 집에 초대받은 느낌을 주었다. 생각보다 딱딱하지 않은 분위기구나. 숨을 돌렸다. 상우라는 사람이 그런 나를 보고 다시 말을 걸어왔다.

"차라도 드릴까요? 종류가 꽤 많은데. 좋아하는 차 있으세요?

커피도 있고요."

"아…… 아무거나 괜찮아요."

"그럼 제가 추천해 드릴게요. 따뜻한 거랑 시원한 것만 골라 주세요."

"따뜻한 거요."

그는 자연스럽게 미소를 지었다. 내가 짓는 미소와 확연히 다른 표정이었다. 그 표정이 신기해 계속 눈길이 갔다. 그는 편안한 표정으로 벽 한쪽에 마련된 테이블에서 차를 내리고 있었다. 물을 끓이고 차를 고르는데 그의 말처럼 생각보다 많은 종류의 차가 있었다. 간단하게 티백으로 된 것뿐만 아니라 찻잎을 말려 유리병에 담은 고급스러운 차도 보였다. 조용한 센터. 물이 끓는 소리와 함께 차가 나왔다. 찻잔까지 갖춰져 카페 분위기가 났다.

"국화차예요. 우러나올수록 꽃이 피는 느낌이 봄이랑 어울릴 것 같아서요. 마음도 조금 가라앉을 거예요."

"……감사합니다."

나는 차를 가만히 들여다봤다. 하얗게 피어오르는 수증기 사이로 물을 머금은 꽃이 점점 피어났다. 꽃의 몸집이 커질수록 마음의 빈 공간이 약간이나마 채워지는 느낌이었다. 찻잔을 들고 한 모금을 들이마실 즈음, 맑은 종소리가 들려왔다. 센터장이라고 했던 여성분이었다.

"지안 씨 오셨네요. 저희 센터장님이고 인터뷰랑 상담 등을 진행해 주실 거예요. 저는 자리로 가볼게요."

상우라는 사람이 살짝 몸을 굽혀 인사하고 칸막이가 있는 자리로 돌아갔다. 센터장이라는 사람이 내게 다가와 말했다.

"심리부검센터를 운영하는 강지안입니다. 이전에 전화 주셨었죠? 오시기까지 힘드셨을 텐데 이렇게 찾아주셔서 감사해요."

"아뇨, 제가 감사하죠."

그녀는 부드러운 눈매에 분위기가 차분한 사람이었다. 상우라는 사람보단 진중하고 지훈이라는 사람보단 친근한 느낌이 들었다. 그녀는 내 앞에 마주 앉아 심리부검에 필요한 정보제공동의서에 관해 설명했다. 단어들은 삭막했지만, 그녀의 온화함 덕분인지 설명보다 대화를 하는 느낌이었다.

"여기까지 서명해 주시면 서류 절차는 끝이에요."

"이제 어떻게 해야 하나요?"

"고인에 관해 인터뷰를 진행할 거예요. 괜찮으시다면 오늘 진행도 가능하고요. 이후 필요한 정보는 저희 쪽에서 조회하고 추가적으로 인터뷰를 요청드릴 수도 있어요."

"인터뷰라면……."

"질문에 편하게 답해주시면 돼요. 오늘 진행할까요?"

막상 아영이에 대해 말하려니 덜컥 겁이 났다. 그녀가 모르는 그날의 사건을 나는 알고 있으니까. 마음의 준비가 더 필요한 걸까. 오늘은 이대로 돌아가야 하나. 망설임에 입이 떨어지지 않았다. 소파에 몸이 묶인 듯 근육이 조여왔다. 이곳까지 오게 된 이유. 근육이 뇌를 조이며 생각을 쥐어짰다. 오늘이 다영이의 마지막이라면. 다영이가 다녀오지 못한다면. 나는 다시 오늘이라도 용기 내지 못한 것을 후회하지 않을까. 이곳에 오며 느낀 죄책감을 다시 밟아가야 하지 않을까. 매일 사로잡혔던 그 불안. 돌아오지 못할 날을 향한 두려움. 용기내자. 마주하자. 나는 말했다.

"오늘 할게요."

"그럼 상담실로 가시죠."

*

무난한 삶이었다. 결혼 전까지 평범하게 대학을 나와 취직을 하고 회사를 다녔다. 하는 일에 큰 애착이 있었던 건 아니지만, 불행하다고 여길 정도는 아니었다. 거래처 직원이었던 그는 2년 간 연애하는 동안 모난 구석이 없었다. 네 살 연상이었고, 결혼이란 자연스러운 결과처럼 느껴졌다.

결혼식을 올린 뒤, 남들처럼 적당히 신혼을 즐기다 첫째를 가졌다. 신혼이라고 타올랐던 것도 아니다. 적당히 언쟁을 하고 화해하는 정도였다. 임신 이후 남편의 행동 또한 '적당히'였다. 적당히 먹고 싶은 것을 사다 주고, 병원에 함께 가고. 서운해하면 사과하기도 하고. 모든 것이 유려하게 흘러갔다는 것을 그때는 몰랐다. 당연하다고 여긴 것들이었으니까.

아영이가 태어났을 때, 나와 남편 모두 진심으로 기뻐했다. 조그마한 아이를 품에 안은 순간 마음 깊숙이 무언가 끓어오르는 것이 느껴졌다. 처음 느껴보는 감정이었다. 자연스럽게 가진 아이였지만, 그 애착만큼은 당연하다기보다 경이로웠다. 체력적으로 힘들고 막막한 육아였지만, 처음 엄마가 된 모두가 그랬을 것이다. 아영이가 두 살이 될 즈음에 내가 먼저 둘째 얘길 했다. 혼자는 외롭지 않겠느냐고. 독자였던 남편도 동의했다. 하나보다 둘이 낫다고 생각했다. 빨리 애들을 키워버리자고 농담처럼 말했다.

둘째도 딸이었다. 이번에도 딸이기에 아영이와 닮은 이름을 떠올렸다. 다영이. 양다영. 아영과 다영이라는 이름은 언뜻 '아웅다웅'이라는 느낌을 주었다. 두 자매가 아웅다웅 살아갔으면 좋겠다며 웃었다. 오래 함께. 친구처럼 지냈으면, 하고 바랐다.

우리의 바람대로 두 아이는 아웅다웅했다. 아영이가 장난을 치면 다영이는 땅콩 같은 입 모양을 하고 울음을 터트렸다. 그 모습이 사랑스러워 웃음이 났다. 일을 그만두고 아이를 키우는 것에도 거부감이 없었다. 그 정도로 일에 열정적이지도 않았을뿐더러 아이는 사랑스러웠고, 남편은 가장으로서 자신의 역할을 잘 해왔으니까.

그랬던 결혼 생활이었는데. 그랬던 삶이었는데. 균열은 어디서부터 시작된 걸까.

남편의 출장이 잦아지고 귀가 시간이 늦어졌다. 처음에는 의심도 들지 않았다. 그런 일은 내 생에 일어나지 않을 거라 생각했으니까. 하지만 늦은 밤 울리는 전화벨 소리와 조심스럽게 전화를 받으러 가던 남편의 인기척에서 의심이 들었다. 혹시나 하는 작은 의심이었다.

남편이 출장을 다녀오고 얼마 지나지 않아 그의 휴대전화를
몰래 확인했다. 가벼운 의심을 지우기 위해 한 행동이었다. 하지
만, 진실은 가볍지 않았다. 비밀번호조차 바꾸지 않은 남편이 원
망스러웠다. 다른 여자와 나눈 듯 보이는 문자 내용. 보고 싶다는
말과 사랑한다는 말. 떨어져 있기 싫다는 말과 이혼은 언제 하느
냐는 얘기들. 손이 떨렸다. 손뿐만이 아니었다. 머리부터 발끝까
지 미세하게 떨리는데 손이 유달리 떨렸을 뿐이다. 누군가의 일
이 내 일이 될 수 있다는 걸 나는 그제야 알았다. 그의 휴대전화
는 바닥을 향해 낙하했다.

그 후 다시 모든 게 자연스러워졌다. 자연스럽게 이혼했다. 바
람피운 남편을 용서하고 함께하는 것보다 이혼이 내게 자연스러
운 일이었다. 아영이는 여섯 살, 다영이는 네 살이었다. 물론 아이
들이 마음에 걸렸지만, 남편은 결혼을 유지할 생각이 없었다. 대
신 양육비는 반드시 보내겠다고 했다. 부족하지 않을 만큼. 그에
게 그만한 능력이 있었는가 싶었지만, 이내 남편이 만나는 여자
가 돈이 많다는 소식까지 알게 되었다.

한 번의 이혼뿐이라고 생각했다. 아영이와 다영이는 잘 자랄
것이다. 예전만큼 이혼이 터부시 되는 것도 아니고 이혼한 가정
이 한둘인가. 게다가 아이를 키울 수 있는 넉넉한 위자료와 양육
비까지. 스무 살이 될 때까지 큰 문제는 없을 거라고 믿었다. 확
신한다기보다 그렇게 믿어야 했다. 그러지 않으면 나의 삶이 뿌리

채 뽑혀나갈 것 같았으니까.

　—아영 어머님…….

이혼까지 평범했다고 겨우 말했다면 그 전화는 나를 생각지도 못한 세계로 끌어내렸다. 아영이가 열네 살. 중학교에 입학했을 때였다. 초등학생 때 친구들과 잘 어울렸기에 중학교에 올라간다고 특별히 걱정하진 않았다. 하지만 새학기가 시작되고 얼마 지나지 않아 학교에서 전화가 왔다. 아영이가 자해를 한다는 말이었다.

　—자해요?

　—체육 시간에 옷을 갈아입는데 상처가 있는 걸 다른 애들이 봤나 봐요. 친구도 잘 사귀지 못하는 상태고요. 아영이는 어머님께 알리지 말아달라고 얘기했는데 자해했다는 건 알려야 할 것 같아서 전화드렸어요.

　—아, 아영이는 왜……?

　—일단 학교 내 상담 공간인 위클래스에서 상담을 받게 하고 있는데 저희도 자세하게는 아직 몰라요. 혹시 아영이가 집에서 특별히 스트레스 받는 일이 있었을까요?

이혼. 내가 떠올릴 수 있는 것은 그 단어뿐이었다. 아이에게 무관심하지도 않았고 부족하게 키웠다고 생각하지도 않았으니까. 하지만 단 하나. 부족한 것이 있다면 아이에게 아버지가 없다는 것이었다. 그것이 자해를 할 만큼, 자신의 피부에 칼을 댈 만큼 견뎌내기 힘든 일이었을까. 죄책감에 속이 울렁거렸다. 모든 것이 나 때문인 것 같았다.

  ─아영이가 어릴 때 저희가 이혼해서……. 그것 때문일까요?

  ─저희도 확실하게 말씀드리긴 어려운데, 집에서 조금 더 관심 있게 봐주시겠어요? 요즘 자해를 하는 10대가 많아지고 있어서요. 너무 자책하거나 낙담하지 마시고 천천히 대화라도 한번 해보세요.

  ─네. 알겠습니다……. 알려주셔서 감사해요.

  아영이가 집에 돌아왔을 때 나는 아이를 어떤 표정으로 맞이해야 할지 알 수 없었다. 덕분에 온 집 안 분위기가 무거워졌다. 어린 다영이도 분위기를 눈치챘는지 후다닥 자신의 방으로 숨었다. 학교에서 돌아온 아영이와 마주 앉은 순간, 머리가 하얘졌다. 도대체 뭐라 말을 꺼내야 하는 건지 아무도 알려주지 않았다. 아이가 자해를 할 수 있다는 것도. 아영이는 불편한 얼굴로 앉아 있었다.

  "……요즘, 학교생활은 어떠니?"

  학교생활 이야기로 겨우 운을 뗐다. 학교에서 친구들과 어울리지 못한 것이 스트레스였을까? 중학교라서 적응하기 힘든 것은 아닐까? 아니면 진짜 아빠가 없다는 말을 들으며 지내는 건 아닐까? 걱정이 끝도 없이 퍼져나갔다. 하지만 아영이는 무심하게 대답했다.

  "괜찮아요."

  "힘든 일은 없고?"

"지낼 만해요."

"오늘 담임선생님께 전화 왔는데……."

그 말을 꺼내자 아영이의 표정이 확 일그러졌다. 찡그린 미간에서 짜증이 잔뜩 묻어 나왔다. 다리를 달달 떨며 대화에 집중하지 않는 느낌이었다. 이럴 때일수록 침착하자. 대화로 풀어가는 거야. 나는 최대한 마음을 차분하게 가라앉히며 남은 말을 했다.

"아영이, 너가 요즘 좀 힘들어하는 것 같다고 하더라. 엄마한테 얘기해 줄 수 있어?"

"그런 거 없다니까요."

"엄마가 알아야 아영이 널 도와주지."

"도와줄 거 없다고요!"

아영이가 자리를 박차고 일어나는 순간, 욱하는 마음에 아이의 팔을 낚아챘다. 드러난 팔에는 붉은 줄이 잔뜩 새겨져 있었다. 피딱지가 앉은 상처는 하루 이틀 만에 난 상처 같지 않았다. 전해 듣긴 했지만 그 팔을 보는 순간 이 모든 일이 현실임이 와닿았다. 내 자식이. 내 아이가. 자해를 했다. 자신의 팔을 칼로 그어 상처를 냈다. 어떻게 이런 일이 내게 일어날 수 있는 건지 믿기지 않았다. 더 평정심을 유지할 수가 없었다.

"이게 뭐야! 팔이 이게 뭐냐고!"

"……."

"너 이런 거 누구한테 배웠어? 내가 뭘 못 해줬는데?"

"……놔요!"

붙잡은 팔을 뿌리치는 아이의 힘은 생각보다 강했다. 그 정도로 나에게서 도망치고 싶었던 걸까. 방으로 뛰쳐 가는 아이를 뒤쫓아 가서 문고리를 돌려보았지만 이미 굳게 잠긴 뒤였다. 문 너머로 새어 나오는 흐느낌조차 이해할 수 없었다. 나는 화가 났다. 내게 이런 일이 일어났다는 것에. 내 아이가 자해를 하는, 그런 아이라는 것에.

그 일 이후 아영이는 더욱 말수가 줄었다. 방에 들어갈 땐 반드시 문을 잠갔다. 아이가 집을 비운 사이, 방에 들어가 칼을 모조리 버리기도 했다. 그러나 가끔씩 옷소매 사이로 흘긋 보이는 팔목의 상처는 낫지 않았다. 상처가 아물어 흉터가 된 것이 아니라 계속 새로이 생겨나는 듯했다.

—선생님, 제가 어떡해야 할까요? ……아영이는 학교에서 어떤가요?

—저도 상담을 해봤는데 아영이가 말을 하지 않아서…….

다음 해에 아영이의 담임이 바뀌었지만 똑같은 일로 전화가 왔다. 아영이가 자해를 한다는 것. 학교 내 상담센터에서 상담을 꾸준히 받아도 달라지는 게 없었다. 아이는 나와 대화조차 하려 하지 않았다. 잠시 앉아보라는 말에도 삐뚤게 앉아 입을 굳게 다물 뿐이었다.

어디서부터 틀어진지 모른 채 아영이는 열일곱이 됐다. 고등학교에 입학하고 나서도 담임에게 전화가 왔다. 이제 나는 아영이의 담임에게까지 죄책감이 들었다. 못난 아이를 둔 엄마로서.

아이 하나 제대로 키우지 못한 엄마로서. 고등학교 담임은 지난 시간 동안 아영이가 자해를 했다는 걸 알자 심리상담을 권유했다. 나 역시 아영이에게 권유했던 일이었다. 하지만 억지로 끌고 가봐도 아영이는 상담 시간 동안 아무 말도 하지 않는다고 했다.

─아무래도 아영이가 자해했다는 걸 안 선생님이 어머님께 전달해서 더 상담에 거부감이 생긴 것 같아요. 그런 아이가 많거든요. 솔직하게 얘기하면 부모님도 알게 된다는 걸 알고 피하는…… 하지만 저희 입장에서도 전달해야 하는 의무가 있어서. 참, 어렵고 죄송하네요.

─아니에요, 선생님. 당연히 엄마가 알아야 하는 일인걸요. 제가 애를 못 챙겨서…… 죄송해요, 정말.

─어머님이 너무 죄책감을 가지지 않으셨으면 하네요.

─감사합니다.

그때 아영이 곁에 있던 어른은 모두 죄책감을 가졌다. 나를 포함해서. 그럴수록 내 속은 엉켜들었다. 이제 나만의 문제가 아니라 남들에게 피해를 준다고 생각하니 참을 수 없었다. 그래서 그날, 나는 아이를 몰아붙였다.

*

"어떻게 하면 자녀분의 자살을 막을 수 있었을 거라 생각하시나요?"

그녀의 질문이 묵직하게 들어왔다. 그녀에게 터놓은 아영이의 이야기가 아닌, 내 마음을 꺼내야 하는 물음이었다. 또한 그 물음은 아영이가 떠난 순간부터 내가 가장 피하고 싶었던 물음이었다. 아영이가 세상을 떠난 것은, 내가 아영이를 한없이 몰아붙였던 그날 바로 다음 날이었으니까.

"제가…… 제가 아영이를 죽게 했어요. 제가…… 제 자식을 벼랑 끝까지 내밀다 못해 떠밀었어요. 아영이 담임에게 전화가 온 날 밤. 방에 들어가는 아영이를 붙잡고 소리쳤어요. 언제까지 그렇게 살 거냐고. 이제 정신 좀 차리라고. 그렇게 손목을 그어댄다고 진짜 죽을 수 있을 거라 생각하냐고. 어차피 너만 힘들고 아픈 걸 왜 하냐고. 제가 그렇게 소리치는데 그간 반항만 하던 아이가 우뚝 멈추더라고요. 그리고 절 똑바로 봤어요. 어쩐지 섬뜩한 눈빛으로요. 원망인지, 실망인지도 알 수 없었어요. 눈물을 뚝뚝 흘리는데, 그 눈물이 어떤 의미인지도 몰랐어요. 그러더니 천천히 방으로 들어가 평소와 같이 문을 잠그더라고요. 너무 화가 났어요. 또 이렇게 들어가서 자해를 하겠구나. 회유하든 화를 내든 달라지는 게 없구나. 그런데 그다음 날……."

나는 마른침을 삼켰다. 그때의 모습을 떠올렸다. 다음 날이 되어도 열리지 않던 문. 구급대에 연락했던 순간. 경찰에게 온 전화. 구급대가 문을 열기까지 차마 볼 수 없어 뒤돌아 있던 나. 하얀 면으로 덮여 들것에 실려 나오던 아영이의 몸. 방 안 바닥에 들러붙어 검붉게 변한 피. 죽은 아영이의 모습을 똑바로 보진 못했지만, 방 안에 들러붙은 핏자국이 마치 아영이의 시신 같았다. 내 아이가 죽었다는 것을 알려주었으니까.

"차마…… 차마 볼 수 없었어요. 아영이를 덮은 그 천을 조금도 들 수 없었어요. 경찰이 뭐라 묻는데 뭐라고 했는지도 몰라요. 듣기로는 또 자해를 했는데, 너무 상처가 깊었다고 했어요. 생각보다 많은 피를 흘렸고 놀란 마음에 쇼크가 온 것 같다고……. 아영이가 제게 말하는 것 같았어요. 자기는 진짜, 죽을 수 있었다고. 죽을 수 있는데도 살아낸 거라고. 그런 아이를 제가 밀어버린 거예요. 끔찍한 곳으로……."

눈물을 흘리는 것조차 과분했다. 눈물로도 속죄할 수 없는 일이었다. 그날을 말하는 지금 이 순간까지도 믿기지 않았다. 품에 안겼던 작은 아기. 얼굴을 보면 맑게 웃었던 아이. 동생에게 장난치고 까르르 웃던 아이. "엄마!"라고 밝게 말했던 아이. 그 아이가 그렇게 끔찍한 행동을 했다니. 그런 아이를 그렇게 만든 게 나라니. 그날이 떠올랐다. 찐득하게 뭉쳐진 검붉은 피들. 그 위에 널브러진 칼. 헛구역질이 올라왔다. 구역감을 참는 내 모습에 그녀는 조금 놀란 듯 물을 가져다주었다.

"어머님……."

"선생님, 제가 죽인 거죠? 제가 아이를 죽게 만든 거죠? 제가…… 제가 다영이마저 떠나게 하면 어쩌죠? 다영이도 그렇게 떠나면…… 저는 어떻게 살아야 하죠?"

"일단 천천히 숨을 쉬어보세요. 저랑 호흡을 맞추는 거예요.

따라 해보세요."

그녀는 숨소리를 크게 냈다. 나와 눈을 맞추고 숨을 들이마
실 때에는 턱 끝을 살짝 든 뒤 내쉴 때에는 고개를 내려 따라 할
수 있도록 신호를 주었다. 하나, 둘. 하나, 둘. 그녀와 맞춰 한 번
씩 숨을 쉬었다. 호흡이 안정되자 구역감이 조금씩 나아지며 감
각이 돌아왔다. 그녀는 말했다.

"심리부검이 끝나진 않았지만, 이것만은 확실하게 말할 수 있
어요. 어머님은 아영이를 죽이지 않았어요. 다만 어머님이 그렇게
느끼는 것은 아영이의 마음이 어땠는지 몰랐기 때문이에요. 아영
이의 마음이 어땠는지 안다면 다른 마음을 발견하실 수 있을 거
예요."

"어떤…… 어떤 게 있을까요?"

"소중한 이를 잃은 슬픔이요. 똑같은 슬픔이라 생각될 수 있
지만 그 둘은 다른 슬픔이에요. 지금 슬픔의 방향은 어머님을 향
해 있죠. 내가 이렇게 못 해서, 내가 이렇게 말해서. 하지만 아영
이의 마음을 안 순간부터 슬픔은 아영이를 향할 거예요. 소중한
아이가 떠나갔구나. 힘든 마음을 가지고 살아갔구나. 그걸 저희
는 '애도'라고 말해요. 저희가 그럴 수 있도록 도와드릴게요."

그녀는 확신하고 있었다. 내 속에 엉켜 있던 감정들을 이 순
간 다 풀어낼 수 없어도, 지금 내가 느끼는 슬픔은 나를 향했다
는 것 정도는 이해할 수 있었다. 동시에 생각했다. 나는 과연 아
영이만을 위해 슬퍼한 적이 있는가. 아영이가 떠난 후에도 나는

나만 생각한 걸까.

그녀는 나의 생각을 끊어내려는 듯 단호하게 말했다.

"어머님은 소중한 자식을 잃은 유가족이지 죄인이 아니에요."

내 평생 유가족이라는 꼬리표가 달릴 거란 생각은 하지 못했다. 그럼에도 아영이가 내게 소중하다는 것은 분명했다. 그녀가 말한 것은 위로도 질타도 아닌 현실이었다.

*

집으로 돌아가는 길. 그녀의 마지막 부탁이 잊히지 않았다. 심리부검으로 다영이를 인터뷰하고 싶다는 말. 원칙상 심리부검은 20세 이상을 대상으로 하지만, 이번의 경우 먼저 심리부검을 했던 국가운영 센터에서 위탁받아 진행하는 것이라 청소년을 인터뷰한다고. 그러면서 무척 조심스럽다는 말도 덧붙였다.

"만약 부담스러우면 거절하셔도 좋아요."

그녀는 마지막까지 조심스럽게 말했다. 나 또한 다영이의 보호자로서 고민이 들었다. 나는 다영이의 엄마이기도 하니까. 특히 아영이가 떠나고 나서 다영이는 감정을 거의 드러내지 않았다. 무척 기쁜 모습을 보인다거나, 우울한 듯 표정을 잃지도 않았다. 그런 아이의 감정을 살피는 건 무척이나 어려운 일이었다. 내가 아영이를 죽음으로 내몰던 날, 다영이는 방에 있었다. 아마 그 때의 대화를 다 들었을 것이다. 그리고 언니가 죽었다. 하지만 다영이는 나를 원망하는 기색도 보이지 않았다. 언니에 관해 먼저 얘기를 꺼내지도 않았다. 나도 묻지 못했다. 차가운 눈빛으로 나 때문에 죽었다고 하는 말을 듣게 될까 봐.

"왔니?"

집에 도착하고 얼마 지나지 않아 다영이가 들어왔다. 다영이의 얼굴을 보자마자 오늘도 돌아왔다는 것에 안도했다. 다영이는 아무 생각이 없는 듯 무뚝뚝하게 신발을 벗고 가방을 내려놓았다. 나는 다영이의 작은 행동 하나하나를 관찰했다. 무슨 일이 있진 않았는지. 행여나 아영이처럼 자해를 하진 않을지. 아이의 팔목을 흘긋 확인하는 건 내게 습관이 되어 있었다.

다영이의 팔은 깨끗했다. 햇빛에 조금 그을리긴 했지만 붉은 기 없이 건강한 혈색이 돌았다. 저 팔목이 다영이의 마음이길 바랐다. 흉터 없이. 상처 없이. 아픔 없이. 아무 일도, 아무것도 모른다는 듯이. 그 생각을 하자 아이들이 태어났을 무렵 우윳빛에 가까웠던 깨끗한 팔이 떠올랐다. 그때는 모든 감정이 눈에 보였는데. 시간은 많은 것을 바꾸었다. 나 역시 많은 것이 변했다.

그렇다면, 앞으로도 변할 수 있는 걸까.

다시 다영이를 봤다. 우뚝 서서 다영이를 꼼꼼하게 보자 다영이는 어리둥절한 표정을 지었다. 내 목구멍에 아영이라는 이름이 걸렸다. 다영이에게 이 이름을 꺼내도 괜찮을까. 우리 둘뿐인 가족에게, 괜찮은 걸까. 다영이마저 멀어지지 않을까. 입가에서 피 맛이 느껴졌다. 입술을 잘근잘근 씹어버린 탓이었다.

"엄마?"

다영이가 나를 '엄마'라고 불렀을 때 다영이가 보였다. 작은 불안을 품은 아이의 눈빛이었다. 다영이 앞에서 흔들려서는 안 된다. 이런 모습을 보일 수 없다. 나는, 좋은 엄마여야 한다. 따스하고, 다정한. 나는 피를 삼키며 서둘러 화제를 돌렸다.

"고등학교는 어때?"

"네?"

"아니…… 입학한 지 얼마 안 됐잖아. 친구들 좀 사귀었어?"

"나도 걱정하는 거예요?"

나도. 그 말이 거칠게 마음을 찔렀다. 그 말 속에 떠나간 아영이가 있는 것 같아서. 아영이가 자해를 한다는 걸 알게 된 이후로 내 관심은 줄곧 아영이었다. 다영이는 언니의 상처를 아는지 모르는지 별말 없이 방에 있었고, 내 관심을 받기 위해 노력하지 않았다. 그런데 아영이가 떠나고 나서야 자신에게 관심을 가진다고 생각하진 않을까. 온갖 생각이 스쳤다. 뭐라도 말해야 했다.

"다영이는 혼자서 잘하는 거 엄마는 믿지."

"……언니는, 못 믿었어요?"

심장박동이 폭주하듯 쿵쾅거렸다. 아득해지는 시야 사이로 보인 다영이의 눈은 날카롭기보다 먹먹함을 품고 있었다. 왜 다영이가 먼저 아영이의 얘길 꺼낸 걸까. 한순간의 반항일까. 혹시 내가 심리부검을 신청한 걸 다영이는 다 알고 있었나. 아니면 내 표정이 너무 안 좋아 보였나. 잡념이 끊이지 않아 아무 말도 할 수 없었다. 대신 다영이가 말했다.

"곧 언니 기일이잖아요."

"......."

"엄마가 신경 쓰는 거 알아요."

마냥 어릴 것 같던 다영이도 벌써 열일곱이었다. 내 열일곱을
떠올려봐도 부모 마음쯤은 가늠했었다. 왜 다영이는 그렇지 않
을 거라 생각했을까. 왜, 아이들은 훌쩍 커버리는 걸까. 아영이의
기일도, 나도 계속 신경 써온 걸까. 나는 양손으로 얼굴을 쓸어내
렸다. 그리고 말라가는 입으로 천천히 말했다. 지금 얘기하지 않
으면 다시 얘기할 수 없을 것 같아서.

"있잖아, 다영아. 엄마가 오늘 어딜 다녀왔는데……."

다영이의 눈을 볼 수 없어 시선이 허공을 맴돌았다. 가시가
걸린 듯 목이 따끔거렸다. 나는 겨우 가시 덩어리를 삼키고 그
이름을 꺼냈다.

"아영이 일이었어. 아영이가 왜 힘들어했는지 엄마가 알고 싶
어서……. 그래서 혹시 다영이는 아영이를 어떻게 생각하는지 거
기서 인터뷰를 좀 하고 싶대. 그러니까……."

"아영 언니 얘길 하라고요?"

"그게…… 아무래도 다영이 마음을 엄마한테 말하긴 어려울
수 있으니까."

"엄마한테는 언니밖에 없어요?"

다영이는 고통스러운 눈으로 나를 응시했다. 입 밖으로 어떤

말도 튀어 나가지 못했다. 그런 뜻은 아니었는데. 아영이에게 쏟아냈던 말실수가 떠올랐다. 불안했다. 다영이마저 이렇게 놓쳐버리는 걸까. 온몸이 굳어버린 내게 다영이는 화가 섞인 표정으로 말했다. 짜증조차 잘 내지 않던 아이가.

"언니가 있을 때도 엄마는 늘 언니만 신경 썼어요. 언니한테만 물어보고. 언니한테만 화를 내고. 언니가 무슨 행동을 했는지 저도 알았어요. 그래서 이해하려 했어요. 그런데 이번에는 저한테 언니 얘길 하라고요? 나도…… 나도……."

다영이의 눈에 눈물이 고였다. 눈을 한번 깜박이면 흐를 것 같았다. 나는 그 눈물이 흐르지 않길 바랐다. 아영이의 마지막에도 원망 섞인 눈에서 눈물이 떨어졌으니까.

"나도 엄마 자식이에요. 언니 동생이 아니라."

"……."

"저 나갔다 올게요. 다시 집에 올 거니까 걱정하지 마세요."

다영이는 끝내 눈물을 보이지 않고 뒤돌아 그대로 집을 나갔다. 표정은 보이지 않았으나 구겨 신은 운동화가 눈에 띄었다. 현관문이 닫히자 몸에 힘이 풀렸다. 다영이의 발걸음 소리가 더는 들리지 않을 즈음 슬픔이 갈라지며 신음을 냈다. 가슴을 치며 후회했다. 틀어진 마음은 돌아오지 않을 것 같았다.

        *

아영이의 기일이 왔다. 다영이를 태우고 납골당으로 가는 길. 아이는 말이 없었다. 나 역시 무슨 말을 건네야 할지 막막했다. 며칠 전, 다영이는 말한 대로 늦지 않게 집으로 돌아왔다. 아영이와 달리. 그때 나는 다영이에게서 아영이의 모습을 찾고 있었던 건 아닐까 지레짐작했다.

추모관 앞에 다영이와 나란히 섰다. 추모관에서도 가장 찾아가기 좋은 자리였다. 무엇이라도 해주고 싶은 마음에 할 수 있었던 마지막 최선이었다. 지금 다영이 나이인 열일곱 살의 아영이는 어색하게 웃고 있었다. 조금 더 환한 표정의 사진을 찾지 못한 게 아쉬웠다. 가장 최근의 사진. 그 사진이 지금 나처럼 어색한 미소라니. 아영이도 무언가를 계속 숨겼던 걸까.

미리 준비한 꽃은 다영이가 건넸다. 나는 애써 무슨 말이든 했다.

"언니한테 하고 싶은 말 있으면 해."

"……."

다영이가 물끄러미 아영이의 사진을 보았다. 마음속으로 말을 하듯이. 다영이는 아영이에게 무슨 말을 했을까. 나도 다영이처럼 아영이에게 마음으로 말을 건넸다.

'아프지 말고. 미안해. 지금도 엄마는 슬프고 또 네가 소중해. 한순간도 아영이를 잊은 적이 없어.'

다영이와 같은 곳에 시선을 고정한 채 한참을 있었다. 다영이는 계속 말이 없었다. 그런 다영이의 옆모습을 보자 슬프기보다 공허해 보였다. 그 눈 속에서 아영이는 내 자식이 아니라 다영이의 언니로 남아 있는 듯했다.

"가요."

다영이가 말했다. 마음속 말을 마쳤는지 먼저 내게 집으로 돌아가자 했다. 발길 또한 먼저 돌렸다. 나는 다영이의 뒤를 따랐다. 다영이의 뒤에서 아영이 쪽을 돌아보았다. 여전히 열일곱. 멈춰버린 나이. 사진 속 아이는 난도질된 팔을 상상하기 힘든 순한 얼굴이었다.

운전석에 앉은 나와 조수석에 앉은 다영이. 스마트폰을 보던 아이는 차가 달리기 시작하자 창밖을 무심하게 바라봤다. 스마트폰만 붙잡고 있어도 이상하지 않을 나이인데 다영이는 연락을 주고받을 때가 아니면 스마트폰을 잘 보지 않았다. 톡톡. 약한 빗방울이 차창에 떨어졌다. 적막함에 빗소리가 더해졌다.

"엄마."

다영이가 나지막이 나를 불렀을 때 나는 곁눈질로 다영이를 봤다. 표정이 복잡해 마음을 알 수 없었다.

"왜?"

"언니…… 왜 죽었는지 알아요?"

"뭐?"

그 짧은 말에도 목소리가 떨렸다. 나도 모르게 핸들을 꽉 쥐었다. 내가 들은 말이 맞는 걸까. 아영이가 왜 죽었냐고 물은 게 맞나. 신경이 곤두서며 작은 빗소리가 귀를 찌르듯 날카롭게 느껴졌다. 다영이는 나를 신경 쓰지 않고 하려던 말을 마저 했다.

"언니, 왜 죽었는지. 전 알아요."

"그게 무슨 말이니?"

"그러니까 인터뷰니 뭐니 그런 거 안 해도 돼요."

"언니가 왜 죽었다는 거야? 다영이, 너…… 뭐 아는 거 있어?"

채근하듯 아이에게 물었다. 다급함에 목소리가 점점 높아졌다. 내가 모르는 것을 어떻게 다영이는 알았을까. 아영이가 무슨 얘기라도 했던 걸까? 다영이에게 무슨 말이라도 남겼던 걸까? 아니면 괴롭힘이나 따돌림 당하는 모습을 봤던 걸까? 떠오르는 모든 것을 묻고 싶었다. 하지만 겨우 말을 꺼낸 아이를 쏘아붙이는 꼴이 될 것 같아 참고 또 참았다. 다영이는 숨을 푹 내쉬고 찬찬히 말했다. 마음의 준비는 이미 했다는 듯.

"작년에 친구가 트위터를 시작했다고 해서 저도 깔아서 시작했어요. 그런데 제 친구 언니가 아영 언니 계정이랑 친구여서 저한테도 언니 계정이 추천으로 떴어요. 솔직히 언니 계정인지도 몰랐어요. 친구가 말해줘서 알았죠. 자기 언니랑 너 언니랑 친구였다고. 그러면서 계정을 알려주는데 그때 언니라고 확신했어요. 그 계정에 피드를 하나씩 보는데, 마지막이 진짜 죽을 거라는 말이었어요. 그리고 멘션이…….."

"……?"

"죽어버리라고…… 수십 개가 달렸어요. 뭔가 이상해서 이전 것도 다 봤는데 처음에는 자해하는 사진 올리면서 친해진 사람들이 나중에는 언니를 공격하더라고요. 언니가 거기서 만난 사람이 있는데, 그 사람이랑 틀어지면서 친구였던 사람들이 다 돌아선 거예요."

"거기서 사람 만난 건 어떻게 알았어?"

신경이 한껏 예민해져 몸이 굳어갔다. 정신을 차리지 않으면 사고가 날 것 같은, 위험천만한 기분이었다. 나는 다영이의 말을 다 알아들을 수 없었다. 믿어지지도 않았다. 아영이에게 그런 일이 있었다니. 인터넷에 자해한 사진을 올리고 사람을 만나고. 그런 행동을 해왔다니.

"거기서 만난 사람이랑 찍은 사진도 피드에 있었거든요. 실시간으로 올라와 있었어요. 연락하고, 만나고, 헤어지고, 서로 까고. 그러다 점점 피드가 줄더니 마지막으로……."

"그게 언제였니?"

"마지막이 오늘이요. 2년 전……."

"왜…… 엄마한테 말 안 했어?"

"엄마는 언니 떠나고 언니 이름조차 꺼내지 않으니까요."

아영이와 다영이의 엄마. 두 아이의 엄마면서 아영이가 떠나고 나는 아무렇지 않은 듯 그 이름조차 꺼내지 않았다. 그게 다영이를 위한 일이라고 생각했으니까. 그런 내 모습이, 도망치는 것처럼 느껴졌을까. 아직도 아영이만 마음에 품고 있다고 느끼게 만든 걸까. 겨우 아영이의 이름을 꺼냈던 날은 다영이에게 인터뷰를 부탁한 때였다. 그 사건이, 다영이를 더 외롭게 만들었을까.

후회. 밀려오는 후회. 아이에게서 스마트폰을 뺏었다면. SNS를 하지 못하게 했다면. 인터넷에서 만난 그 사람을 못 만나게 했다면. 그럼 이 모든 일을 막을 수 있었을까. 처음부터 자해를 하지 못하게 했다면. 병원에라도 데려갔다면. 가슴이 조여왔다. 그대로 고개를 처박고 싶었다. 후회의 모든 것이 아영이를 향했다.

하지만 내 옆에는 다영이가 앉아 있었다. 모든 것을 알고도 말조차 할 수 없었던 아이가. 나를 부숴버리고 싶은 충동을 꾹 눌렀다. 자칫 잘못하면 다영이에게 상처가 될까 봐. 다영이도 그런 내 마음을 알았는지 한참이고 조용히 있었다. 빗줄기가 거세질 즈음에서야 다영이는 말했다. 빗소리와 섞여 아슬아슬 들릴 정도로.

"그러니까, 엄마 탓 아니에요."

빗소리가 없었다면. 그 말이 아슬아슬하게 들리지 않았다면. 나는 그대로 무너지듯 울었을 것이다.

*

납골당에 다녀온 후 저녁을 먹으면서도 다영이와 아무런 대화도 할 수 없었다. 아이 앞에서 어떤 모습을 보여야 할지 몰라 그저 굳은 표정으로 밥을 먹고 설거지를 했다. 무거운 분위기 속에서 다영이는 눈치가 보였는지 자리를 피해 일찌감치 방으로 들어갔다. 나도 평소보다 이르게 안방 침대에 누워 스마트폰 배경화면을 보았다. 아영이와 다영이, 그리고 내가 모두 함께 있는 사진이었다.

띠링!

심리부검센터에 방문했을 때와 비슷한 맑은 종소리가 났다. 어딘지 익숙한 소리다 했는데 휴대전화 문자 알람 소리와 닮아 있었다. 누가 저녁에 연락을 하나 싶어 보니 심리부검센터장이라는 그녀였다. 안내 메시지 같은 문자에는 알 수 없는 문장이 하나 끼어 있었다.

심리부검 결과 안내일을 알려드립니다. 다음 주 수요일 편한 시간에 방문해 주세요. 그리고 혹시 괜찮으시다면 금일 새벽 1시에 센터에 방문해 주시기 바랍니다.

'금일 새벽 1시……?'

심리부검센터라는 것도 사무실인데 왜 새벽 1시에 불러내는 걸까? 왜 콕 집어 새벽 1시에 방문해 달라는 걸까? 나는 의문이 들어 통화 버튼을 눌렀다. 그녀는 그 문장이 전혀 이상하지 않다는 듯 태연하게 전화를 받았다.

─어머님 안녕하세요. 늦은 시간이라 문자 드렸는데 확인하셨나 봐요.

─네, 그런데 시간을 잘못 보내신 것 같아 연락드렸어요.

─오늘 새벽 1시까지 방문해 달라는 내용 말인가요? 하긴 새벽 1시면 내일이죠.

─아니 제 말은, 왜 새벽 1시에…….

─아, 그건 오시면 알려드릴게요. 오실 수 있을까요? 그 시간에만 확인할 수 있는 게 있어서요.

'전산 처리 같은 건가…….'

나는 일단 알겠다고 대답한 뒤 전화를 끊었다. 이것저것 묻고 싶었지만 태연한 그녀의 태도에 더 묻기가 무안했다.

'가보면 안다고 했으니, 오늘 다영이가 해준 얘기를 전해야 할지도…….'

나는 시간을 확인했다. 밤 10시. 센터까지 차를 몰면 한 시간 정도 걸리니 두 시간 뒤 출발. 아니 넉넉하게 11시 반에는 출발해야겠다 생각했다. 늦은 외출 전, 샤워를 한번 하고 옷을 입었다. 서서히 밤은 더 깊어갔다. 너무 많은 일이 있는 날이라 이 하루가 빨리 끝났으면 좋겠다고 생각했다.

*

집에 올 때 내렸던 비는 늦은 밤까지 이어졌다. 납골당에 다녀오고 나서 다시 운전을 하려니 피곤함이 몰려왔다. 게다가 비 오는 날 운전이라니. 평소 운전을 자주 하지 않는 내겐 참 고된 하루였다. 그럼에도 그녀를 만나면 다영이의 인터뷰는 어렵겠다고 전할 생각이었다. 다영이에게 한 부탁이 얼마나 괴로운 부탁이었는지 알 것 같아서. 머릿속에서 다영이의 말과 그녀의 말이 섞였다. 물론, 어느 것도 쉽게 정리되진 않았다.

센터 주변에 닿자 조금 일찍 출발한 게 다행이었다는 생각이 들었다. 비가 와서인지, 시간이 늦어서인지 주차 자리가 없어 동네를 몇 번 돌아야 했으니까. 결국, 센터와 가까운 곳에 주차 자리를 구하지 못해 근처 공영 주차장을 찾았다. 센터까지 10분은 걸어가야 했다. 참, 피곤한 날이었다.

무거운 걸음이 이어졌다. 센터 건물에 닿자 4층에 불이 켜져 있는 것이 눈에 띄었다. 이렇게 늦은 시간까지 업무를 해야 하는 일이구나 싶었다. 축 처지는 몸을 이끌고 계단을 올랐다. 문을 열자 센터에는 그녀만 자리에 있었다.

"안녕하세요."

그녀가 다정하게 인사를 건넸다. 나는 빈 센터를 둘러보며 말했다.

"다른 분들은 안 계시네요."

"직원분들이 할 수 없는 일이거든요. 어머님만 계시면 되는 일이에요."

그녀가 의미심장하게 말했다. 나는 멀뚱히 그녀를 봤다. 그녀는 내 뒤에 걸린 벽시계를 보았다. 시간을 확인하는 듯했다.

"다행히 늦지 않게 오셨네요. 잠시 저와 가실 곳이 있어요. 우산은 가져오셨죠?"

"어디를……."

"멀지 않아요. 여기 뒷골목이니까요."

그녀는 내 우산까지 챙기며 나를 센터 밖으로 데려갔다. 전산 처리나 동의가 필요한 절차 같은 것도 없이 생뚱맞게 뒷골목으로 가자는 그녀가 의심스러웠다. 마지못해 그녀를 따라 걸었지만, 그녀의 초연함이 아니었다면 그대로 돌아갔을지도 모를 일이었다.

발을 달싹거리며 그녀를 따랐다. 오로지 아영이를 떠올리며. 그녀에게 무슨 일이냐고 계속 묻고 싶었다. 그러나 그녀는 물을 틈도 주지 않고 앞장서 걸었다. 그녀가 멈춘 곳은 그녀 말대로 센터와 멀지 않은 곳이었다.

"여기예요."

그녀의 말에 멈춰 선 곳은 좁은 골목일 뿐이었다. 여기에 무엇이 있다는 건지. 그녀는 말없이 어느 방향을 가리켰다. 그곳에는 낡은 공중전화박스가 있었다. 아직까지 공중전화가 있는 곳이 있다니. 어릴 적 동전을 넣어 집에 전화를 걸거나 수신자 부담 번호를 외워 전화를 걸었던 기억이 났다. 추억이라고 하면 추억이지만, 지금 왜 공중전화 앞까지 날 데려온 걸까. 나는 그제야 그녀에게 물었다.

"이 시간에 부른 게 이것 때문인가요? 공중전화요?"

"이게 어머님만 할 수 있는 일이에요. 곧 아영이가 세상을 떠난 시간이죠? 검시보고서에서 확인했어요. 이 시간, 아영이가 가장 함께하고 싶었을 어머님이라면 아영이의 마지막 목소리를 들을 수 있을 거예요. 어머님도 아영이의 마음을 누구보다 알고 싶으실 테니까요."

"무슨 말인지……."

"전화해 보세요. 아영이에게. 이 시간에 여기까지 오셨으니 한 번은 더 속는 셈 넘어갈 수 있는 일이잖아요. 기적이 일어날지도 모르고요."

"……."

허무맹랑한 그녀의 말에 나는 표정이 굳었다. 그녀를 향해 낮고 단호하게 말했다.

"장난하지 마세요."

내 마음을 조롱하는 건가. 그것도 아영이의 기일날. 덜컥 새벽에 불러내 하는 말이 죽은 사람의 목소리를 들을 수 있다니. 아영이의 목소리는 내가 가장 잘 알고 있었다. 아영이가 이런 공중전화에 목소리를 남길 일이 없다는 것도 잘 알고 있었다. 하지만 그녀는 거짓이 아니라는 듯 굳은 얼굴로 시선을 피하지 않았다. 이내 시계를 확인하고는 어깨를 툭 떨어뜨리고 말했다.

"시간이 지났네요. 혹시라도 제 얘기를 다시 생각해 보신다면 언제든 연락 주세요."

그녀는 깍듯하게 몸을 숙여 내게 인사했다. 늦은 시간 실례했다는 말과 함께 정중함과 부드러운 말투를 잃지 않았다. 나는 전화박스에서 나와 우산을 펼치고 서둘러 그녀를 지나쳤다. 그녀가 자식을 잃은 부모의 마음 같은 건 알지도 못하고 죽은 사람의 마음이니 뭐니, 말도 안 되는 소리를 하는 것에 짜증이 올라왔다. 차에 몸을 구겨 넣고 핸들을 내리쳤다. 꽉 쥔 주먹이 아려왔다. 숨이 폐까지 닿지 못하는 듯 짧고 얕게 씩씩 소리가 났다. 눈에 빛의 잔상이 번지며 눈앞이 깜깜해졌다.

차오르는 분노와 슬픔. 그녀를 믿은 내가 바보처럼 느껴졌다. 그럼에도 집에 돌아가는 길에 듣고 싶었다. 아영이의 마지막 마음을.

*

폭우가 쏟아졌다. 이른 장마였다. 그날 이후 나는 그녀를 다시 찾았다. 며칠간 고민한 끝에 한 연락이었다.

—전에 하신 그 말…… 진짜예요?

—네. 새벽에 방문을 요청드린 것은 실례지만, 어머님의 슬픔을 가볍게 여긴 게 결코 아니에요.

그녀는 확신에 찬 어투로 말했다. 나는 그런 일을 믿지 않지만, 무시하기는 힘들었다. 무엇을 선택해야 하는지 갈등하는 동안 튀어나온 것은 다소 날카로운 말이었다.

—만약 전화가 안 걸리면요?

—솔직하게 말씀드리면, 어머님과 전화가 안 될 수도 있어요. 하지만 어머님의 마음이 간절하다는 것만은 분명하게 알고 있어

요. 그래서 저는 아영이의 마지막 목소리를 들을 수 있는 사람은 어머님이라고 생각해요.

내가 믿지 못하는 것을 하는 것과 아영이의 마지막 마음을 듣는 것. 둘 중 무엇이 중요한가. 이건 백번을 물어도 아영이었다. 아영이가 살아 돌아온다고 하면 전 재산을 모두 내놓을 수도 있었다. 반면에 이 일은 내가 그녀의 말을 믿고, 언제 철거될지 모르는 공중전화로 고작 전화 한 번을 거는 일이었다. 그녀는 나를 설득하려는 건지, 내 마음을 알고 있다는 건지 감정을 절제하려 애쓰며 말했다.

─저도 누군가 이런 얘길 한다면 믿지 못했을 거예요. 소중한 사람을 잃기 전까진, 저도 알지 못했으니까요.

─오늘 새벽 1시. 센터로 갈게요. 만약 안 된다면 이번 일에 책임을 지셔야 할 거예요.

─알겠습니다.

전화를 끊은 뒤, 나는 다영이의 말을 떠올렸다.

"다영이는 기적이 있을 거라 생각해?"

뜬금없는 질문에 다영이는 생뚱맞은 소리라는 듯 날 이상하게 한 번 보더니 생각에 잠겼다. 그리고 어른인 나조차 생각하지 못한 답을 했다.

"있으면 좋겠어요. 없는 것보다 낫잖아요."

＊

센터에서 만난 그녀는 변함없는 모습이었다. 이 모든 일이 당연하다는 듯 태연한 표정을 지으며 나와 함께 공중전화박스로 향했다. 비가 거세게 내리기 시작해 바지 밑단을 적셨다. 옷이 점점 무거워졌다.

새벽 1시. 이토록 인적 드문 길에 아직도 공중전화가 살아남아 있는 것이 이상할 정도였다. 길을 다니는 행인도, 담배를 피우러 잠옷 바람으로 나온 사람도 없었다. 플라스틱으로 된 공중전화박스에선 빗물이 타닥타닥 튀어 올랐다. 막상 수화기를 들고 번호를 누르려니 긴장이 되었다. 절대 잊을 수 없는 아영이의 번호. 그 번호를 떠올리는 것만으로도 아영이가 세상에 없다는 걸 실감할 수 있었다.

낡은 번호키가 가벼운 소리를 냈다. 아영이가 떠나고 사라져버린 번호. 누군가 쓰고 있을지도 모르는 그 번호. 번호를 다 누르자 통화 연결음이 들려왔다. 동전도, 수신자 부담 번호도 누르지 않았는데. 이상함과 알 수 없는 떨림 때문에 중간에 수화기도 내려놓지 못했다. 통화 연결음이 계속 이어지고 이내 '탈칵' 소리가 났다. 마치 누군가 수화기를 들었다는 듯이.

엄마, 사실 엄마에게 도와달라고 말하고 싶었어. 그날 나는 집에 가면 엄마에게 모든 걸 얘기하고 싶었어. 자꾸 사람들이 나를 따돌리고 욕한다고. 괴

176

롭힘을 당했다고. 집에 가면서 엄마에게 할 말을 계속 떠올리며 용기 내려 했는데. 엄마도 내게서 돌아선 것 같았어. 이제 나를 사랑하지도, 보호하지도 않고 날 버리는 것 같았어. 세상에 아무도 없는 것 같아서. 모두가 내가 죽길 바라는 것 같아서. 그게 모두를 위한 일 같아서 마음이 아팠어. 조금 더 빨리 엄마에게 말했다면, 엄마는 내 용기를 받아줬을까? 내가 이렇게 혼자가 되진 않았을까? 나는 누구 하나라도 내 마음을 알아줬으면 했는데……. 엄마, 미안해. 내가 잘못해서. 내가 필요 없어서. 내가 아프게만 해서. 나는 늘 내 마음을 말하고 싶었는데, 두려움에 도망쳐서. 이제 나 때문에 누구도 힘들어하지 않겠지. 사실 두려워. 진짜, 이게 마지막일까 봐. 살고 싶었는데.

전화가 끊겼다. 분명히 아영이의 목소리였다. 잊을 수 없는, 내 아이의 목소리였다. 믿을 수 없는 일이 실제로 내 앞에 펼쳐졌다. 나는 다시 번호를 눌렀다. 하지만 공중전화는 불통이 된 듯 아무런 신호도 걸리지 않았다. 털썩 주저앉았다. 아스팔트에 빗물이 튕겨져 올랐다. 빗방울이 얼굴에 튀어 눈물처럼 흘렀다. 옷을 적신 빗방울이 모두 눈물처럼 느껴졌다.

세상이 흐렸다. 뿌옇게 흐려져 제대로 보이는 것이 없었다. 옷의 끝단부터 빗물이 파고들었다. 몸은 축축해지고 땅은 나를 끌어 내렸다. 빗물이 더 차오르지 않아 고개를 들자 그녀가 나와 높이를 맞춰 몸을 낮춘 채 우산을 씌워주고 있었다.

"……아영이의 마음, 들으셨나요?"

"들었어요. 말하고 싶었다고, 무서웠다고. 살고…… 살고 싶었다고. 저는 아무것도 몰랐어요. 제 자식인데…… 제가 낳았는데 아무것도 몰랐어요."

"스스로 상처 내는 아이들의 마음을 직접 들은 적이 있어요."

나는 그녀를 살며시 올려다봤다. 그녀는 빗소리에 가려질 것 같이 힘없는 목소리로 말했다.

"왜 자해를 하냐는 물음에 돌아온 대답 중 대부분이 '어떻게 해야 할지 몰라서'였어요. 살고 싶어서 했다는 아이들도 있었어요. 이렇게라도 하지 않으면 정말 죽을 것 같다고요. 그 아이들. 모두 자신의 마음을 어떻게 풀어야 할지 막막했던 거예요. 혼자서 어떻게든 해보려다 그렇게 된 거예요. 그중에는 죽고 싶다고 말한 아이도 있었어요. 그래서 다시 물었죠. 잘 살 수 없을 것 같아서 무섭냐고요. 그 아이는……."

그녀의 옷 끝자락도 나와 비슷하게 천천히 젖었다. 그녀는 아랑곳하지 않고 말했다.

"고개를 끄덕였어요. 죽고 싶다는 그 아이도 실은 잘 살고 싶었던 거예요. 다시 물어보지 않았다면 저는 그 아이가 그저 죽고 싶어 한다고만 생각했을지도 몰라요. 자해를 하고, 죽고 싶다고 했으니까요. 우리는 때로 상대를 알고 있다는 생각으로…… 진짜 마음을 몰라주고 있는지도 몰라요."

"……."

"그러니까 지금이라도 물어봐 주세요. 자녀분의 진짜 마음을.

그것만 해주셔도 아영이와 같은 일은 일어나지 않을 거예요. 그리고 그게 저희가 할 수 있는 일의 전부일지도 모르고요."

다영이의 얼굴이 떠올랐다. 다영이의 마음을 물은 게 언제였을까. 지금 내가 해야 하는 건 뭘까. 함께하는 것. 다영이와 앞으로를 함께하는 것. 다영이가 알 수 있게 도와줘야 했다. 막막할 때, 어떻게 해야 할지 모를 때 어떻게 해야 하는지. 함께 알아가야 했다.

"저, 집에 가봐야겠어요."

"남은 얘기는 내일 마저 나눠요."

그녀는 내가 집으로 돌아갈 줄 알았다는 듯이 말했다. 그녀가 건넨 우산을 들고 주차된 곳으로 힘차게 뛰었다. 차에 시동을 걸 땐 우산을 쓰지 않은 듯 옷이 축축했다. 시트가 젖어가는 것은 중요하지 않았다. 빗줄기를 가르며 새벽의 도로를 내달렸다. 다영이에게 가기 위해. 집에 도착한 것은 새벽 2시. 현관문을 열자 거실로 나온 다영이와 눈이 마주쳤다. 늦은 시간까지 다영이가 잠들지 않은 것에 놀란 나보다 온통 젖은 내 모습을 본 다영이가 더 놀란 듯했다.

"엄마?"

"……다영아."

"어디 다녀왔어요? 옷은 또 왜 젖었고요?"

"……."

나는 다영이를 끌어안았다. 다영이는 날 밀어내지 않았다. 대신 "차가워요"라고 투정 부리듯 말했다. 품에 안긴 다영이는 키가 나만큼이나 커져 있었다. 따스한 온기에 참을 수 없이 눈물이 터졌다. 새어 나오는 소리를 막지 않았다. 일그러지는 얼굴을 다영이의 어깨에 푹 박았다. 다영이의 어깨가 내 옷처럼 젖어갔다. 아이는 천천히 팔을 올려 내 등을 두드렸다. 아영이의 장례식 이후 처음으로 다영이 앞에서 흘린 눈물이었다.

"엄마, 괜찮아요?"

"……미안해. 미안해, 다영아."

그날 밤에 다영이는 내 마음을 물었다. 나는 미안하다는 말만 겨우 남길 수 있었다. 아영이의 마지막 말처럼, 마음을 말하는 것엔 큰 용기가 필요했기에. 그 용기를 내기엔 마음이 여기저기 흩어져 진짜 무엇을 말해야 하는지 헷갈렸다. 다만 이 미안함이 아영이를 향한 것이 아니라 슬픔을 참아내는 날 견뎌준 다영이를 위한 것이길 바랐다. 오롯이 다영이를 위한 것. 다영이는 그날 인터뷰에 참여하겠다고 덤덤히 말했다. 2년 전만큼이나 눈물 젖은 날이었다.

심리부검 보고서

성명: 양아영

나이: 만 16세

사망일자: 2021. 4. 8.

사건 개요: 자살자(양아영, 17세)는 14세부터 자해를 했으며 관련 내용으로 교내 심리상담을 꾸준히 받아옴. 그러나 자해 행동으로 인해 어머니와 사이가 틀어졌고 사망 전날 밤 어머니와 평소보다 크게 언쟁을 함. 다음 날 오전, 치명적 자해로 인한 쇼크사. 의뢰인은 자살자의 어머니로 자신의 언행 때문에 자녀가 사망했다는 극심한 죄책감에 시달려 심리부검을 의뢰함.

성장 과정 및 성향: 자살자는 유년기 부모님의 이혼을 경험했으나 초등학교 시절까지 뚜렷한 정신과적 증상 및 문제 행동을 보이지 않음. 중학교에 진학하면서 부쩍 내성적 성향이 강해지며 자해 행동을 함. 성장 과정에서 부모의 이혼으로 인한 불안감이 형성되었을 것으로 보이지만, 결정적 자해 원인으로 확인하긴 어려움. 중학교 진학 이후 자해 행동을 보인 것으로 보아 아동기를 벗어나며 찾아온 환경적, 성격적 변화에 기질적으로 민감했던 것으로 보임. 내향적 성격을 극복하기 위해 SNS 활동을 적극적으로 해왔으며 특정 SNS에서 자해가 유행처럼 번진 점을 고려해 볼 때 또래와 어울리기 위한 공통사로 자해를 선택했을 가능성도 있음.

스트레스 요인: 청소년기 중요한 교우 관계를 맺는 데 어려움이 컸을 것으로 추정. 중고등학교 진학으로 인한 환경적 변화와 어머니와

의 갈등에서 스트레스가 있었을 것으로 보임. 또한 유일하게 소속감을 형성하고 있던 SNS 내 사이버불링이 확인되었으며 자살 시도 이전 자살 암시 게시글을 쓰는 등 또래 집단에서 자행된 인터넷 내 괴롭힘으로 인해 큰 스트레스를 받았음이 확인됨.

최종 소견: 청소년기의 특성상 부모에게서 독립하길 바라며 또래 집단과 어울리고 싶어 하는 심리에 빠져 있던 상태. 또래 집단 간의 사이버불링이 실질적인 자살 요인으로 보이며 보호자에게 도움을 요청하기 힘든 상황에서 스트레스가 가중되었던 것으로 보임. 처음 자해 행동 이후 보호자에게 정보가 공유되며 교내 상담 또한 신뢰하지 못한 것이 치료 개입에 영향을 준 것으로 추정됨.

예방 계획: SNS 내 자해 및 자살에 관련한 규제가 필요해 보이며 적절한 치료 개입이 이루어질 수 있도록 보호자 교육이 필요함. 청소년이 신뢰할 수 있는 방향의 상담과 또래 상담 등 다양한 부분에서 자살 예방 시스템의 보안을 요청함.

〈첨부_인터뷰1〉〈첨부_인터뷰2〉〈첨부_휴대전화기록〉〈첨부_인터넷이용기록〉

＊

낮에 찾은 센터는 활기찼다. 친절했던 상우라는 사람은 보이지 않았지만, 지훈이라고 기억하는 사람도 그럭저럭 부드러운 인사를 건넸다. 아영이의 심리부검 결과를 듣는 자리여서일까, 그 무심함이 오히려 편하게 느껴졌다. 그녀는 나와 상담실로 들어갔다. 공중전화로 나를 불러내던 모습과는 사뭇 다른 분위기였다.

"다영 씨 인터뷰 덕에 저희가 충분히 자료를 모아 말씀드릴 수 있었어요."

그녀는 인사를 다영이에게 전해달라는 듯 말했다. 다영이가 인터뷰하는 날, 나는 센터까지 데려다주기만 하고 인터뷰를 할 때엔 근처 카페에서 기다리며 자리를 비웠다. 다영이가 어떤 얘기를 했는지는 다 알 수 없었지만, 인터뷰를 마치고 돌아오는 다영이의 표정이 한결 가벼워 보였다.

"다영 씨와는 요즘 어떻게 지내세요?"

"……아직, 어렵네요."

나와 다영이의 사이는 아직 서먹서먹했다. 가끔 다영이의 마음을 물어보려 해도 입이 떨어지지 않았다. 인터뷰를 마치고도 무슨 얘길 했는지, 아영이를 어떻게 생각했는지 묻고 싶었지만 아영이의 이름이 입에 엉겨 붙었다. 분명한 것은 내게 용기가 더 필요하다는 거였다.

"이건 심리부검 결과 보고서고…… 사실 진짜 보여드리고 싶었던 건 이거예요."

그녀는 잔뜩 스크랩된 파일을 내게 건넸다. 그건 아영이의 SNS 사진과 글이었다. 나는 꼼꼼하게 눈에 담았다. 여름날을 찍은 아영이. 거울 앞에서 웃고 있는 아영이. 다영이에게 장난치는 아영이. 친구와 방과 후 카페에 간 아영이. 사진과 내용에선 아영이의 우울함이 보이지 않았다. 아영이가 자해라는 걸 하는 아이라고는 생각되지 않았다.

"이게, 아영이 SNS라고요? 제가 듣기엔⋯⋯."

"다영 씨가 얘기해 준 내용 말씀이시죠? 사실 그것도 있긴 한데, 이미 내용을 알고 계시기도 하고 직접 보시기 불편할까 봐 내용을 좀 추렸어요."

그녀가 다른 파일 하나를 건넸다. 그곳에는 자해 사진까진 아니지만, 아영이의 마음이 담겨 있었다.

이 세상에 혼자 남겨진 것 같아.

누구라도 내 마음을 이해해 주었으면. 외롭다.

진짜 좋아하는 사람은 왜 날 싫어할까. 그래서 나도 내가 싫을까.

"어떠세요?"

"그냥, 좀⋯⋯ 모르겠어요, 이 두 파일이 다 SNS 내용이라고요?"

"플랫폼은 다르지만, 다 아영이의 SNS 내용이에요. 아영이가 직접 올린 게시글이죠."

의심하기 어려울 정도로 행복해 보이는 아영이와 세상에 홀로 남겨진 듯한 아영이. 내가 알고 있는 모습의 아영이와는 다른 사람처럼 보였다. 그 속에서 진짜 아영이의 모습은 무엇일까. 아영이가 떠났으니 우울한 이야기들이 진심이라 생각되었지만, 사진 속 웃고 있는 아영이의 웃음 또한 진짜 행복할 때면 보이던 어릴 적 웃음과 같았다.

"저희가 이걸 보여드리는 이유는…… 이 모든 모습이 아영이라는 걸 알려드리고 싶어서예요. 우울증을 앓고 계시는 분들을 떠올리면 항상 우울할 것 같지만, 실제로는 그렇지 않아요. 때로는 기뻐하고 때로는 행복감을 느끼죠. 아영이의 힘든 마음은 진실이었겠죠. 그런데 그렇다고 행복한 하루를 올리는 이때의 아영이가 거짓이라고 할 수는 없어요. 어쩌면 아영이는 이 모든 걸 솔직하게 어머님께 말하고 싶었는지도 몰라요. 살고 싶은 마음과 죽고 싶은 마음 모두요. 그러나……."

"……?"

"많은 분이 그러듯 자신을 이해하지 못할 거라 생각했겠죠. 아이가 살길 바라고 좋은 모습만 보이길 바라는 게 부모 마음이라는 걸, 아영이도 알고 있었으니까요. 그래서 SNS를 통해 비슷한 사람을 찾고 공감해 왔을지도 몰라요. 혼자 어떻게든 해보려던 게 자해 행동으로 이어졌을 수도 있고요."

그 얘길 들으니 어린 아영이의 모습이 떠올랐다. 내 걱정을 싫어하던 아영이. "내가 할게!"를 입에 달고 살던 아영이. 혼자서 어떻게든 해내려 했던, 기특했던 아영이. 자해를 하는 아영이는 내가 모르는 아영이라고 생각했다. 그래서 바꿔야 한다고 여기고 돌아오길 바랐다. 그런데 그것조차 내가 사랑했던 아이 모습 그대로였다니. 나는 아영이를 받아들이지 못했다. 변한 것은 없었는데.

"전 그냥 믿고 싶었어요. 걱정 끼치는 아영이가 괜찮아질 거라고요. 잠깐 그런 것뿐이라고요. 그런데 그게 아이를 힘들게 했을 줄이야……."

"우리는 어른으로서 더 많은 것을 봐야 하는 건지도 몰라요. 하나가 아닌 둘, 혹은 그 이상을요. 아마 아영이도 SNS에 다 담기지 않은 모습이 있었겠죠. 어머님께 보인 모습이나, 학교에서의 모습이나……. 그 모두가 아영이고, 우리가 마주해야 하는 삶일 거예요."

그녀의 그 말은 내 등을 살며시 밀어주는 것 같았다. 우리가 마주해야 하는 삶. 대화할 수 있는 용기. 마음을 솔직하게 나눌 결심. 나는 센터를 나오는 마지막 순간까지 다짐하고 또 다짐했다. 이제는 도망가지 않기로. 용기를 내보기로. 먼저 용기 내어준 다영이를 믿어보기로.

*

"다영아, 엄마랑 데이트할래?"

학교를 마치고 돌아온 다영이에게 그 말을 하자 다영이는 눈이 휘둥그레졌다.

"지금요? 학원은요?"

"하루쯤 땡땡이치지 뭐."

다영이는 경계하듯 눈을 가늘게 뜨며 눈치를 봤다. 내 말이 진심인지, 무슨 목적인지 찾아내려는 모양새였다. 나 역시 뻔한 속셈처럼 느껴질 거라 생각했지만, 다영이는 겸연쩍은 표정을 지으면서도 내게 속아주었다. 나와 선뜻 나서서 드라이브에 함께했으니까.

서울을 벗어나자 차가 막힘없이 달렸다. 드라이브의 종착지는 양평이었다. 전남편과 데이트할 때 코스이기도 했다. 멀지도 않고 느긋하게 산책도 할 수 있는 나름의 명소였다. 이혼 후 꼴도 보기 싫은 곳으로 남아버리긴 했어도 솔직하기에 이만한 장소가 없었다. 우리 가족의 시작이었던 곳이니까.

평일 오후. 두물머리에는 사람이 많지 않았다. 나와 다영이는 강가를 조금 걷다 복층 카페로 들어갔다. 통나무집 분위기가 나는 카페는 얇은 담요까지 준비되어 있어 산장 같은 느낌을 주었다. 우리는 창가에 앉아 강을 바라보며 주문한 음료를 한 모금 마셨다. 다영이는 코코아를, 나는 국화차를 골랐다. 고운 찻잔 속

국화는 향이 우러날수록 꽃이 피었다. 그 순간을 음미하자 마음이 차분해졌다. 그럼에도 다영이는 어색한 듯 자꾸 창밖에 시선을 두었다.

"여기가 아빠가 엄마한테 프러포즈한 곳이야. 아빠 멋없지?"

다영이의 시선은 여전히 다른 곳에 머물렀다. 도통 나를 쳐다보려 하지 않았다. 나는 늘 다정한 엄마를 연기했다. 다정한 어투로 사소한 것을 묻고 챙기는 엄마. 그러나 데이트를 하거나 둘이 어딘가로 가는 것은 피했다. 둘이라는 게 느껴지면 아영이의 자리가 사라지는 것 같아서. 그렇기에 그날은 평소와 아주 다른 하루였다. 나는 다영이에게 그간 하지 않은 이야기들을 꺼냈다.

"다영이는 기억나지 않겠지만…… 그래도 아빠는 너희가 태어났을 때 정말 좋아했어. 엄마도 아빠랑 헤어지고 힘들었어. 이혼이라는 거, 남 일 같았거든. 그런데 너희가 엄마라고 부를 때면 그게 다행이라 느껴지기도 하더라. 아영이, 다영이 엄마라는 건 변하지 않으니까."

"……"

"다영아. 엄마한테 물어보고 싶은 거 있으면 솔직하게 물어봐. 엄마가 오늘은 다 얘기해 줄게."

말과 말이 이어지지 않은 사이, 커피 그라인더 소리가 정적을 메웠다. 평상시라면 신경에 거슬렸을 소리가 지금은 마음을 가라앉히는 백색소음 같았다. 다영이는 말을 고르듯 입을 우물거렸다. 이런 기다림이라면 얼마나 길어지든 기다릴 수 있을 것 같았다. 설령 오늘이 아닌 몇 년 뒤가 되더라도.

"아빠 어떤 사람이었어요?"

"다정했어. 엄청 다정한 건 아닌데, 그냥 잘해줬어. 너희한테
도 그렇고. 성실하기도 했어. 엄마랑은 일하다 만났는데 성실하고
곧은 사람인 것 같아서 그게 좋았어. 아영이, 다영이도 이뻐했고.
예전엔 그래서 더 아빠를 용서할 수 없었는데…… 지금은 그래
서 아빠를 용서하게 되더라. 그래도 함께일 땐 잘해줬다고."

"헤어졌을 때는……"

"아빠가 다른 사람이 좋다고 했어. 너무, 너무 마음 아팠어.
그런 일은 생각도 못 했었으니까. 우리 네 가족이 계속 함께할 거
라 생각했거든. 그래도 아빠가 아영이랑 다영이 부족하게 키우지
않게 계속 도와줬어. 이런 얘기 처음 듣지?"

"……"

다영이는 작게 고개를 끄덕였다. 이곳에 아영이도 함께 앉아
있었다면 내게 어떤 물음을 던졌을까. 아마 다영이의 물음과 크
게 다르지 않았을 것이다. 나는 다영이에게 말하면서 이 말이 아
영이에게도 닿길 바랐다. 한번 태어난 소리는 사라지지 않고 세
상을 떠돈다는 말이 생각났으니까.

"언니…… 언니 얘기 했어요."

"……"

"엄마가 말했던 그 인터뷰를 하는 동안, 언니 얘길 했어요. 언
니는 어떤 사람이었는지, 나한테 어떤 의미였는지, 함께한 기억은

어땠는지 물어보더라고요. 처음이었어요. 언니가 없어지고 그렇
게 물어본 사람……."

나는 상담실에서 그녀와 다영이가 마주 앉은 모습을 떠올렸
다. 낯을 가리는 다영이의 표정과 마음을 허물듯 다가가는 그녀.
조금씩 얘기를 시작하는 다영이와 그 이야기를 가만히 듣고 있
는 그녀.

"다영이 마음은 어땠어?"

그제야 나는 물을 수 있었다. 다영이의 마음을. 이렇게 쉬운
말인데, 쉽지 않은 마음을 하나씩 부숴나가야만 할 수 있는 물
음이었다. 용기란 그런 것이라 생각했다. 오를 수 없는 벽을 부수
어 넘어가는 일. 벽을 부수는 건 꼭 혼자할 필요가 없었다. 함께,
해낼 수 있는 일이었다.

"처음에는 좀 불편했는데, 다 얘기하니까 마음에 무거운 게
내려간 느낌이었어요. 언니가 어릴 때 매번 나한테 하던 장난 얘
길 했는데, 급하게 불러놓곤 심부름시키는 거 같은 별거 아닌 이
야기였어요. 그런데 그 얘기를 하니까 나한테도 언니가 있었구
나, 시시하고 짜증 낼 수 있던 언니가 계속 나랑 있었구나 싶어
서…… 보고 싶다고 생각했어요. 잊어버리기 싫었어요."

"엄마는……."

"……."

"엄마는 무서웠어. 아영이 얘길 다영이에게 하는 거. 다영이가
너무 힘들지 않을까 걱정도 되고 또 아영이가 떠난 게 엄마 때문

190

인 것 같아서…… 그게 너무 마음 아파서 말할 수 없었어. 다영이도 다 알고 있었을 텐데. 언니가 떠난 것도, 엄마가 힘든 것도. 그래서 다영이한테도 미안해. 다영이가 어떻게 지냈는지, 마음은 어땠는지 엄마가 먼저 묻지 못해서."

그 말을 하는 동안 몇 번이고 목이 막히고 코끝이 아려왔다. 하지만 이번만큼은 감정에 젖어 아무런 말도 하지 못한 채 끝내고 싶지 않았다. 이 순간을 흘려보내고 싶지 않았다. 조여오는 가슴을 열고 몸에 힘을 주며 슬픔을 꾹꾹 눌러냈다. 이 말을 하기 위해.

"엄마는 항상 묻지 못했는데, 고마워 다영아. 엄마한테 먼저 괜찮냐고 물어봐 줘서. 엄마는 아영이만큼이나 다영이를 늘 사랑했어. 지금도…… 지금도 다영이 네가 소중해. 절대 다신 잃고 싶지 않아."

"……."

다영이는 창가에서 천천히 시선을 돌려 나를 쳐다보았다. 눈물이 맺혀 다영이의 얼굴이 흐릿하게 보였다. 다영이를 더 분명히 보고 싶어 눈을 깜박였다. 툭 떨어지는 눈물 다음 보인 모습은 거울 같았다. 나와 닮은 아이가, 나와 함께 눈물을 흘리고 있었으니까. 다영이는 쌓인 슬픔을 밖으로 내던지듯 한동안 펑펑 눈물을 쏟았다. 그렇게 우는 다영이의 모습은 처음이었다. 아영이를 떠나보내던 날, 나는 내 슬픔에 갇혀 아이를 보지 못했으니까. 그런 다영이가, 오늘에서야 울었다. 속마음을 꺼내기 위해.

"엄마가 언니만 보는 게 질투 나기도 했지만, 없어졌으면 좋겠다고 생각한 적도 있지만, 언니가 죽길 바라진 않았어요. 그저 엄마가 날 조금 더 봐줬으면 했어요. 그래서…… 저도 언니한테 미안했어요. 그런데 상담 선생님이 얘기해 줬어요. 미안한 마음을 고마움으로 바꿔가자고……."

왜 다영이는 아무것도 모른다고 생각했을까. 나는 아이의 죄책감을 몰랐다. 그저 언니가 없으니 슬플 거라 막연하게 떠올린 게 다였다. 그녀의 말대로 다영이에게도 다양한 모습이 있었다. 속을 티 내지 않는 딸. 언니의 장난을 받아주던 동생. 가족을 자살로 떠나보낸 한 사람. 내가 앞으로 봐야 하는 것은 눈앞의 열일곱 살 아이였다. 나만의 자식이 아닌, 나와 다른 한 사람.

"미안하다고 말하고 싶은데 고맙다고 할래요. 언니한테도, 엄마한테도, 얘기 들어주던 상담 선생님한테도."

"엄마도 고마워."

고맙다고 했다. 그녀가 다영이에게 한 말처럼, 다영이가 내게 한 말처럼 미안한 마음을 고마움으로 바꿔가기 위해. 언니와 비슷한 사람을 돕기 위해 인터뷰를 하던 다영이의 모습. 모든 것을 알고서도 기다려준 모습. 솔직하게 자신의 마음을 표현할 줄 아는 모습. 그 모두가 내가 보지 못한 다영이의 마음이었다.

잊지 못할 말을 꺼낸 날, 나와 다영이는 한동안 말없이 걸었다. 각자의 마음을 정리하듯이.

　우리는 빠르게 일상으로 돌아왔다. 다음 날, 다영이는 평소와 같이 학교에 갔다. 더 다정한 모습은커녕 어색한 인사만 하고 후다닥 집을 나섰다. 그러나 같은 시간, 같은 발소리를 내며 집에 돌아왔다. 다녀왔다는 말과 함께. 나 역시 크게 달라진 건 없었다. 저녁을 준비했고 밥을 먹을 때도 특별히 무슨 말을 덧붙이지 않았다. 고맙다거나 사랑한다거나. 살가운 말은 하루아침에 오갈 수 있는 것이 아니었다. 그래도 나는 여전히 다영이가 오늘도 무사히 돌아왔음에 안도했고, 또 감사했다.

　어김없이 다영이가 집으로 돌아온 날. 어김없이 그 모든 일이 너무도 감사한 날. 나는 어김없이 물었다.

　"오늘 다영이는 어땠어?"

　다영이는 시시콜콜 모든 일을 말하지 않았다. 멋쩍게 넘어가는 것이 서운하지도 않았다. 대신 가끔 소파에 앉아 스마트폰을 볼 때면 나를 불렀다. 그러곤 스마트폰 화면 속 자신의 SNS 게시물을 보여주며 말했다.

　"얘가 혜정인데, 얼마 전에 남자친구가 생겼어요. 같이 공부하러 카페에 갔는데 계속 남친이랑 연락만 하는 거 있죠?"

　"좀 서운했겠네."

　"서운하기보단 재수 없죠. 뭐."

　툭툭 던지는 다영이의 말에 슬며시 웃음이 났다. 나는 다영이에게 친한 남자친구가 없느냐고 슬며시 떠보기도 했다. 다영이는 성격이 덤덤한 건지, 부끄러움이 많은 건지 그런 거 없다면서 말을 아꼈다. 다영이가 보여주는 SNS 게시물을 보며 아영이가 떠올랐다. 자신을 이해해 줄 사람을 찾아다녔던 아영이. 혼자서 힘든 마음을 해결하려 했던 아영이. 나는 다영이에게 말했다.

"무슨 일이 있더라도 엄마는 네 편이야."

다영이는 징그럽다는 듯 표정을 찡그리면서도 입가에는 웃음기를 언뜻 머금었다. 나는 진심으로 지금 이 순간이 고맙게 느껴졌다.

4장

＊

어쩌면
진실보다 중요한

"오빠는 이 일에서 뭐가 가장 중요하다고 생각해?
지금까지 지켜본 사람으로서."
"음…… 남은 사람의 마음을 편하게 해주는 거."

자살자(이화연, 65세)는 2020년 6월 28일 오전 6시 46분경 남편(김한무, 70세)의 신고 전화를 받고 오전 7시경 구급대원이 도착해 있을 때 작은방 문고리에 목을 매어 사망한 채로 발견됨. 사망 추정 시간은 오전 2시 30분경. 부검 결과 행잉으로 인한 질식사로 판명. 사건 당일 자살자는 일찍 잠자리에 들겠다고 하며 전날(27일) 오후 10시경 안방에 누워 먼저 잠이 들었음. 이후 오후 11시 30분 즈음 남편 또한 안방에서 잠들었는데, 일어났을 때(오전 6시 40분경) 자살자가 보이지 않아 거실로 나옴. 이때 작은방 문고리에 목을 맨 자살자를 발견해 오전 6시 46분경 신고함. 의뢰인(김남진, 35세)인 아들의 진술에 의하면 자살 완료 몇 달 전부터 식욕이 없고 활동량이 줄어들었으며 남편은 자살자가 자살 완료 이전부터 부쩍 '자신이 없더라도'라는 식의 얘길 많이 했다고 말함. 평상시 자살자와 남편의 사이가 매우 좋았다는 진술 등을 통해 사건은 자살로 판결. 이후 의뢰인(김남진, 35세)은 어머니의 자살에 힘들어하다 유가족 자조 모임을 나가게 되었고 유가족 모임을 통해 심리부검을 알게 되어 센터에 심리부검을 의뢰하게 됨. 자살 완료 이전부터 우울증 행동 양상을 보인 것으로 보아 급성 우울증을 예측할 수 있으나, 촉발된 스트레스 요인이 무엇인지 복합적으로 조사할 필요가 있을 것으로 보임. [2023. 5. 8. 사건의뢰기록서]

지안에겐 문자로 주차 자리가 없다며 시간에 딱 맞춰 가겠다고 했다. 괜히 농땡이 치는 것처럼 보이기 싫어 일찍 출발했다는 문장까지 넣었다. 때마침 앞에서 차가 나가고 있어 꼼짝없이 기다렸다. 앞에 차가 나가자마자 주차를 하고 나니 시간이 눈에 띄었다. 오전 9시 23분. 빨리 차에서 내려 센터 방향으로 뛰었다.

4층 심리부검센터

'하필이면 또 4층이야……'

계단을 오르며 속으로 구시렁댔다. 엘리베이터도 없는 4층이라니. 내가 사는 5층짜리 집에도 엘리베이터는 있었다. 3층에 있던 전 회계 사무소에 다닐 때도 꼭 엘리베이터를 타고 내렸다. 그런데 걸어서 4층. 강지안 덕분에 매 출근 시간마다 운동하는 기분이었다.

사무실에 도착해 보니 상우 씨와 지안이 함께 있었다. 지안은 3분 정도 늦은 내게 바로 한마디 했다.

"우리 일은 시간이 중요해. 약속이니까. 출근은 늦어도 유족분들이랑 한 약속에는 늦으면 안 돼."

"그만해요, 지안 씨, 형님 그만두시겠다."

상우 씨가 넉살 좋게 말했다. 그간 본 상우 씨는 눈웃음이 부드럽고 장난기가 섞인 표정을 잘 짓는 사람이었다. 오늘은 병원에 가지 않아도 괜찮은지 이른 시간 센터에 나와 지안의 일을 돕고 있었다. 나는 원래 상우 씨의 자리였던 곳에 앉았다. 이제는 내 자리였다.

"죄송합니다, 주차 자리가 없어서."

"그럴 수도 있죠. 지안 씨도 매번 주차 때문에 속 터지는걸요. 그래서 저는 여기 일 시작하고 얼마 뒤에 차 팔았습니다. 지금이야 형님 덕에 해방돼서 차도 끌고 다니지만요."

한 마디를 하면 열 마디를 할 것 같은 이 사람이 그간 지안과 일했다는 게 믿기지 않았다. 지안은 의외로 저런 사람을 좋아하는 건가. 나는 어색하게 웃어 보이며 지안을 쳐다봤다. 지안은 그다지 날 신경 쓰지 않는 듯 필요한 서류를 들고 내 앞으로 왔다.

"저번 달에 교육 다 이수했지? 다음 교육은 상우 씨가 안내해 줄 거야. 오늘은 상우 씨가 같이 봐주겠지만, 그래도 늘 확인은 꼼꼼하게⋯⋯."

"지안 씨, 내가 잘 인수인계하고 있잖아. 형님도 이제 정규직이야. 걱정하지 마요."

"⋯⋯."

"지안 씨는 걱정이 많아! 걱정이!"

상우 씨의 말에 지안이 피식 웃었다. 지안의 표정은 나와 둘이 있을 때보다 한결 편안해 보였다. 상우 씨는 요령 좋게 지안의 긴장을 풀어주면서 내 곁으로 와 비밀이라는 듯 작게 말했다.

"지안 씨, 괜히 긴장해서 그래요. 유가족분들 뵐 때 보면 완전히 다른 사람이라니까요. 형님도 아시죠?"

내가 지안의 눈치를 본 걸 눈치챈 듯했다. 나는 별다른 말 없이 슬쩍 웃어 보였다. 이곳에서의 일 대부분은 어렵지 않았다. 단순 기록과 반복. 그간 내가 해오던 회사 일과 닮은 부분이 많았다. 자살 유가족을 만나야 한다는 것만 빼면.

*

반년 전쯤이었나. 지안에게 연락이 온 것이. 모처럼 게임에 집중하던 별다르지 않은 하루였다.

타다다당! 타다다다당!

모니터 속 총구는 캐릭터들을 향해 겨눠졌다. 버튼을 누를 때마다 하나씩 쓰러져 가는데 아무런 생각도 들지 않았다. 이마저도 익숙해진 걸까. 딴생각이 들자 집중력이 흐트러졌다. 그 틈새를 누군가 호시탐탐 노렸는지 뒤에서 '탕!' 소리가 나며 게임 오버가 떴다. 약간의 짜증이 올라왔지만, 그렇게 열을 낼 일도 아니었다. 게임을 하다 보면 늘상 있는 일이니까.

띵, 띠리리링. 띠리리링.

'아…… 뭐야.'

다음 게임에 참여하려는 순간 전화벨이 울려댔다. 지안이었다. 마지막으로 연락했을 때가 언제였나 떠올려보니 플레이스테이션 파이브를 샀을 때 원래 쓰던 버전 쓰리를 주겠다고 한 때였다. 지안은 거절했다. 게임은 별로라나. 덕분에 쓰리는 중고로 팔았는데. 그때 그 게임기를 달라고 할 셈인가. 나는 '쓰리는 팔았다'고 말하기 위해 전화를 받았다.

―여보세요.

―오빠, 잘 지내?

―나야 뭐, 그럭저럭.

―잠깐 통화 괜찮아?

플레이스테이션 얘기가 바로 나오지 않자 전화한 의중이 뭘까 싶었다. 세 살 터울의 여동생 지안의 생일이 오늘이던가. 내 생일은 오늘이 아닌데. 하고 싶은 얘기가 뭔지 몰라도 바로 본론을 꺼내지 않고 빙빙 돌리려 한다는 걸 눈치챘다. 지안은 늘 그랬으니까.

―무슨 일인데?

본론만 말하라는 뜻이었다. 다음 게임에 빨리 참여해야 하는데. 캐릭터는 계속 나를 기다리고 있었다. 지안은 우물쭈물 입을 떼며 말했다.

─혹시 주변에 사무직으로 일할 사람 없어? 지금 센터에 자리가 하나 비어서 사람을 구하고 있거든. 어려운 일은 아니고 대부분 서류 작업이긴 한데……. 내가 하는 일 대충 알잖아. 자살 유가족들 만나서 얘기도 좀 나눠야 하고 관련 내용도 서류로 정리하고. 대부분 내가 할 거긴 한데 그런 부분을 조금 볼 수 있는 사람이면 좋겠는데.

─구체적으로 무슨 일을 하는 건데?

─일은 전반적인 서류 업무. 그러니까, 회계랑 정부 지원 관련 서류 작성하고 심리부검에 필요한 동의서랑 보고서 작성 돕는 일 정도. 인수인계는 할 건데 좀 급하게 사람이 필요해.

지안은 원래 일을 도와주던 직원이 어머님의 건강이 악화되어 계속 일하기 어렵다고 했다. 센터 특성상 일이 많지는 않지만, 나한테까지 전화한 걸 보면 급한 듯 보였다. 모르긴 몰라도 그 직원이란 사람의 상황이 좋지 않은 것 같았다.

─내가 할까?

─응?

지안이 되물을 즈음 나는 게임을 껐다. 마침 집에서 플레이스테이션만 붙잡고 있는 것도 지루해진 참이라 일자리를 알아볼 생각이었다. 이전 회사에서 계약이 끝나 받고 있던 실업급여 기간도 얼마 남지 않았다. 요즘 같은 때 일자리라니. 게다가 바쁘지 않은 공공기관. 마다할 이유가 없었다.

—오빠 하던 일은 어쩌고? 회계 사무소에서 일한댔잖아.

—사실 그게 계약 기간이 끝났어. 그래서 한동안 실업급여 받으면서 일자리 알아보고 있었어.

—정말 이 일 할 수 있겠어? 나랑……?

—너랑 하는 게 뭐가 어때서? 일인데. 회계나 서류 작업이면 많이 해봤고.

지안은 내 대답을 예상치 못한 듯 계속 괜찮겠냐고 물었다. 그러고 보니 지안과는 스무 살 무렵부터 함께 지낸 적이 없었다. 생일이나 가족 행사 때 겨우 연락하는 정도가 다였으니까. 족히 10년 넘게 따로 지낸 게 사실이었다. 그러나 동생이 사장이면 더 편한 거 아닌가. 요즘 같은 취업난에 뭐가 문제랴. 나는 문제없다는 듯 말했다.

—급한 거 아냐? 내가 하지 뭐.

—아니, 그래도 생각보다 이 일이 힘들어. 자살 유가족분들도 계속 봬야 하고, 얘기도 들어야 하고……. 괜찮겠어?

—일이잖아. 괜찮아.

—…….

지안은 쉽사리 대답하지 못했다. 사무직 경력이라면 차고 넘치니 지안의 입장에서도 나쁜 선택은 아니었다. 다만 지안이 뭘 고민하는지는 언뜻 느껴졌다. 한 사무실에 매일같이 둘이 있는 풍경은 나도 그려지지 않았으니까. 나는 한 번 더 얘기해 보고 다른 사람을 알아보겠다면 선뜻 포기할 생각이었다. 그런데 이번엔 지안이 예상치 못한 말을 했다.

─좋아, 그럼 언제부터 출근할 수 있어?

거절한다면 포기하려 했는데. 타이밍이 맞지 않은 건지, 타이밍이 맞아버린 건지. 나는 플레이스테이션을 정리해 넣으며 대답했다.

─나는 내일도 가능해.

─일단 그럼 내일 오전 10시 반까지 출근해 볼래? 주소는 문자로 보내줄게. 업무 관련한 교육 안내도 내일 만나서 하자.

─알겠어. 근데 4대 보험은 되지?

─당연하지. 진짜 우리가 뭐 흥신소인 줄 알아?

지안이 투덜거리듯 말했다. 언뜻 지안이 운영하는 곳이 '흥신소'로 불린다고 얘기했던 것이 떠올랐다. 짜장면이나 시켜 먹는, 그런 느낌일까. 지안의 사무실을 한 번도 찾아간 적이 없는 터라 상상은 일수 사무실 풍경까지 뻗쳐 나갔다.

─내일 봐.

하려던 말은 다 했는지 지안이 전화를 끊었다. 통화 기록 3분 32초. 어쩌면 지안과 가장 오래한 전화 통화가 아닐까 생각되는 시간이었다.

*

봄이 되자 센터는 조용했다. 원래 이렇게 조용한가 싶어 상우 씨에게 물었는데 자살률이 올라가는 봄을 '스프링 피크'라 부르고 이 시기에는 주로 자살 사건이 많아 오히려 의뢰가 적다고 했다. 심리부검은 사망 3개월 이후부터 가능하기 때문이라고, 덕분에 여름과 가을이 시즌이라고 덧붙이기도 했다.

"그마저도, 사람들이 몰라서 심리부검 의뢰를 많이 하진 않지만요."

상우 씨는 그 말을 하며 쓸쓸한 표정을 지었다. 바쁜 것이 좋은 건지 물어보고 싶었지만 괜한 질문에 얘기가 길어질까 넘어갔다. 그 표정을 곱씹어 볼 때 아마 심리부검을 의뢰하든 의뢰하지 않든 자살한 사람은 존재한다는 것에 관한 쓸쓸함이지 않을까 싶었다. 누군가는 어김없이 세상을 떠나니까.

따르르릉, 따르르릉.

울리는 전화벨이 그 증거였다. 휴대전화가 아닌 사무실 전화였다. 전화벨이 울리자마자 지안은 시간을 확인하더니 날 끌고와 서둘러 말했다.

"오빠, 의뢰인이나 손님이 계시면 우리 서로 존댓말, 알지? 전화받을 때 순서는 센터 소개 후에 자기소개. 그리고 어떤 일로 전화 주셨는지. 무엇보다 부드럽고 친절해야 해. 친절."

"전화 끊기겠다."

"그리고 울리면 하나, 둘, 셋을 세고 받아. 마음의 준비를 하는 시간이야."

"도대체 그 말 몇 번째야."

이번 전화 당번은 나였다. 얼마 전, 유가족 상담 교육을 다 이수하기도 했고 상우 씨도 보고 있으니 내게 한번 유가족 응대를 맡겨보겠다는 지안의 뜻이었다. 지안은 그 얘길 하고선 전화기를 향해 눈짓을 보냈다. 지안이 전화받는 모습을 종종 지켜보았는데도 막상 내가 전화를 받으려 하니 조금은 긴장이 되었다. 나는 지안의 얘기대로 숫자를 셌다.

'하나, 둘, 셋.'

─네, 심리부검센터 강지훈입니다. 어떤 일로 전화 주셨나요?

─저…… 어머니 일로 심리부검을 부탁드리고 싶은데요.

최대한 부드러운 말투로 말하자 감당하기 힘든 말이 돌아왔다. 3년 전, 어머니가 자살했다. 명확한 이유는 알지 못하지만, 확실히 자살하기 몇 달 전부터 식사를 잘 못하거나 활동이 줄어드셨다. 의뢰인인 아들은 그저 나이가 드셨으니 그러려니 생각했는데 그로부터 몇 달 뒤 어머니는 집에서 목을 맸고, 아버지가 이를 발견하고 신고했다. 무슨 일이 있었냐고 아무리 물어도 아버지는 얘기하지 않고 어머니가 떠나간 텅 빈 집에서 홀로 살고 계신다. 의뢰인은 이렇게 말했다. 자신은 왜 어머니가 돌아가셨는지 모르겠어서, 너무 힘든 나머지 1년 전부터 자살 유가족 모임에 나갔고 그러다 센터를 알게 됐다는 게 그의 사연이었다.

—아…….

우수수 쏟아지는 사연과 금방이라도 무너질 것 같은 감정에 할 말을 잃었다. 자연스럽게 시선이 상우 씨에게 향하자 상우 씨는 힘내라는 몸짓을 했다. 이 사람들이 계속 마주한다는 게 이런 건가 싶은 순간 지안이 다급하게 휴대전화에 무언가 적어 보여주었다.

'방문드릴지, 센터로 오실지 물어봐.'

—아, 그럼 혹시 저희가 방문드릴까요? 아니면 센터로 방문 주시겠어요?

지안이 쓴 문장을 보며 기계처럼 물었다. 의뢰인은 조금 고민하는지 대답이 늦었다. 그 잠깐의 정적에 오히려 마음이 편해졌다. 그가 말할 때마다 죽음의 무게가 느껴지는 것 같았기 때문이다. 하지만 대답은 들어야 했다.

—어떻게 하시겠어요?

—아내와 함께 방문하겠습니다. 어머니 일이라면 무엇이라도 하고 싶은 마음이니까요.

—좋습니다. 그럼 시간과 주소는 제가 이 번호로 문자 드릴게요. 그때 뵙겠습니다.

'하나, 둘, 셋.' 뚝.

전화가 끊기자 숨을 푹 내쉬고 싶었다. 의뢰인의 마음을 어디에라도 떠넘기고 싶어 지안을 쳐다보니 지안은 아무렇지 않게 전화로 의뢰인이 말한 사연을 정리하고 있었다. 상우 씨는 잘해냈다며 등을 토닥여주었다. 스피커폰으로 받은 덕에 지안이 전화 내용을 다 들어 따로 일러줄 필요가 없는 게 다행이었다. 내가 전화기 앞에 멍하니 서 있으니 지안이 내게 툭 말했다.

"뭐 해, 일정 잡고 서류 준비해야지."

"응? 으응."

얘기를 듣던 상우 씨가 숨을 짧게 내쉬며 "일합시다"라고 외쳤다. 방금 누군가 가족이 자살했다는 얘길 꺼낸 것이 맞나 싶을 정도였다. 상우 씨의 체크를 받으며 차근차근 상담 일정을 잡고 서류를 정리하는 동안 지안은 짧게 한마딜 툭 던졌다.

"흔들리지 마."

그렇게 흔들리는 것처럼 보인 걸까. 상우 씨가 애써 분위기를 띄우고자 농담을 던져댔으나 웃음이 나질 않았다. 지켜보는 것과 마주하는 것. 그 둘은 완전히 다른 세계 같았다. 상우 씨는 유가족과 대화하는 시간은 전화 응대와 서류 서명밖에 없으니 걱정하지 말라고 했다. 인터뷰는 시키지 않는 게 그나마 다행이었다.

*

"서류 준비됐어?"

의뢰인이 오기로 한 시간을 얼마 남기지 않고 지안이 확인하듯 물어왔다. 상우 씨는 이제 한 달에 두어 번 오기에 지안과 남는 날이 많았다. 시간이 다가올수록 조금씩 긴장감이 돌았다. 전화 한 번 받았다고 이렇게 긴장이 되다니. 이런 게 상담 교육에서 말하는 '라포'를 형성한 것과 아닌 것의 차이일까. 이전까진 그저 사무직 같았는데 전화 업무가 추가되자마자 상담사라도 된 기분이었다.

"오신다."

유리문 밖으로 걸음 소리가 들려왔다. 걸음 소리만 들어도 의뢰인이 오고 있다는 걸 지안은 아는 듯했다. 지안이 서둘러 코튼향 탈취제를 한 번 뿌리고 슬리퍼를 구두로 바꿔 신었다. 책상 안쪽엔 언제든지 바꿔 신기 좋게 구둣주걱이 숨겨져 있었다.

유리문이 열리자 큰 키에 말랐지만 다부진 남성과 평균 여성보다 키가 조금 큰 단발머리 여성이 들어왔다. 남성은 셔츠에 면바지와 남색 롱코트를, 여성은 단아한 원피스를 걸치고 있어 어딘가 세련된 느낌을 주었다. 지안은 자연스럽게 그들에게 다가가 인사하며 명함을 건넸다.

"안녕하세요, 저는 심리부검센터를 운영하는 강지안입니다. 저쪽은 전화받은 강지훈 씨고요. 오시는 데 불편하진 않으셨어요?"

"아…… 괜찮았습니다. 주차만 조금 어렵더군요."

"이 동네가 좀 그렇죠? 일단 앉으실까요?"

지안의 말과 행동은 물 흐르듯 자연스러웠다. 적당히 차분하고 적당히 진지한 모습이면서도 긴장을 풀기 위해 부드러운 말투를 유지했다. 나는 지안의 뒤에 서서 멍하니 지안의 눈치를 살폈다. 두 사람이 자리에 앉자 지안이 살짝 나를 쳐다봤다.

'아, 맞다. 전화받은 의뢰인에겐 약간의 대화…….'

나는 최대한 친근하면서 무게감 있는 표정을 지으며 그들에게 다가갔다. 나름 10년 넘게 사회생활을 해오며 몸에 밴 예절은 무시할 수 없었다.

"안녕하세요, 전화받은 강지훈입니다. 혹시 따뜻한 차나 커피라도 드릴까요?"

"……네."

그들은 뭔가 심각한 일을 숨기는 듯 무겁게 대답했다. 나는 최대한 그들의 감정을 신경 쓰지 않으려 차를 천천히 내렸다. 차 내리는 법 또한 상우 씨에게 인수인계받은 내용이었다. 티 한 숟갈을 손수 티백에 넣고 시간에 맞춰 꺼내는 일. 마실 수 있는 온도를 맞추기 위해 찻주전자를 높게 들어 잔에 따르기.

지안은 그동안 의뢰 내용을 확인하고 서류 진행에 관한 동의 내용을 설명했다. 그들에게 낼 차를 준비하는 동안 한쪽으론 지안의 말이 들려왔다. 다음 교육 이수가 끝나면 서류 동의를 내가 직접 진행해야 할 수도 있었다. 다행히 그들은 상우 씨가 일러준 그 말을 하진 않았다. "왜 이런 것까지 해야 해요?"라는 사나운 질문. 상우 씨는 그럴 땐 "고인을 위해, 의뢰인분의 건강한 애도를 위해서요"라고 대답하면 대부분 해결된다 말했다.

"서류 스캔 부탁드려요."

지안이 모든 서류에 서명을 받아내고 서류 더미를 내게 내밀었다. 전화 응대나 서류 동의나 실은 그다지 어려운 일이 아니지만, 전화 내용이 떠오르니 긴장감을 놓을 수 없었다. 지안은 이 모든 일을 아무렇지 않게 했다. 지안의 모습을 보며 나도 익숙해지는 건가 생각하니 오묘한 마음이 들었다.

"상담실로 가실까요?"

"……네."

지안이 그들을 데리고 센터 구석의 상담실로 들어가자, 숨이 조금씩 쉬어지는 것 같았다. 눈에 보이지 않으니 마음 편히 일에 집중할 수 있었다. 서류를 스캔하고 사건별로 정리하고 빠진 것이 없나 확인하는 일. 이후에는 동의받은 서류를 제출하고 의료 기록 등의 정보를 받아보면 됐다.

상담실에서 무슨 얘기가 오가는지는 거의 들리지 않았다. 유리창으로 되어 있지만 반은 불투명한 스티커를 붙여 표정은 보이지 않고 약간의 움직임만 눈에 띌 뿐이었다. 사실상 녹취를 하기 때문에 서류 작업을 하며 나도 상담 내용을 듣게 되지만, 심리적인 안정감을 위한 공간이었다. 코튼 향 탈취제를 선택한 것. 최대한 친절하게 말하는 것. 소파가 적당히 길이 든 것. 이 모든 것이 방문하는 이들의 마음을 편하게 해주기 위함이라 생각하니 게임 속 NPC가 된 기분이었다. 플레이어를 위해 존재하는 캐릭터.

두 시간쯤 지났을까. 상담실 문이 열렸다. 여성의 얼굴에는 눈물 자국이 눌어붙었고 남성의 얼굴에는 슬픔이 서려 있었다. 평소와 달리 어떤 얘기가 오갔는지 궁금했다. 지안은 적당히 슬픈 표정이었는데, 진심인지 아닌지 알 수 없었다. 내가 자리에서 일어나자 지안은 괜찮다는 눈짓을 하며 유리문까지 그들을 배웅했다.

"더 하실 얘기가 있다면 꼭 알려주세요. 저희도 조사하고 연락드리겠습니다."

"감사합니다."

숙연한 모습으로 그들을 배웅한 뒤 그들의 발걸음 소리마저 들리지 않자 지안은 표정을 풀었다. 밝은 표정도, 기쁜 표정도 아니었으나 슬픔이 흐려져 그렇게 보이는 듯했다. 지안은 쉬지 않고 상담실에서 녹음한 녹음기의 SD 카드를 내게 내밀었다. 그러곤 기운이 빠진 듯 힘없이 말했다.

"녹음 내용 문서로 정리해 줘. 그 밖에 기록 조회는 일주일 안에 정리해 주고. 난 잠깐 나갔다 올게."

"알겠어."

지안이 몸집만 한 서류 가방을 챙겨 밖으로 나갔다. 어디에 가는지 딱히 묻고 싶진 않아 나는 바로 컴퓨터에 SD 카드를 연결했다. 솔직히 무슨 대화가 오갔는지 궁금한 마음이 먼저였다. 전화로 다 말하지 못한 사연은 무엇일까. 어찌 보면 가벼운 마음으로 그 음성 파일을 열었다.

이어폰을 타고 지안과 그들의 목소리가 들려왔다.

"두 분 닮으셨어요.

"아, 그런 얘기 종종 듣습니다."

아무렇지 않은 얘기로 시작된 대화가 슬픔의 입구였다. 나는 들려오는 것을 하나씩 받아 적다 불쑥불쑥 멈출 수밖에 없었다.

이화연 인터뷰 전문 _관계: 아들(의뢰인) / 며느리(아내)

상담사: 각자 자기소개 부탁드려요.

아들: 서른다섯 살, 김남진이라고 합니다. 여기는 제 부인인 양하나고요. 현재는 OO스타트업 대표로 일하고 있습니다. 말이 대표지 사실 직원도 몇 없고 자리 잡기까지 시간이 꽤 걸렸죠. 아, 아내는 서른두 살이고 대학 시절 캠퍼스 커플이었습니다. 4년 전 즈음 아이가 생겨 결혼하게 됐고요. 그때는 정말 정신이 없었죠. 출산 준비에, 사업 준비에. 아내는 원래 은행원이었는데 아이가 생기면서 일도 그만두었고, 저도 막 창업 준비를 하던 때라 참 힘들었습니다. 지금이야 조금 여유롭게 사는데…… 아내도 가끔 일을 도와주고요.

상담사: 어머님이 돌아가신 건 언제쯤이었죠?

아들: 그때쯤이었습니다. 어머니가 돌아가시고 석 달 뒤에 아이가 태어났습니다. 저는 도저히 이해가 안 돼요. 곧 있으면 손녀가 태어나는데 그런, 그런 선택을 하시다뇨! 아버지도 똑같아요. 어머니에 관해 말씀 하나 없으시고. 어머니도 안 계시는 집에 굳이 혼자 계속 살겠다고 고집을 부리시고. 그 양반, 대화가 안 통합니다.

상담사: 평소 어머님과 아버님의 사이가 어땠나요? 어린 시절부터 쭉 얘기해 주세요.

아들: 어릴 땐 형편이 꽤 괜찮았습니다. 아버지는 공무원이고 어머니는 주부셨죠. 기억나는 건 아버지가 매번 퇴근길에 어머니께 전화를 거셨습니다. 이제 퇴근한다. 간다. 곧 있으면 보는데 꼭 전화를 거셨죠. 보고 싶다면서요. 그 정도로 어머니께 다정하신 아버지였습니다. 두 분이 싸우는 모습을 본 적이 거의 없을 정도입니다. 아버지는 저에게는 무뚝뚝하고 어려운 분이었지만, 어머니께는 좋은 남편이었습니다. 저녁을 먹으면 설거지는 꼭 아버지 몫이었죠. 그러다 제가 대학을 가느라 자취를 하고 두 분이 남았는데 그때도 잘 지내시는 듯했습니다. 아버지가 정년퇴직을 하셔서 두 분이 여행도 다니시고 산책도 다니셨거든요. 그런 아버지가 지금은 어머니의 '엄' 자도 못 꺼내게 하십니다. 불같이 화내고 기일에도 제사를 혼자 지내겠다고 하시고. 아버지에겐 아내지만 제겐 어머니인데도요! 정말 무슨 고집인지…….

상담사: 아내분이 보시기에 어머님은 어떤 분이셨어요?

아내: 어머니는, 애교도 많고 따뜻한 분이셨어요. 연애할 때에도 이이랑 만나면 맛있는 거 먹자면서 밥도 자주 사주시고, 집에 초대해서 식사도 차려주시고, 같이 만나면 이이 얘기하면서 수다도 떨고 드라마도 보고. 정말 엄마 같아서 좋아했어요. 저, 어릴 때 엄마가 돌아가셨거든요. 그래서 이이랑 결혼한다는 게 더 좋기도

했어요. 아이 생겼을 때. 솔직히 조금 막막하기도 했는데 그때 어머님이 제 손 꼭 잡으면서, 이제 우리는 진짜 가족이라고, 가족이 돼줘서 고맙다고 그렇게 얘기해 주셨어요. 이제 정말 엄마, 딸 하자고. 그날 정말 많이 울었어요. 기쁘고 안심돼서……. 근데 지유 한번 못 보고 떠나가시다니…….

상담사: 혹시 두 분이 생각하기에 어머님이 떠나시기 전 특별한 사건이 있었나요?

아들: 앞서 말씀드렸다시피, 저희가 이래저래 정신이 없었습니다. 솔직히 그때는 사업을 시작한 지도 얼마 안 됐고 뭣도 모르고 시작한 거라 시행착오가 많아 경제적으로 어려웠죠. 결혼하고 애도 태어나니 돈이 필요해서 부모님께 돈을 빌려달라고 처음으로 얘기했던 때이기도 합니다. 사실, 그것 때문에 제가 이렇게 힘든 건지도 모릅니다. 그때 돈을 빌려달라고 해서 부담을 드린 것은 아닌지, 무슨 일이 있는데 제가 못 챙겨드린 건 아닌지…….

상담사: 유가족 모임에선 어떤 얘길 하던가요?

아들: 이유를 모르니까 더 힘들 수 있다고 하더군요. 이유를 알면 그래도 이해라도 하는데, 어머니를 도저히 이해할 수 없으니 더 힘들어하는 것 같다고요. 그래서 여길 추천해 주더군요. 아버지와도 많이 얘기해 보려 했죠. 그런데 어떡합니까? 아버지가 입 꾹 닫고 망부석처럼 어머니가 떠난 집만 지키시는데.

상담사: 아버님을 설득할 수 없을까요?

아들: 아마 어려울 겁니다. 이렇게 부탁드리는 것도 말씀 안 드렸습니다. 알면 불같이 화내실 겁니다. 뭘 이런 걸 하냐고, 네 어미는 이미 떠났다고…….

상담사: 마지막으로 질문드릴 게 있습니다. 어떻게 하면 어머님을 구할 수 있었을까요?

아들: 저희가 더 신경 썼더라면, 최소한 지금만큼 자리라도 잡았다면 뭐라도 달라지지 않았을까 싶습니다. 아니, 솔직히 모르겠습니다. 뭐가 문제고, 뭐가 힘드셨는지……. 그냥 저 자신이 너무 무력합니다.

*

"지금 이렇게 저희 센터에 와주신 것만 해도 충분히 누군가를 살리는 일을 하고 계신 거예요."

녹음된 내용의 마지막, 지안의 말이었다. 지안의 말에 상우 씨의 말이 떠오르기도 했다. 고인을 위해, 건강한 애도를 위해 우리가 있다는 말. 이 과정이 또 다른 누군가를 살릴 거라는 마음이 그들을 살게 해주기도 한다고 했다. 나는 모든 대화 내용을 다 적고서도 의문이 들었다. 이 작업을 할 때마다 드는 의문이었다. 어떻게 살아갈 마음을 먹도록 그들을 변화시키는 걸까. 단순히 이렇게 대화하는 것만으로? 내가 녹취 기록을 형식에 맞게 정리하는 동안 지안이 돌아왔다. 그러곤 불쑥 말했다.

"내일은 출장이야. 10시까지 나와. 여기서 만나서 같이 이동하자. 신발은 조금 편한 거 신고."

"어디 가는데?"

"이화연 님 자택. 남편분이 혼자 거주 중인."

"거기는 왜?"

"확인할 게 있으니까. 내일 봐."

지안은 차 키를 챙겨 다시 밖으로 쑥 나가버렸다. 나는 텅 빈 센터에 혼자 남겨졌다. 쌀쌀맞기는. 남은 서류를 정리하며 지안의 곁에 왜 상우 씨가 필요했는지 눈치챘다. 평상시엔 저렇게 차가우니 상우 씨같이 서글서글한 사람이 필요했던 거겠지. 내가 그 서글서글함을 책임져야 하나 하고 생각하니 머리가 복잡해졌다. 아무래도 서글서글함보단 서류 더미가 쌓이는 게 나을 것 같아 차라리 일이 많아지길 바랐다. 아니, 누가 자살하는 것 말고, 심리부검 의뢰가.

*

단단한 땅이 녹고 먼지가 휘날리는 날이었다. 흐리진 않지만 미세먼지로 옅은 안개가 끼어 닦지 않은 렌즈로 풍경을 보는 느낌이었다. 센터에서 출발해 인천의 주택가에 도착할 즈음까지 지안에게 아무것도 묻지 않았다. 차에서는 가벼운 재즈 음악만이 흘러나왔다.

지안의 말대로 옷은 깔끔하게 입었지만 신발은 운동화를 신었다. 지안 역시 청바지에 블라우스를 매치해 평소보단 캐주얼한 느낌을 주었다. 오래된 골목 다세대주택 1층에는 자살자의 남편, 김한무 씨가 살고 있다고 했다. 지안은 왼손에 조금 작은 서류가방을, 오른손엔 파일첩을 들고 주택을 바라보고 있었다.

"이제 어떡할 거야?"

내가 지안을 바라보며 물었다. 계속해서 참아오던 질문을 겨우 던질 만한 타이밍이라 생각했다. 지안은 천연덕스럽게 답했다.

"복지센터로 위장할 거야."

"응?"

"아버님이 심리부검 동의를 안 해주신다잖아. 오빠는 노인 자살률이 얼마나 높은지 알아? 80대 이상 노인 자살률이 10만 명당 67.4명이야. 게다가 1인 가구 자살률은 매년 증가 추세고. 김한무 님은 자살 유가족이기도 하고. 쉽게 말해 자살 고위험군이라고. 직접 뵙고 잘 지내시는지 확인하는 의미로라도 뵙는 거야. 자살 예방도 우리 일이고."

지안은 말도 안 되는 얘길 하면서 말이 되게 설득하는 능력이 있었다. 원체 의심 없고 단순한 나지만, 지안의 말엔 자꾸만 꼬투리를 잡게 됐다. 이건 지안이 평소 하는 일과는 다르게 느껴졌기 때문이다.

"이런 일도 해?"

"필요에 따라선."

"흥신소라는 게 이유가 있었네."

내가 콧방귀를 뀌어도 지안은 꿈쩍도 하지 않았다. 진짜 복지센터에서 나온 것처럼 프린트한 차트는 또 언제 준비한 건지. 지안은 굳세게 말하며 주택으로 걸어갔다.

"일단 내가 인사를 건넬 테니까 오빠는 최대한 친절하게 고개만 끄덕여. 질문 몇 가지만 해보고 나오자."

"……."

지안이 저 앞까지 가버리자 나도 속도를 올려 지안의 뒤에 딱 자리를 잡았다. 집 앞에 이르자 굳게 닫힌 현관문이 보였다. 너무나 견고해 절대 열리지 않을 것 같았다. 그 앞에 선 지안은 보기보다 키가 작았다. 이내 철로 된 현관문을 두들기는데 열지 않고는 못 배길 정도로 큰 소리가 났다.

쿵! 쿵! 쿵!

노크한 뒤에도 인기척이 나지 않았다. 지안이 다시 문을 두들기려고 손을 드는 순간 뒤에서 묵직한 노인의 목소리가 들렸다.

"누구쇼?"

얼굴에 잔주름보단 깊은 주름이 몇 개 자리 잡아 굳은 인상을 주는 노인이 허리를 굽힌 채 반 계단 아래서 물었다. 지안은 최대한 침착함을 유지하며 친절하게 말했다.

"주민복지센터에서 나왔는데요. 1인 가구분들 어떻게 지내시나 뵙고 얘기 나누고 있거든요. 혹시 김한무 님 되시나요?"

"그렇소만."

퉁명스러운 어투는 그가 아내에게 그토록 다정한 사람이었다는 게 상상이 되지 않을 정도였다. 다정함은커녕 불편한 기색만 가득한 말투였다. 잔뜩 찌푸린 표정은 지켜보기 힘들 정도로 불만에 가득 차 있었다. 지안은 어떻게든 말을 이어보기 위해 노력했다.

"혹시 저희가 댁에 들어가서 잠시 얘기 나눌 수 있을까요?"

"됐소."

"그래도 선생님, 부탁드릴게요."

의뢰인이 녹취에서 말한 고집스러움이 느껴졌다. 조금이라도 틈을 주지 않으려 하는 게 단호하기 짝이 없는 태도였다. 부드럽게 파고드는 지안도 힘을 못 쓰는 듯 보였다. 나는 그제서야 일이 되게 하기 위해 한마디 거들었다.

"선생님, 저희도 일 때문에 방문드린 겁니다. 거절하시면 저희쪽에서 다시 방문드려야 하는데 여러모로 좀 곤란해집니다."

"……."

"부탁드립니다."

"……들어오쇼."

그가 현관문을 여는 동안 지안은 조금 놀란 기색이었다. 아무래도 내가 도움이 될 거라 생각하진 못했던 듯했다. 이번엔 내가 아무렇지 않다는 표정을 지었다. 지안은 내 표정을 보곤 미간을 살짝 찌푸렸다.

집 내부는 평범하기 그지없었다. 오래된 가정집 특유의 냄새가 났고 가구는 전부 낡아 보였다. 도배 또한 따로 하지 않은 듯 누런 벽지가 세월을 말해주었다. 그는 어디 앉으라는 얘기도 없이 섰다. 지안은 슬쩍 집 안을 확인하는 듯했다. 거실을 중앙에 두고 왼편으론 안방이, 오른편으론 작은방이 있었다. 작은방 문은 굳게 닫혀 있었다.

"선생님 생활하시는 데 불편함은 없으신가요? 식사는 잘하고 계시나요?"

"그럭저럭 지내오."

지안은 평범한 질문으로 대화를 시작했다. 일은 하고 있는지, 식사는 어떻게 하는지 생활에 관한 얘기를 묻고 금전적으로 어려움이 없는지도 확인했다. 그의 대답은 아주 퉁명스럽고 짧았다. 애초에 계속 앉지 않는 것으로 보아 일찍이 돌려보낼 심산인 듯했다.

"혼자 지내신 지는 얼마나 되셨어요?"

지안이 그 말을 묻자 그의 표정이 급격하게 굳었다. 원래도 굳은 인상이 굳다 못해 험악해졌다. 그럼에도 대답을 기다리는 지안에게 그는 무심하게 대답했다.

"3년 정도 됐소."

"혹시 어떤 이유로 혼자 지내게 되셨나요?"

"떠났소. 아내가."

그때 나는 그의 눈빛을 보았다. 흔들리는 눈빛. 그처럼 굳은 얼굴에서 눈빛만이 흔들려 한눈에 그 감정이 슬픔임을 알 수 있었다. 사람의 감정이 이토록 잘 보일 수 있다는 것이 놀랍기도 했다. 하지만 그는 자신의 감정을 내보이고 싶지 않은 듯 우릴 밖으로 밀며 말했다.

"이제 가쇼."

"저 아직 질문이……."

"나가쇼!"

"……."

지안과 나는 맥없이 쫓겨났다. 지안은 어쩔 수 없다는 듯 발길을 돌려 차를 주차한 곳으로 걸어갔다. 나는 그 뒤를 따르며 지안에게 물었다.

"얻은 건 있어?"

"글쎄. 저분은 아직 애도의 첫 번째 단계인 '부정'에 있다는 것 정도."

"흠. 아들은?"

"세 번째, 타협의 단계. 주된 감정은 죄책감이지."

"흐음."

부정-분노-타협-우울-수용. 퀴블러 로스가 말한 상실의 다섯 가지 단계는 이 일을 시작하며 받은 상담 교육에서 배웠다. 믿을 수 없다고 말하는 부정과 나에게 왜 이런 일이 일어났는지 분노하는 단계, 혹시나 나의 잘못은 아닐까 하면서도 질문과 자책이 오가는 타협과 무기력하고 공허해지는 우울의 단계. 그리고 부정적 정서에서 탈피해 현실을 인식하고 죽음을 받아들이는 수용의 단계. 나는 눈앞에서 일어난 부정의 모습을 보며 그와 그의 아들의 갈등이 조금은 이해가 되었다. 서로가 같은 던전에 들어갔는데 다른 길로 빠져 막다른 곳이 나와버린 느낌. 나는 던전 RPG 게임이 떠올랐다. 내 상상이 맞다면, 이 상황을 깨기 위해서는 다시 서로 만나 새로운 길로 가야 했다.

*

주말이 지나고 월요일이 찾아왔다. 여전히 센터에는 지안과 나, 둘이 있었다. 대화라는 게 불필요하다는 생각은 나와 지안이 닮은 부분이었다. 지안은 꼭 물어야 하는 것만 물었다. 나 역시 마찬가지였다.

"기록 확보됐어?"

지안이 이화연 님 사건에 관해 묻자 나는 전달된 기록을 프린트해 지안에게 넘겼다. 내용은 확인하지 않았다. 봐도 잘 알 수 없는 문서들이 대부분이었다. 지안은 내가 건넨 서류를 받아 들곤 꼼꼼히 읽어보았다. 그러다 문득 다시 질문을 던졌다.

"이거, 이화연 님 정보 맞지?"

"그런데."

나는 다시 컴퓨터 화면을 봤다. 기록에는 분명하게 '이화연'이라고 적혀 있었다. 이전 직장 생활을 할 때도 서류에서 실수하는 법은 거의 없었다. 지안은 내 대답을 듣고서 오히려 표정이 조금 굳어졌다. 나는 혹시나 실수가 있나 싶어 되물었다.

"뭐 잘못됐어?"

"아니…… 자살 완료 6개월 전에 암 진단을 받았어. 3기 난소암. 수술을 권유했으나 완치가 불분명한 상태였다네. 이거, 의뢰인은 몰랐나……?"

"나야 모르지."

"지금 의뢰인한테 시간 되실 때 연락 좀 달라고 할래? 난 의료기관이랑 연락 좀 할게."

지안은 서둘러 어딘가로 전화를 걸었다. 정보를 제공한 의료기관인 듯했다. 확실히 상담 내용을 정리할 때 고인의 병력에 관한 이야기는 전혀 없었다. 몰랐던 걸까. 나는 의뢰인에게 전화를 한 번 걸고 나서, 시간이 될 때 언제든 연락달라고 문자를 남겼다. 지안은 센터 구석에서 전화를 받고 있었다.

"그럼 그 밖에 정신과나 타과 진료 기록은 없나요? ……네. 네네."

지안은 사뭇 진지하게 통화를 했다. 몇 가지를 확인하는 듯 보였는데 정확한 내용은 알 수 없었다. 아무리 관심이 없더라도 자살자의 숨겨진 병력은 나의 호기심을 불러일으켰다. 이미 암 선고를 받았는데, 왜 굳이 자살을 택했는지 이해되지 않는 것은 나라고 예외가 아니었다. 지안은 길지 않게 전화를 마쳤다. 나는 곧바로 넌지시 물었다.

"뭐래?"

"초진에서 복통을 호소해서 큰 병원에서 검진을 받았는데 암 선고를 받은 게 맞대. 3기 난소암. 당시 남편과 내원했고 병원 측에선 사망률이 높고 완치가 어렵다는 소견을 냈는데, 남편분이 대리처방으로 진통제를 받을 뿐 수술을 거절했대. 아…… 의뢰인 님 연락은?"

"문자 남겨놨어. 전화 주실 거야."

따르르릉, 따르르릉.

"양반은 못 되네."

바로 울린 휴대전화를 보며 내가 툭 얘기했다. 지안은 농담 따위 재미없다는 듯 신경도 쓰지 않고 전화를 받았다. 나에게 말할 때와 달리 부드럽고 침착한 톤이었다.

"안녕하세요. 심리부검센터 강지안 대표입니다. 지금 통화 가능하신가요?"

—아, 예…….

"저희가 조사 중에 발견한 부분이 있는데 김남진 님께 확인차 연락드려요."

센터가 워낙 조용한 탓에 의뢰인의 목소리가 어렴풋이 들려왔다. 나는 귀 기울여 의뢰인의 대답을 엿들었다.

"저희 쪽에서 동의하신 서류를 통해 의료기록을 조회한 결과 어머님이신 이화연 님이 자살 완료 6개월 전, 3기 난소암 판정을 받으신 사실이 확인되었어요. 혹시 알고 계셨나요?"

―……암이요?

"네. 당시 보호자로 아버님인 김한무 님이 동행하셨고 병원에선 완치가 어렵다는 판정을 받으셨어요. 수술을 권유했으나 거절하셨고요."

수화기 너머에서 아무 소리도 들리지 않았다. 말을 잃은 걸까. 시간이 지나도 아무런 소리가 들리지 않자 지안이 전화가 끊긴 건가 싶어 말했다.

"여보세요?"

―모…… 몰랐습니다.

아슬아슬하게 들려오는 목소리가 떨리는 것이 느껴졌다. 조금만 더 작게 말했다면 여기까지 대답이 들리지 않을 뻔했다. 나는 최대한 숨죽여 통화에 귀 기울였다. 지안은 어떻게 할지 다 계산한 듯 술술 얘길 이었다. 전문가다운 솜씨가 느껴지는 말이었다.

"어쩌면 그런 선택을 하신 이유가 암 선고와 관련이 있을 수 있지 않을까 싶어요. 그런 의미에서 저희 쪽에서 정식으로 아버님께 인터뷰 요청을 드리고 싶습니다. 아버님께선 어머님이 암 선고를 받은 사실을 알고 계셨던 것으로 확인되거든요. 이화연 님의 마지막 마음이 어떠셨는지 알기 위해선 아버님의 인터뷰가 필요합니다. 괜찮으시겠어요?"

―네? 아…….

"직접 말씀드리기 어려우시다면 저희 쪽에서 연락드리겠습니다. 어느 쪽이 편하실까요? 직접 말씀드리시겠어요? 저희가 연락드릴까요?"

—아…… 저, 그게…….

의뢰인이 경황없을 거란 걸 나도, 지안도 충분히 느꼈다. 지안은 내게 툭 던졌던 말처럼 흔들리지 않고 다시 말했다.

"그럼 저희가 연락드리겠습니다. 동의하세요?"

—……네.

"감사합니다. 다시 연락드리겠습니다. 그동안 마음 잘 추스르시길 바랄게요."

—알겠습니다.

전화를 끊은 지안을 바라봤다. 마냥 동생이라 생각했는데 상담 교육을 듣고 다시 보니 굳은 면모가 보였다. 전화 한 통에 잔뜩 긴장한 나와는 다른 세계에 있는 것 같았다. 나는 분위기를 풀기 위해 상우 씨가 있었다면 했을 법한 말을 골랐다.

"뭐 할까? 이제?"

그 말에 지안은 날 보며 입만 슬며시 미소 지었다. 상우 씨가 보여준 쓸쓸한 미소와 닮아 있었다. 여기서 계속 일하려면 저 쓸쓸한 미소를 배워야 하는 건가. 내가 괜시리 다른 생각을 해대는 동안 지안은 오로지 일에만 집중하며 말했다.

"김한무 이름으로 의료기록 내역 조사해 줘."

"그분은 민감정보동의서가 없는데."

"이제 받으러 갈 거야. 서류 준비해. 가자."

지안이 분주히 움직이며 말했다. 지안이 저렇게 막무가내였나 싶었다. 이러니 흥신소니 뭐니 하는 얘기가 돌지. 급하게 수집한 개인정보로 김한무 이름으로 된 민감정보동의서를 재빨리 만들고 지안의 뒤를 따랐다. 그러곤 다시 김한무의 자택이 있는 인천으로 향했다.

오른편으로 스치는 창밖을 보는 일이 마냥 지루하지만은 않았다. 나는 지안이 운전하는 차를 탄다는 게 이상하리만치 재밌다는 인상을 받았다. 지안은 카트 게임에서 1등이라도 하려는 사람처럼 요리조리 운전을 잘했다. 나는 신경도 쓰지 않고 무언가에 열중하는 모습을 곁에서 지켜보고 있자니 새삼 다른 사람 같았다. 지금 지안이 어떤 생각을 하는진 몰라도 중요한 일을 하고 있다는 건 느껴졌다.

인천에 도착했을 땐 해가 거의 저물어가고 있었다. 전화 연락이라도 미리 해봐야 하는 것 아닌가 싶어 지안이 운전하는 동안 김한무 님에게 여러 차례 전화를 시도해봤으나 모두 받지 않았다. 지안은 의뢰인인 아들에게 동의를 구했으니 된 거라고 말할 뿐이었다.

"하나, 둘, 셋."

지안과 김한무 님의 집 앞에 섰을 때 지안은 전화를 받을 때처럼 숫자를 셌다. 가방에는 민감정보동의서와 인터뷰에 필요한 녹음 장비, 노트북 따위가 들어 있었다. 노크를 하자 여전히 둔

탁한 소리가 들려왔다. 다시 한번 노크를 하고 또 노크를 하고 나서야 인기척이 느껴졌다.

"누구요?"

까칠한 목소리가 벽에 걸려 묵직하게 들려왔다. 지안은 목소리가 철문을 넘길 수 있게 힘을 주어 말했다.

"지난번에 방문드린 상담사 강지안입니다! 문 좀 잠깐 열어주세요."

나는 문득 지난 방문 때 지안이 자신을 상담사라고 소개했던가 의문이 들었지만, 그는 지안의 이름이나 직업보단 목소리를 기억하는 듯 잠깐의 시간을 두고 문을 살짝 열었다. 좁은 문 사이로 보이는 두 눈가엔 적대감 같은 것이 서려 있었다.

"잠시 들어가도 될까요?"

"여기서 얘기하쇼."

"중요한 얘기입니다."

사뭇 진지한 지안의 말투에 그는 조심스럽게 문을 조금 더 열어 길을 내주었다. 지안은 몸을 조금 숙여 인사하고는 신발장까지 들어섰다. 그러나 그 이상은 안 된다는 듯 그가 앞을 막아서며 말했다.

"이제 얘기하쇼."

"김남진 님이 아드님이시죠?"

"그렇소만……."

아들의 이름이 나오자 그는 조금 당황한 기색을 보였다. 그렇다고 태도가 부드러워지거나 긴장이 느슨해지진 않았다. 여전히 지안과 내가 더 다가올 수 없도록 선을 그어놓았다. 지안은 조금 빠르게 상황을 읊었다.

"아드님께서 심리부검을 의뢰하셨어요. 심리부검은 자살하신 분들이 왜 그러셨는지 이유를 조사하고 건강한 애도와 함께 자살 예방 계획을 수립하는 일입니다. 저는 센터를 운영하는 강지안이고요. 지난번에 방문드린 것도 심리부검 과정의 일부였어요. 그리고 오늘은 아드님께 정식으로 허락을 받고 인터뷰를 요청드리러 방문했습니다."

"뭐요?"

"아드님은 이화연 님의 죽음을 건강한 애도 과정을 거쳐 극복해 나가려 노력하고 계십니다. 그러기 위해선 아버님의 도움이 필요해요. 시간은 한 시간에서 두 시간 정도 걸릴 거고 질문에 답변해 주시면 됩니다. 부탁드려요, 아버님."

"……나보고 아내 얘길 하라고?"

그의 눈빛이 점점 분노로 변해갔다. 부정의 단계에서 분노의 단계로 넘어가는 과정을 지켜보는 기분이었다. 목소리가 격앙되어 끝이 갈라졌다. 굽은 허리에 깡마른 팔다리로 보아 신체적으론 위협적이지 않았으나 목소리와 눈빛만큼은 사자 같았다.

지안은 지지 않고 그의 눈을 쳐다보았다. 눈을 돌리는 순간 다시는 그녀에 대한 이야기를 들을 수 없을 게 뻔했다. 그것보다 더 중요한 것은 의뢰인과 눈앞에 있는 그, 김한무라는 사람 또한 상실의 시간이 너무나 길어질 것이라는 지안의 걱정이었다. 마주해야 나아갈 수 있는 것이 있다. 그 역시 마주해야 한다. 지안은 그렇게 믿는 듯했다.

"지금 말씀하기 어려우시다면, 여기로 연락주세요."

지안은 눈을 맞춘 상태로 명함을 꺼내 그에게 건넸다. 그는 명함은 쳐다보지도 않고 받지도 않았다. 지안 또한 손을 거두지 않고 계속 내민 채로 있었다. 한동안 그대로 정적과 긴장감이 감돌았다. 나는 한 걸음 뒤에서 구경꾼이 된 듯 서 있었다. 그 긴장감 사이에 있으려니 괜히 흥미진진했다.

"서류, 주시겠어요?"

"어, 네."

나는 흠칫하며 분주히 움직였다. 습관처럼 튀어나온 반말에서 급하게 존댓말로 바꿔가며 서류 가방을 뒤적여 동의서를 지안에게 건넸다. 그제서야 내가 구경꾼만은 아니구나 싶었다. 지안은 코트 주머니에서 볼펜을 꺼내 동의서와 함께 다시 그에게 건네며 말했다.

"심리부검에 필요한 서류입니다. 아버님의 동의가 필요합니다. 인터뷰는 다음에 진행하더라도 서명이라도 해주시길 부탁드려요."

"내가 왜……?"

"가족을 위해서요. 고인을 위한 일이기도 하고요."

상우 씨가 얘기해 준 팁이 필요할 때가 지금이구나 싶었다.

지안에게 무슨 힘이 있는지는 몰라도 듣는 누구라도 그 마음만
은 진심이라고 느낄 법한 목소리였다. 그는 멈춰 서서 움직이지
않고 서류를 가만히 지켜보았다. 무슨 내용인지 확인한다기보다,
그냥 시선을 서류에 두고 '가족'에 관해 떠올리는 듯했다. 조용한
침묵 속에서 그가 바짝 마른 침을 삼키는 소리가 들려왔다. 그러
곤 펜을 들고 나이 든 사람 특유의 휘갈긴 필체로 이름 석 자를
썼다.

"이제 오지 마쇼."

지안이 아직 들고 있는 명함을 신발장 앞에 내려놓고 말했다.

"다시 뵙겠습니다."

그 말을 하고선 획 뒤돌아 나갔다. 나도 힘없이 지안의 뒤를
따랐다. 현관을 빠져나와 스무 걸음쯤 갔을 때 '쾅!' 하는 문소리
가 들려왔다. 한 스테이지를 클리어했다는 걸 알리는 소리인지,
게임 오버가 된 걸 알리는 소리인지 구분이 가지 않았다.

＊

"그래도 서명은 했네."

지안은 생각에 잠긴 듯 허공을 빤히 바라보며 멈춰 있었다.
내가 넌지시 그렇게 말하니 지안도 툭 말을 뱉었다.

"저마다 중요한 게 있을 테니까."

그 말은 지안이 아내 얘길 하면 그가 서명할 수밖에 없을 거

란 걸 알고 있었다는 투로 들렸다. 그의 마음을 꿰뚫은 듯했다. 저 정도면 내가 무슨 생각을 하는지도 대충 다 알겠는데 싶어 등골이 오싹했다. 어쩌다 저런 무서운 사람이 된 건지. 한숨을 푹 쉬다 스캔한 서류를 보고선 지안에게 물었다.

"근데, 왜 하필 민감정보동의서야?"

지안이 서명받은 서류는 민감정보동의서. 의료기록과 같이 민감한 정보를 조회할 때 필요한 서류라고 상우 씨가 알려주었다. 상담은 나중에 해도 괜찮다면서도 지안은 이 서류에만큼은 꼭 서명해 달라고 말했다. 이 정도 되니 지안의 의중이 궁금할 수밖에 없었다.

"이화연 님은 수면제를 과다 복용하고 행잉으로 자살 완료를 했어. 보통 높지 않은 곳에서 목을 매 죽는 경우엔 수면제를 과다 복용하고 목을 맨 채 잠이 들면 힘이 빠지면서 몸무게 때문에 줄이 당겨지고 그로 인해 사망하는 거야. 근데 이화연 님의 의료기록에는 정신과나 내과를 통한 수면제 처방 기록이 없어. 거동이 불편한 고인 대신 대리처방을 받았을 수 있다는 거지."

저 정도로 자살 방법에 관해 잘 알고 있을 정도면 얼마나 많은 자살을 봐온 걸까. 지안이 술술 추리해 나가는 모습을 보자 역시 흥신소 소문이 헛으로 난 건 아니구나 싶었다. 나는 지안이 다 하지 않은 말이 궁금해 슬며시 지안을 떠봤다.

"남편이 수면제를 대리처방 받았다는 건가?"

"남편만 암이라는 걸 알았으니까. 만약 자살할 목적으로 수면제를 모았다면 자살 동조가 될 수 있어. 짧은 기간에 여러 군데에서 수면제를 중복으로 처방받았으면 자살 의도를 의심할 수 있고. 그걸 확인하려고 하는데……."

"……하는데?"

지안은 마저 말하는 것을 잊고 내 컴퓨터 화면을 뚫어져라 봤다. 화면에는 그의 의료기록 내역이 떠 있었다. 꼼꼼히 정보를 다 읽은 지안은 그제야 남은 말을 마저 했다.

"이화연 님 자살 완료 두 달 전부터 정신과랑 내과를 돌면서 김한무 님이 자신의 이름으로 수면제를 계속 처방받았어. 자살 동조 혹은 자살 준비를 도왔……."

"뭐?"

"……나 내일 인천에 다녀올게."

"혼자?"

"내가 해야 할 일이야."

나는 옆에 선 지안의 양어깨를 보았다. 작은 체구, 넓지 않은 어깨 위에 수많은 죽음과 슬픔의 짐이 얹혀 있는 듯 보였다. 그걸 지안은 당연해서 모르는 듯했다. 나는 괜히 지안의 어깨를 살짝 털었다. 그럼에도 죽음과 슬픔은 엉겨 붙어 떨어지질 않았다.

'어렵네. 이번 사건.'

문득 나는 지안이 이 일을 소개하며 했던 말을 떠올렸다. 그래도 힘든 일이라고. 나는 방관자인 양 그런 것들을 털어냈지만, 지안은 그러지 않은 것처럼 보였다.

*

금요일 새벽 3시. 출근할 걱정이 없는 주말을 앞두고 누워서 모바일 게임을 한다는 게 벌써 두 시간을 넘겼다. 상대를 모두 죽이고 끝까지 남아 있어야 1위를 거머쥐는 이 게임은 '딱 한 판만 더'라는 마음을 불러일으키는 중독성 강한 게임이었다. 전판에 아슬아슬하게 3위를 했으니 이번만은 1위에 오를 수 있을 거라는 기대는 꺾일 생각을 안 했다. 그때 휴대전화가 진동하며 게임 화면 위에 이름이 떴다.

동생-강지안 센터장

지안이었다. 늦은 새벽 군이 전화까지 하는 걸 보면 급한 일인가 싶었지만, 게임에서 생존자는 열 명밖에 남지 않았다. 내일 전화하자고 넘기려 하는 순간, 전화 알람에 화면이 가려져 앞에 있는 적을 보지 못하고 그만 게임 오버가 됐다. "윽!" 하며 내 캐릭터가 쓰러지자 그냥 전화를 받았다.

—왜?

짜증 섞인 목소리로 대답하자 지안이 자고 있었냐며 조심스럽게 물었다. 나는 "아니, 너 때문에 죽었어"라며 지안에게 본론을 빨리 얘기하라고 눈치를 줬다.

—오늘 김한무 님 만났어.

―아…… 그래서?

늦은 새벽 군이 그 얘길 꺼내는 이유를 이해할 수 없었다. 낮까지만 해도 퇴근하고 김한무 님을 찾아갈 거라 말했지만, 새벽 3시인 지금까지 그와 얘길 나눈 것도 아닐 터였다. 뭔가 혼자 생각이 많아져 잠이 오지 않은 탓일까. 지안의 답을 기다렸지만, 지안은 내게 낯선 질문을 했다.

―오빠는 이 일에서 뭐가 가장 중요하다고 생각해?

―갑자기?

―지금까지 지켜본 사람으로서.

―음…….

지안의 물음에 쉽사리 답할 수 없었다. 상우 씨가 알려준 이 일의 의미는 이론적으로는 알고 있어도 마음으로 와닿지는 않았다. 고인을 위한다는 게 뭔지, 자살 예방이란 건 어떤 의미인지. 그런 것들은 내게 크게 와닿지 않았다. 그러다 문득 의뢰인을 배려하기 위한 지안의 사소한 행동이 떠올랐다. 지안의 행동을 보며 느낀 것. 나는 그때의 느낌을 얘기했다.

―남은 사람의 마음을 편하게 해주는 거.

―…….

지안은 잠시 말을 잃었다. 혹시 내가 너무 가볍게 얘기한 것은 아닐까 싶었을 때, 지안이 말했다.

―맞네……. 고마워.

그 말과 함께 전화가 끊겼다. 스마트폰 화면엔 대기 중인 게임

화면이 보였다. 흐름이 끊긴 탓인지 전화를 끊고 나니 '딱 한 판 만 더' 하려던 마음이 사라졌다. 게임이니까 죽어도 다시 시작할 수 있다. 그래서 가볍게 할 수 있다. 그런데 지안이 놓인 곳에선 아무도 살아나지 않는다는 걸 깨닫자 지안이 왜 게임을 싫어하는지 대충 이해가 됐다. 우리가 살아 있는 곳, 살아내야만 하는 곳을 절절히 알고 있기 때문이었다.

심리부검 보고서

성명: 이화연

나이: 만 65세

사망일자: 2020. 6. 28.

사건 개요: 2020년 6월 28일 자택에서 남편이 잠든 사이 수면제를 과다 복용하고 작은 방 문고리에 목을 매 자살 완료. 이를 오전 6시 40분경 남편이 발견해 오전 6시 46분경 신고. 구급대원이 출동했을 땐 이미 사망한 상태였으며 사망 추정 시각은 새벽 2시 30분경임.

성장 과정 및 성향: 자살자(이화연, 65세)는 평소 가족 간의 사이가 좋

앗으며 특히 남편과 각별했음. 3남 4녀 중 셋째로 태어났으며 중학교까지 졸업. 이후 공장에서 근무하다 소개로 스무 살에 남편을 만나 스물한 살에 결혼. 그 밖에 유년 시절의 특이사항은 없으며 부모 모두 노환으로 사망함. 남편은 공무원으로 일했으며 자살자는 가정주부로 불화 없이 지냄. 남편의 퇴직 이후 연금으로 인천 자택에서 거주 중이었으며 자살 당시 의뢰인인 아들(김남진, 35세)의 결혼과 출산, 사업을 지원해 줄 정도의 경제적 여유는 없었던 것으로 추정.

스트레스 요인: 자살 완료 6개월 전, 대학병원에서 난소암 3기 판정을 받았으며 완치가 어렵다는 진단을 받음. 이후 이 사실을 남편만 알고 의뢰인에겐 알리지 않았음. 자살 완료 3개월 전부터 눈에 띄게 식사량 감소, 활동량 감소 등 우울 증세를 호소하기 시작함. 극심한 고통을 호소했으며 질환의 특성상 생존율이 낮아서 이로 인해 급성 우울증이 발병한 것으로 보임. 경제적 이유로 병원 치료를 거부했던 것으로 추정. 평소 남편에게 '자식들을 부탁한다'는 등 자살을 암시하는 이야기를 많이 했음. 가족에 대한 애착이 크고 어린 시절부터 가정에 희생하는 모습을 많이 보인 것으로 보아 병환에 대해 자녀에게 알리고 경제적 요구를 하기 어려운 성향이 형성되었을 것으로 판단됨.

최종 소견: 자살 완료 6개월 전, 난소암 3기 판정을 받은 뒤 치료가

어렵다는 것을 비관한 것으로 보임. 경제적으로 치료를 받기 어려운 상황에서 신체적, 정신적 고통이 스트레스를 유발했을 것으로 추정됨. 가족에게 피해를 준다는 죄책감 또한 스트레스 요인으로 작용해 자살까지 이어진 것으로 판단됨.

예방 계획: 고령 인구 자살 예방을 위해 노인 자살의 문제점을 정확하게 바라볼 필요가 있으며 적극적인 의료 개입이 필요했던 케이스로 보임. 정신과적 접근과 함께 의료비 지원 정책이 필요함.

〈첨부_인터뷰1〉〈첨부_인터뷰2〉〈첨부_의료기록〉〈첨부_검시보고서〉

＊

풍향이 바뀌면서 미세먼지가 없는 하늘이 반가운 날이었다. 센터에는 심리부검 결과를 듣기 위해 의뢰인이 찾아왔다. 지안은 역시 발소리만 듣고도 의뢰인인지 알아채고 방향제를 한 번 뿌린 뒤 옷을 단정하게 매만졌다. 의뢰인인 김남진이 홀 소파에 앉고 차까지 내오고서야 지안은 대화를 시작했다.

"오랜만에 날이 좋네요."

"……네."

"그간 마음은 좀 어떠셨어요?"

지안의 물음 하나에 의뢰인은 눈물을 보였다. 다 큰 성인의 눈물을 보는 일은 흔치 않은 경험일 텐데 여기서만큼은 흔했다. 나는 한구석에서 조용히 지안과 그의 대화를 엿들었다.

"너무 놀랐습니다. 그런 일이 있으셨다니……. 그냥 좀…… 좀…… 혼란스럽달까요."

"여기, 보고서예요."

지안이 직접 작성한 심리부검 결과지를 내밀었다. 상우 씨는 심리부검 보고서는 지안의 몫이라고 했다. 그럼에도 프린트를 하며 읽어보게 되는 건 어쩔 수 없는 일이었다. 지안은 끝까지 그녀의 남편, 김한무와 만난 이야기를 하지 않았기에 결과가 더욱 궁금할 수밖에 없었다.

"어머니는…… 어머니는…….."

의뢰인이 보고서를 양손으로 쥐곤 울음을 삼켰다. 그럼에도 눈물이 뚝뚝 떨어져 보고서가 젖어가는 걸 멀리서도 볼 수 있었다. 지안은 나를 대할 때와는 달리 공감한다는 듯 안타까운 표정을 지으며 따스하게 말했다.

"어머님은 병환이 너무 힘드셨던 거예요. 남은 가족분들께 짐이 되고 싶지 않으셨던 거죠."

"엄마……."

의뢰인은 하염없이 울었다. 가족을 잃는다는 것이 저토록 슬픈 일이었나. 나도 가족을 떠나보냈던 적이 있다. 하지만 지금은 그때의 슬픔이 까마득하게 느껴졌다. 슬픔보단 놀란 마음이었을지도 모를 일이었다. 하지만 지안은 그날을 뚜렷이 기억하는 것 같았다. 그때 그 눈동자로 함께 슬퍼하는 듯 보였으니까. 끝없는 슬픔에 가라앉은 공기 속, 또 다른 걸음 소리가 들려왔다.

덜컹.

문이 열리며 공기가 한 바퀴 도는 느낌이 들었다. 누가 찾아온 걸까 싶어 고개를 돌리자 김한무 님의 얼굴이 보였다. 나 역시 갑작스러운 방문에 놀랐지만, 그를 본 의뢰인의 표정이 더 놀란 듯 보였다.

"......!"

지안은 모두 알고 있었다는 듯 그의 곁에 가선 그를 부축하고 의뢰인 옆에 앉혔다. 아들 곁에 앉아 있음에도 굳은 표정은 변함없었다. 그가 왜 이곳에 온 걸까. 어떻게 찾아온 걸까. 나와 의뢰인이 멍하게 상황을 지켜보고 있자 지안이 상황을 설명했다.

"제가 모셨어요. 두 분이 말씀 나누면 좋을 것 같아서요."

그는 아들의 얼굴조차 보고 있지 않았다. 의뢰인 역시 눈물범벅인 자신의 모습을 보이고 싶어 하지 않는 듯했다. 나는 어떻게 지안이 그를 여기까지 부를 수 있었는지 의아해하며 그들을 지켜보았다.

"지금부터 마지막 심리부검 인터뷰를 진행하겠습니다."

"끝난 거 아니었나요?"

의뢰인이 조금 놀란 듯 되물었다. 나 역시 처음 맡은 사건이기에 지안이 무슨 마음으로 그런 얘길 하는지 알 수 없었다. 지안은 싱긋 웃어 보이며 대답했다.

"녹음도 되지 않고 비밀도 보장됩니다. 이제부터 이화연 님에 관해 얘길 나눌 거예요. 아버님과 함께요. 괜찮으시죠, 아버님?"

의뢰인은 뻣뻣하게 고개를 돌려 그를 쳐다보았다. 그는 미약하게 고개를 끄덕였다. 고집스러운 아버지의 순한 모습이 어색한지 서로 약간 등을 지고 있었다. 지안은 그 모든 것도 생각했다는 듯 어색해하지 않고 인터뷰하듯 질문을 꺼냈다.

"이화연 님은 어떤 분이셨나요?"

"⋯⋯."

"좋은 아내였소. 된장찌개를 제일 잘하는데, 집 된장이 맛있거든. 든 건 없는데 꼭 작은 새우를 넣더군. 그걸 좋아한다 하니 생일이면 미역국 대신 된장찌개를 끓여다 줬소. 아플 때도. 그 사람, 처음 시집왔을 땐 음식이 별로였는데 그게 속상했는지 여기저기서 음식을 배우더군. 그 모습이 좋아서 매일 퇴근할 때면 전화하곤 했소. 오늘은 무슨 저녁인가⋯⋯."

"아버지⋯⋯."

의뢰인이 벙찐 표정으로 그를 바라보았다. 어머니에 대해 얘기하는 아버지의 모습이 낯설어서일까. 그간 무슨 일이 있었는지, 그날엔 무슨 일이 있었는지 알지 못했지만, 그가 어딘가 변화했다는 것만은 나도 느낄 수 있었다.

"남진 님도 대답해 주셔야죠."

지안의 말에 의뢰인이 머뭇거렸다. 여전히 부자는 등을 살며시 돌린 채였다. 그의 표정 또한 무거웠다. 그러나 의뢰인은 시간을 두고 조금씩 얘길 시작했다.

"어머니…… 엄마…… 엄마는…… 저도 그 된장찌개, 좋아했어요. 좋아했는데, 너무 자주 하니까……. 나는 생일에 다른 국 먹고 싶은데, 만날 된장찌개여서 왜 된장찌갠가 했는데…… 아버지 때문이었네요."

의뢰인이 눈물을 계속 흘리면서도 살며시 웃음을 보였다. 그는 그런 아들의 얼굴을 흘긋 바라봤다. 그러곤 천천히 주름진 손을 움직이더니 아들의 손 위에 자신의 손을 조심스레 올려놓았다. 많은 말은 필요 없다는 듯이. 그 위로 눈물이 계속 떨어졌다.

"가장 기억에 남는 일은 어떤 건가요?"

"흑…… 끄윽…… 어릴 때 아버지랑 셋이 캠핑 갔을 때…… 아버지가 숯 피우고, 어머니가 저 데리고 계곡가에서 물놀이하고, 그때 물이 너무 차가워서 떨다가 불가에서 몸 녹이고, 또 놀고……. 어머니…… 엄마, 행복해…… 행복해 보이셨어요."

"……."

"아버님은요?"

"처음 봤을 때 아름다웠소. 젊고, 생기 있고. 웃으면 눈이 반달이 되는데 집에 돌아가서도 그 웃는 얼굴이 잊히지 않더군. 평생 그 웃는 얼굴을 보고 싶다고 생각했소. 계속 볼 수 있으면 좋겠다고……."

"맞아요. 딱 반달같이 웃으셨죠."

지안은 조용히 그 자리에 앉아 있었다. 더 묻기보다 그 자리에서 그들을 지켜보기만 했다. 나도 숨죽여 그들의 모습을 지켜보았다. 어색한 정적. 하지만 조금 더 시간이 흐르자 그들은 천천히 대화를 주고받았다.

"어머니…… 습관 있잖아요. 웃으실 때 주변을 치는……. 아버지는 만날 옆에서 맞고 계시고."

"그랬지."

"그래도 좋으셨어요?"

"그랬지."

그제야 지안이 왜 그를 불렀는지 눈치챘다. 그들에게 중요한 것은 그녀가 '어떤 방법으로 죽었느냐'가 아니라 그녀가 '어떤 삶을 살아왔느냐'에 대한 회고였다. 애도란, 그 삶을 받아들이고 소화해 내는 과정이었다. 그들에게 필요한 건 그녀가 어떤 삶을 살아왔는지 대화하며 마음을 나누는 것, 그게 바로 수용이란 걸 지안은 진작 알아챘던 것이다.

그들은 한참 동안 그녀에 관한 얘기를 나눴다. 그의 손 하나는 여전히 아들의 손 위에 곱게 올라가 있었다. 대화가 끝나갈 무렵엔 의뢰인도 조심스레 다른 쪽 손을 들더니 아버지의 손 위에 자신의 손을 올렸다. 그러곤 고개를 푹 숙인 채 한참을 울고 또 울었다.

"이제…… 이제 멀리 가지 마세요. 그 집에 사셔도 저희랑 가깝게 지내요."

"그러마."

그들의 마음속 단단히 꼬인 실타래가 마침내 풀린 듯 서로 약속이 오갔다. 그 모습을 지켜보는 지안의 표정에는 믿음이 담겨 있었다. 그들이 대화하는 모습을 통해 앞으로는 그들만의 방식으로 그들 스스로 풀어나갈 수 있다는 믿음. 그 믿음이라면 충분하다는 표정이었다.

"조심히 들어가세요."

지안이 두 사람을 배웅하러 나섰다. 들어올 땐 지안이 노인을 부축했지만, 나갈 땐 아들인 의뢰인이 그를 부축하고 있었다. 나는 자리에서 말없이 그 모습을 모두 지켜보았다. 그들이 다 나간 뒤, 창가로 고개를 돌렸다. 구름 한 점 없는 파란 하늘 아래 천천히 부축을 받으며 걷는 노인과 그를 부축하며 발걸음을 맞추는 아들의 뒷모습이 보였다. 그들의 어깨 위에도 지안의 어깨처럼 죽음과 슬픔이 매달려 있었다. 나는 불쑥 지안에게 물었다.

"심리부검이 원래 이런 일이야?"

"평범한 케이스는 아닌데, 근본적으로 보면 전에 오빠 말대로 산 사람의 마음을 편하게 해주는 게 우리 일이지 않을까? 자살 이유를 찾아주는 것도 그 때문이고, 자살 예방 계획을 세우는 것도 그 때문이고. 왜? 이제야 일하는 기분이야?"

"아니, 뭐……."

"그래도 이렇게 풀려서 다행이지."

지안은 기지개를 켜며 덤덤한 표정을 지었다. 나는 오히려 마음이 더욱 무거웠다. 사무직으로만 생각했던 이 일 속에 숨겨진 무게를 지안이 홀로 책임져 왔다는 생각을 하지 못했다는 걸 깨닫자 평소와 다른 감정이 들었다. 명확하진 않지만 명치 언저리가 눌리는 듯한 감정이었다.

지안은 내가 보려 하지 않은 세상과 부딪히고 있었던 걸까. 그 세상은 어떤 세상이었을까.

*

내가 그 파일을 찾아낸 것은 약 한 달 뒤였다. 지안은 출장으로 자릴 비웠고 나는 녹취 기록을 서류화하는 작업 중이었다. 한창 집중하며 듣는 순간, '팟!' 하고 전기가 나갔다. 다시 컴퓨터가 켜졌을 땐 작업한 녹취 기록이 모두 날아간 뒤였다.

'아⋯⋯.'

나는 빠르게 머리를 굴렸다. 다시 녹취 기록 작업을 할 것인가, 어떻게든 파일을 살려볼 것인가. 정직보단 꼼수가 익숙한 나는 어떻게든 백업된 파일을 찾기로 결심하고 모든 백업 클라우드를 샅샅이 뒤졌다. 회사 생활 당시 익혀두었던 파일 복구 능력도 힘을 보탰다. 수많은 녹취 기록과 녹취물이 섞여 복구되자 백업된 클라우드에서 사건명이 아닌 숫자로만 이뤄진 파일 하나가 눈에 띄었다.

2023.05.13.01:48

모든 파일은 사건명으로 처리해 왔다. 이건 철저한 지안의 규칙이었다. 그럼에도 이름 없는 파일이 있다니. 숫자는 아마도 날짜와 시간을 의미하는 듯했다. 5월 13일…… 5월, 13일. 무슨 날이었는데 싶어 머리를 굴렸다. 아. 전화. 나는 통화 기록을 확인했다. 그날 새벽은 지안이 내게 뜬금없이 전화를 걸었던 날이었다. 김한무 님을 인터뷰했다는 얘길 전하면서, 지안이 내게 상담 기록 정리를 부탁하지 않고 직접 하겠다고 말했던 것이 기억났다. 지안의 실수인가. 나는 사건명으로 분류하기 위해 그 파일을 복구한 뒤 재생했다. 녹음 품질이 좋진 않았으나 그의 목소리와 지안의 목소리가 구분은 될 정도였다.

"이화연 님에 관해 말씀 나누고 싶습니다."

"할 얘기 없소."

"이화연 님의 마지막 말…… 듣고 싶지 않으세요?"

한동안 대답이 들려오지 않았다. 나는 귀 기울여 녹음된 내용을 들었다. 다음으로 들려온 것은 지안의 목소리였다.

"저희 쪽에서 조사한 결과 아버님 성함으로 수면제를 다량으로 처방받은 기록이 확인되었습니다. 이화연 님 이름으로 된 수면제 처방은 없는데 검시 결과 이화연 님이 자살할 당시 수면제를 다량으로 복용했다고 나와 있고요."

"……."

"저희는 잘잘못을 따지거나 누군가를 탓하고자 하는 것이 아니에요. 그저 진실을 알고 건강한 애도 과정을 거치도록 도와드릴 뿐입니다. 비밀은 지켜드릴게요, 아버님. 대신 제 비밀도 지켜주세요. 이화연 님의 마지막 마음을 들을 수 있는 방법이 있어요."

"뭐라고?"

"저희가 조사한 결과 이화연 씨의 유서를 발견했습니다. 저와 함께 가시면 볼 수 있어요."

그 뒤 부스럭거리는 소리가 크게 들려왔다. 그러고는 한동안 자동차 엔진 소리가 났다. 지안과 그가 어디론가 향하는 것 같았다. 이후에도 한참 잡소리가 들렸다. 무언가 대화가 오가는 것 같은데 분명하게 들리지 않아 내용을 알 수 없었다. 그나마 소리를 알아들을 수 있을 만큼 조용해졌을 때 낯선 여성의 목소리가 어렴풋이 들려왔다. 그 공간에 있는 사람의 소리가 아니라 녹음된 소리인 듯 날카롭고 낮은 음질의 소리였다.

남진 아빠…… 애들한테 남겨줄 건 없어도…… 이런 내 마음 알아줘서…… 행복했어요. 항상 내 손 잡아주고 나랑 저녁식사 할 때면 그렇게 든든할 수가 없었…… 하나뿐인 아들도…… 그래도…… 든든해요. ……무섭기도 해요. 당신 두고 떠나는 것도…… 그래도…… 있어줘야 하니까. 내 몫까지……. 먼저 떠날 테니 천천히…… 손 잡아줘요.

소리는 반쯤 알아들을 수 없었다. 지안이 내가 모르게 그녀의 마지막 녹음된 말을 찾아낸 걸까? 그녀의 휴대전화를 복구해서 나온 음성 파일인가? 이 얘기는 또 무슨 뜻이지? 의문이 가득했지만, 녹음 파일에 대고 물어볼 수는 없었다. 이후 들려온 건 지안의 목소리였다.

"이화연 님의 마지막 마음이에요. 김한무 님이 알아줬으면 하는 마음이요. 이화연 님은 가족을 위해 선택하신 거예요. 그러니까 김한무 님도 가족을 위해 얘기해 주세요. 어쩌면 이화연 님이 바라는 건 이런 모습이 아닐지도 몰라요."

녹음뿐인데도 긴장감이 맴돌았다. 지안도 천천히 말을 기다리는 듯했다. 5분 정도가 지나고야 그가 떨리는 목소리로 하나씩 그때 있었던 일을 얘기하는 듯했다. 부스럭거리는 소리가 줄며 목소리가 조금 더 선명하게 들렸다.

"아들놈이 결혼하고 손주도 태어난다 하는데, 아내가 암이라더군. 낫기도 힘든 암. 나는 수술해 보자고 했소. 매일, 혹시 모르지 않냐고, 살 수도 있다고, 수술해 보자고. 그런데 아내가 말하더군. 우리야 살 만큼 살았는데 우리 살자고 이제 시작하는 애들 앞길 망칠 셈이냐고. 수술비가 어마어마했거든. 내 뭔 돈이 있겠소. 그런데 아내는 점점 아파했소. 말라가고 밤새 괴로워했소. 배를 부여잡고 소리치는데 보는 사람이 다 괴롭더군. 마음 같아

249

선 내가 대신 아프고 싶은데 그게 되나. 결국엔 같이 죽자고 했소. 나도 같이 죽자고! 이 집도 주고 우리 같이 죽자고!"

"……."

"근데…… 근데, 아내가 울며 말하더군. 손주 태어나는데 할아버지는 있어야 하지 않겠냐고. 할머니는 없어도 할아버지는 있어서 할머니는 이런 사람이었다, 아빠는 어릴 때 이랬다 얘기도 해주고 그래야 하지 않겠냐고. 대신 살아달라고……. 그렇게 말하더군. 자기 죽기 전 소원이라고. 부탁한다고. 자기 편하게 보내고 대신 살아달라고……."

"그럼 그날의 일은……."

"내 이제 숨기는 것도 의미 없는 거 같으니 댁한테 얘기하겠소."

나는 숨죽여 다음 말을 기다렸다.

"……내가 죽였소."

"……네?"

"……내가 죽였다고."

"……."

"그날 새벽이었소. 아내는 내가 사 모은 수면제를 먹었소. 그리고 새벽 즈음 아내가 가장 깊게 잠들었을 때 내가 끈을 묶고 아내를 끌고 가선……. 아내의 부탁이었소. 잠든 채로 죽고 싶다고. 아내의 숨이 멎어가는 걸 보는 기분을 아오?"

"혹시 아드님과 어머님에 관해 얘기하지 않는 것도……?"

"지 에미를 죽인 사람이 난데, 무슨 낯짝으로 아들이랑 얘길 하겠소. 무섭고 두려웠소. 아들이 어떻게든지 에미 얘길 하면 죄책감에 숨이 막혀왔소. 아내가 죽어가는 모습이 자꾸 떠올라서 미치겠더군. 난 애비 자격도 없소."

"제가 어떻게 하길 바라시나요?"

"댁 마음대로 하쇼. 이제 난 다 포기했소."

그 대화를 다 들었을 때, 나는 차라리 모르는 게 나았다는 걸 알았다. 지안이 그날 새벽, 내게 전화로 물은 것은 지안 역시 이 진실을 어떡해야 할지 몰랐기 때문이었을까. 그럼에도 심리부검 결과지에 '급성 우울증에 의한 자살'로 결론을 낸 지안의 속을 가늠해 봤다. 지안은 선택한 것이다. 어떤 것이 그들을 위한 일인지.

지안이 출장을 마치고 돌아왔을 때, 나는 지안에게 묻고 싶은 것이 너무나 많았다. 그날의 일. 그날의 말. 그날의 진실. 무엇도 쉽게 물을 수 없어 어떻게든 꺼낸 질문은 단 하나였다.

"이화연 님 사건 말이야. 그때 어떻게 김한무 님을 센터로 불러낸 거야?"

지안은 그때를 떠올리는지 다시 쓴웃음을 지었다. 내가 음성 파일을 발견한 걸 눈치채지 못한 듯 그 후의 이야기를 해주었다.

"부탁드렸어. 아드님이랑 대화 한번 나눠보시라고. 남은 분들이 더 잘 살아갈 수 있도록 돕고 싶다고. 오빠가 말했잖아. 남은 사람 마음을 편하게 해주는 게 우리 일이라고."

"그래."

더 묻고 싶은 것이 있었지만, 지안에게 그때 일은 존재하지 않는 일이어야 했다. 지안이 어떻게 그녀의 마지막 마음을 전달했는지 알아내는 것보다 중요한 건, 살아가는 사람의 마음. 그걸 더 잘 알고 있는 지안의 선택을 그저 믿을 수밖에 없었다. 나는 복구된 녹음 파일을 완벽하게 지웠다. 다시 누구도 알 수 없도록. 그리고 지안의 얼굴을 보았을 때, 자연스럽게 지안과 닮은 쓴웃음이 지어졌다.

파일이 완전히 지워졌는지 확인을 할 때 부재중 연락 하나가 떠 있었다.

어머니

지안에게 말할 수 없는 일 하나였다.

5장

❈

완전히 무너졌을 때

"지안 씨도 이제 쌓아 올려봐요.
다 무너트려서라도, 끝까지 떨어지더라도 다시 시작해 봐요.
지금이 우리가 있어야 할 곳이잖아요.
이렇게 안부를 묻고, 대답하고, 대화하는 지금이
우리가 살아가야 하는 곳이잖아."
"알고…… 있었네요."

2008년 12월 14일 오후 6시 46분경. 인근 주민의 신고를 받아 출동.
도착 당시 피신고인은 8층 건물 옥상 난간에 올라가 있었음. 신고자
는 행인으로 피신고인이 옥상에서 뛰어내리려는 것 같다고 진술. 추가
로 배치된 구조대원이 출동해 약 30분간 피신고인과 대치 끝에 설득
에 성공. 보호조치와 함께 인근 병원으로 이송. 피신고인은 보호자에
대한 진술은 하지 않았으며 절차에 따라 응급입원으로 처리함. 해당
지역 정신건강복지센터와 추가적인 연결 및 피신고인의 정보 공유를
요청. 추가 신고 사항이 있는지 확인했으나 피신고인의 기록과 보호
자 정보는 조회되지 않음. [00파출소 출동 기록]

건물은 제아무리 관리를 잘해도 세월을 이길 수 없는 걸까. 원래는 하얗고 매끄러웠을 창틀은 거칠고 누랬다. 방충망 여기저기에는 먼지가 뿌옇게 끼어 창을 활짝 여는 것이 부담스러울 정도였다. 그래도 호스피스 병동 4인실 안에서 어머니 자리가 창가라는 게 다행이었다. 어머니를 위해서라기보단, 이곳에 있을 나를 위해서.

쌕쌕. 어머니의 기관도 세월을 탔는지 불편한 숨소리가 들렸다. 코 밑에 불편하지 않을 정도로 끼운 산소 호흡기는 어딘가 위중한 느낌을 더했다. 어머니를 간호하겠다는 명분으로 매번 이곳에 오지만, 이제 내가 해야 할 일은 거의 없었다. 어머니는 더 이상 말을 할 수 없으니까. 지금 내가 여기 있는 이유는 오로지 저 불편한 숨이 멈추는 때를 함께하기 위함인 듯했다. 느낌이 아니라 사실이라면 더욱 이 좁은 간병인 침대를 벗어날 수 없겠지.

반년이 조금 넘었다. 어머니가 시한부 선고를 받은 지. 놀라야 하는데 솔직히 그리 놀랍지 않았다. 아버지가 돌아가시기 전 모습도 지켜봤으니까. 심장마비였던 아버지는 술에 취해 갑자기 어지럽다며 쓰러지셨다. 그게 마지막이었다. 나는 그때 죽음의 기운을 봤다. 천천히 죽음이 드리운 사람은 어떤 분위기를 풍기는지. 어머니가 병원에 가야겠다는 말을 꺼낼 때 나는 그 기운을 다시 느꼈다. 검사 결과가 나오기 전부터 죽음을 예상했는지도 모르겠다.

"석 달 정도입니다. 지금은 괜찮아 보이셔도 급격히 안 좋아지실 겁니다."

　의사는 그렇게 얘기하고 덜컹 호스피스 병동을 추천했다. 그 말이 완치를 목표로 할 수 없다는 말로 바뀌어 들렸다. 나에게 선택지는 없었다. 의사의 말이 세상의 전부 같았다. 마지막을 지키는 것이 자식의 책임인 듯 말해서 센터 일도 내려놓았다. 병원 입원 후 내 삶이 어머니의 삶이 되어버린 것 같았다. 그토록 애틋한 사이도 아니었으면서.

　"그래도, 잘해왔어."

　어머니의 이마에 살며시 손을 올리고 말했다. 어머니의 체온은 나보다 조금 낮았다. 보통 아프면 열이 오르는데 어머니는 점점 식어가는 듯했다. 어머니는 의사가 전부가 아니라고 말하듯 석 달이 아닌 여섯 달을 버텼다. 하지만 시간은 멈추지 않고 흘러, 기어코 끝에 닿는 듯했다.

*

　"요즘은 어떻게 지내세요?"

　이 사람과 마주한 지도 거의 10년, 정확히는 7년이 조금 넘었을까. 일주일마다 만났던 그는 이제 한 달에 한 번 정도 만나 이야기하는 사이가 되었다. 온화한 얼굴과 깊이 있어 보이는 눈빛, 무슨 말을 해도 흔들리지 않는 강인함을 볼 때마다 나는 그가 상담사라는 직업에 무척이나 어울린다고 느꼈다. 나는 그에 관해 아는 것보다 모르는 게 더 많지만 그는 나의 대부분을 파악하고 있었다. 물론, 내가 한 얘기 속에서.

"평소랑 같아요. 대부분은 어머니 곁에 있고 가끔 센터에 나가 일을 도와주는 정도죠."

"어머님은 어떠세요?"

"머지않았겠죠, 아마도."

"상우 씨 마음은요?"

그는 노련하게 내 마음으로 파고들었다. 안부를 묻다 불쑥 마음으로 들어오는 것은 그의 상담 패턴이었다. 나는 살짝 웃어 보이며 말했다.

"괜찮아요. 그때와 달리 마음의 준비를 할 시간은 있었으니."

"그래도 저는 조금 걱정되네요. 상우 씨에게 그 사건이 있기 얼마 전에 아버님이 떠나셨잖아요. 계속 아니라고 하시지만, 저는 상우 씨가 무의식적으로 아버님의 죽음에 영향을 받았다고 생각했어요. 물론 긴 시간이 지났지만."

"정말 괜찮아요. 그때는 뭐랄까, 어렸으니까요. 지금은 두 분이 편하셨으면 좋겠어요. 이곳에 있든, 저곳으로 떠나든."

그의 눈썹이 살며시 내려가 걱정스러운 표정에 힘을 더했다. 참 따스한 사람이라고 생각했다. 고작 나를 만나는데도 저토록 진심 어린 표정을 지을 수 있다니. 그는 유능한 상담사답게 내 마음을 다시 물었다.

"지금 돌이켜 보면, 상우 씨에게 아버님의 죽음은 어떤 의미였나요?"

"슬프다기보단 충격받고 놀란 마음이었어요. 그냥…… 알게 된 것 같아요. 우리는 모두 죽는다는 걸. 저 역시 언젠가 반드시 죽는다는 걸."

"그게 불안했나요?"

"선생님."

나는 지그시 그를 봤다. 내가 어떤 눈을 하고 있는진 몰라도 그는 당황한 기색을 숨기며 내 눈을 빤히 바라봤다. 나는 표정을 풀어가며 가볍다는 듯 툭 얘기했다.

"많은 시간이 흘렀잖아요. 그만큼 많은 것이 변했겠죠."

"그렇죠. 제가 걱정이 많나 봐요."

그가 무안한 듯 살짝 미소를 보였다. 그리고 더 캐묻지 않았다. 나도 심리상담 기법을 배웠기에 과거와 마주하는 것의 필요성은 알고 있었으나, 그는 기다려야 할 때도 있다는 것까지 몸으로 익힌 듯했다. 오늘은 무엇을 할 것인지 몇몇 간소한 대화가 오가고 상담 시간이 끝나갈 무렵, 그가 다시 푹 내 마음을 찔렀다.

"어머니의 곁을 지키면서 무슨 생각을 가장 많이 하세요?"

"창밖에 비친 하늘이요."

"……"

그가 의미를 묻지 않은 것은 나를 위한 배려처럼 느껴졌다. 시간이 쌓여 많은 말이 필요하지 않게 된 걸까.

*

집과 병원을 오가며 낡은 중고차 한 대를 뽑았지만, 이곳에 올 때엔 웬만하면 대중교통을 이용했다. 주차 문제보단 지난 3년간 매번 대중교통으로 왔기 때문이었다. 번거롭고 오래 걸리지만 버스를 탄 뒤 지하철로 환승하는 이 걸음이 아직 내가 무언가 하고 있다는 느낌을 주었다. 내겐 어머니가 다가 아니라고. 아직 내가 할 수 있는 일이 있다고. 내겐 그 마음이 절실했기에 지하철이 목적지에 닿지 않길 바라기도 했다.

"분위기가 또 왜 이래요? 하여튼 제가 없으면 안 된다니까."

센터 문을 열자 내가 오기 전 어떤 분위기였는지 금방 가늠이 되었다. 적막함이 공기에 덕지덕지 붙어 있었다. 아무래도 지안 씨와 지훈 형님은 서로 친해지고자 하는 마음이 없는 듯했다. 누가 먼저 말을 걸거나 소소한 이야기 따위 꺼내려 하지 않으니.

"상우 씨 왔어요?"

지안 씨는 날 보자마자 표정이 풀어졌다. 얼굴에 도는 반가움이 나를 향한 것인지 이 정적을 깨서인지, 둘 다인지. 지훈 형님도 쓱 입꼬리를 올리며 인사했다. 처음에는 감정 표현이 서툰 사람이라 생각했는데 계속 보니 감정 기복이 크지 않고 솔직한 사람에 가까웠다.

"이번 사업 건 처리는 어떻게 됐어요?"

"상우 씨가 도와줘서 이번에도 잘 넘겼어요."

"형님이 일을 잘한 거지. 지안 씨도 형님 좀 인정해 줘요."

내가 호탕하게 웃자 지안 씨도 피식 웃음을 지으며 형님을 봤다. 지안 씨와 형님의 시선이 마주치자 둘은 재빠르게 시선을 돌렸다. 형님은 모니터로, 지안 씨는 내게로. 아무래도 내게 남은 인수인계 사항은 동료와 잘 지내는 법 정도일 것 같았다. 사무회계에 밝은 형님의 일 처리는 더는 보완할 부분이 보이지 않았고 연초에 넘치는 지원 사업 계획서 작업도 무사히 마쳤으니까.

"형님은 이제 교육 이수 거의 마치셨죠?"

"어. 이제 마지막 남았어요."

"이제 동의서 받는 일만 하면 진짜 이곳 사람 되는 거네요. 뼈를 묻으셔야 합니다!"

"상우 씨 올 자리는 남겨놓을 거예요."

지안 씨가 형님과의 이야기에 끼어들었다. 이제 모든 일이 끝나가는 마당에 무슨 자리를 남겨놓는다는 건지. 그러나 그 말의 의미가 무엇인지 나는 알고 있었다. 너무 멀리, 오래 떠나가지 말라는 당부와 걱정.

문득 모두가 나를 걱정거리로 보는 건 아닐까 싶었다. 그래서 속없는 웃음을 보였다.

저녁 이전까지 병원에 돌아가야 하는 나는 형님이 작성한 사업계획서와 보고서 양식을 확인했고 필요한 부분을 다듬었다. 솔직히 다듬을 부분까지도 없었으나 출근한 김에 뭐라도 해야겠다는 마음으로 말이 길어졌다. 형님은 기분 나쁜 내색 없이 고개를 끄덕였다. 특별히 말이 없다 뿐이지 쌀쌀맞고 모난 사람은 아니었다. 그런 걸 보면 역시 지안 씨와 같은 핏줄이구나 싶었다.

업무가 거의 마무리될 즈음 최종 확인을 위해 잠시 내 자리에 앉았다. 양팔을 벌린 정도 너비의 책상과 덩그러니 놓인 컴퓨터와 모니터. 내가 보관하던 서류는 모두 형님 자리로 옮긴 지 오래였다. 나는 책상에 슬며시 손을 올렸다. 살아 있지 않은 것의 찬기가 느껴졌다. 그대로 고개를 돌려 창가를 보았을 땐 말끔한 창틀이 눈에 들어왔다. 건물은 낡았지만 새로 리모델링하면서 갈았던 창들. 지안 씨와 이곳을 리모델링할 때가 떠올랐다. 하나씩 고른 사무기기와 인테리어 컬러. 탕비실을 채우고 이 공간과 어울리는 향을 고르던 때. 창들을 바꾸지 않았다면 그때의 기억도 까마득히 느껴질 것만 같았다. 왠지 다행이라는 생각이 들었다.

"이제 저는 들어가겠습니다! 두 분 좀 친해져 봐요."

"상우 씨가 여기 필요하다는 증거죠."

"지안 씨! 언제까지 저한테 의지하려고."

"부탁해요."

지안 씨가 가벼운 표정으로 말했다. 나는 지안 씨의 그 말이 좋았다. 내가 해야 하는 일에도, 아무리 작은 일을 시킬 때에도 지안 씨는 "부탁해요"라는 말을 빠트리지 않았다. 나에 대한 예의일 수도 있고 지안 씨 몸에 밴 습관일 수도 있었다. 무엇이든 간에 그 말 속에 있을 때 나는 종종 편안함을 느꼈다. 오래전부터 난, 내가 있어야 할 곳을 마련하고 싶었으니까.

"그럼 가보겠습니다."

"다음에 봬요."

지훈 형님도 한마디 거들었다. 다음에 보자는 말. 그 말은 다음이 있다는 확신에 차 있어서 조금은 쓸쓸했다. 찰나의 쓸쓸함이었을 뿐인데 건물 계단을 내려가는 동안 따라 내려오는 발걸음 소리가 들렸다. 지안 씨였다.

"상우 씨!"

"응? 내가 잊은 거 있어요?"

"그게 아니라……."

지안 씨는 가까이 내 쪽으로 다가와 작은 목소리로 물었다. 이렇게 다가오니 생각보다 지안 씨의 키가 작았구나 싶었다.

"어머니는 어떠세요?"

"아, 괜찮아요. 걱정해 줘서 고마워요."

"상우 씨는요?"

"……."

그녀의 표정을 보는데 가슴에 진 멍울이 번져나가는 느낌이 들었다. 오늘따라 다들 왜 내 안부를 묻는 걸까. 나는, 나는 괜찮은데. 그녀의 표정에서 진심이 느껴져 차마 거짓말을 할 엄두가 나지 않았다. 나는 진심과 진심이 아닌 것 사이의 애매한 말을 겨우 골랐다.

"슬프지만은 않아요. 어머니는…… 충분히 아픔을 견뎌내셨는걸요."

"그 말이 진심이길 바라요."

지안 씨가 말했다. 진심이길 바란다. 진심이 아니라고 할 수 없는데, 진심이라면 이 마음 외에 다른 마음이 들지 않아야 할 것 같았다. 그래서 순간 나는 그게 거짓일지도 모른다고 생각해 버렸다. 수없이 내게, 그리고 주변에 그렇게 얘기했는데.

*

"엄마, 지금도…… 아파?"

밤 9시. 소등된 병실에서 어머니에게 나지막이 말했다. 눈조차 뜨지 못하는 어머니는 지금 꿈을 꾸고 있을까. 내가 하는 말이 들리긴 할까. 행여 이 말이 들려 꿈에서 어린 내가 "엄마 아파?"라고 물어오지 않을까. 어머니는 그런 나를 보고 슬퍼하진 않을까. 걱정이 들었다. 그래서 더는 아무 말도 하지 않았다. 대신 창밖을 봤다. 밤하늘은 소등이 된 병실보다 밝게 느껴졌다. 건물 불빛 사이사이를 채우는 남회색 하늘. 방충망 때문에 구름이 끼어 있는지 아닌지 확실하게 알 수 없는. 그런 흐릿한 창밖이었지만 어떤 날의 내게는 가장 큰 위로였다. 내가 입원했던 병원의 창도 이토록 흐릿했었으니까. 흐릿함 너머로 끊임없이 변화하는 세상이, 하늘이 시간은 흘러간다는 걸 알려주었으니까.

＊

왜 죽고 싶은지는 알 수 없었다. 쉬지 않고 머릿속을 채운 것은 죽음의 모습이었다. 쓰러지던 아버지의 모습에서 풍겨오는 죽음의 기운이 내게 들러붙은 것일까. 그날 이후 나는 자꾸만 나의 죽음을 떠올렸다. 나뿐만이 아니었다. 모두의 죽음이 자꾸만 떠올라서 떨쳐낼 수 없었다. 어떤 날은 두려웠고 어떤 날은 불안했다. 그렇다고 아버지가 돌아가신 슬픔에 죽고 싶다고 생각한 것도 아니었다. 왜냐는 물음. 나도 나에게 수백 번은 물었다.

비로소 생각이 조용해졌을 때, 나는 건물 옥상 난간에 서 있었다. 얼마나 높은지 아래를 쳐다보았다. 아스팔트 도로에 쓰인 보행자 표시가 높이를 가늠하게 했다. 걸을 땐 한눈에 들어오지 않던 글이 작게 느껴졌으니까. 그러고 나서 이번에는 고개를 높이 들었다. 파란 하늘이 조금씩 저무는지 붉은 기를 품고 있었다. 아름답다고 생각했다. 아름다운 세상이었구나 싶었다.

난간에 선 나의 몸이 얼어붙었다. 생각과 함께 몸의 감각이 사라진 듯 마음처럼 움직이지 않았다. 수영장에서 다이빙을 할 때처럼. 그냥 앞으로 걷는 것처럼. 계단을 내려가는 것처럼. 조금만 몸을 움직이면 되는 일이었다. 그런데 아무리 애써봐도 몸은 뿌리 깊게 박힌 돌이 된 것 같았다. 얼마나 그곳에 서 있었는지 몰라도 멀리서 사이렌 소리가 들렸다. 누군가 나를 신고했다.

내가 떨어지려던 자리에는 안전장치가 설치되고 있었고 다른 한 팀은 날 설득하기 위해 옥상으로 올라왔다. 구조대와 경찰이 한 팀이 된 듯 세 명 정도가 내 뒤에 섰다. 그때 유일하게 움직이던 것은 고개였다. 나는 아래를 한 번 봤다가 다시 하늘을 보고 이번에는 고개를 뒤로 돌렸다. 옥상에 올라온 구조대원의 모습에선 긴장감이 맴돌았다.

"학생, 내려와서 얘기하지 않을래?"

구급대원 옷을 입은 사람이 나와 거리감을 유지하며 말했다. 목소리가 얕게 떨렸다. 나는 무엇이 그들을 그리 긴장하게 만드는지 알 수 없었다. 내가 뛰어내릴까 봐? 내가 죽을까 봐? 그것이 그들과 무슨 상관이 있을까. 그러나 그들은 애처로울 정도로 평정심을 유지하기 위해 애썼고 나를 설득하려 무슨 말이든 했다.

"움직일 수 있지? 뒤로 한 걸음만 가면 돼. 일단 거기서 내려오면, 학생 이야기 다 들어줄게."

내가 대답 없이 쳐다보고만 있자 그들은 다시 말했다.

"혹시 몸이 움직이지 않아? 도와줄까?"

"괜찮아요."

"일단, 일단 거기서 내려와서 얘기하자."

"괜찮아요."

우리는 서로 같은 말을 반복했다. 그들은 '일단 내려오라'고 얘기했고 나는 '괜찮아요'라고 말했다. 나와 실랑이를 벌이는 동안 내가 떨어져야 하는 곳엔 안전장치가 다 설치된 듯했다. 나는 다시 앞으로 한 걸음을 가자고 생각했다. 하지만 몸이 움직여진 것은 뒤로 한 걸음이었다.

내가 난간에서 내려왔을 때, 그들은 재빠르게 다가와 나를 감쌌다. 한 해의 마지막 달. 날이 추워서인지 무슨 영문인지 그들은 담요를 덮어주었다. 얇은 담요에 감싸이자 생각지 못한 온기가 훅 올라왔다. 그제야 내 온몸이 떨리고 있었다는 걸 깨달았다.

"왜 거기 올라갔어?"

모두가 물었다. 나를 담요로 감싸던 구급대원도, 내 이름과 전화번호를 묻던 경찰관도 이송된 병원 의사도, 입원 처리되어 나를 담당하게 된 의료진도. 입원 이후 찾아온 어머니 역시 내게 물었다. 왜 거기에 올라갔느냐고. 그들은 모두 내게 죽을 만한 이유가 있을 거라 생각했다. 하지만 나의 이유는 간단했다.

"생각이 너무 많아서요. 아무것도 하고 싶지 않았거든요."

모두가 그 말을 곧이곧대로 믿지 않았다. 의사는 내게 유년 시절 경험에 대해 계속 물어보았다. 학교 생활은 어땠냐. 공부는 어땠냐. 부모님과의 관계는……. 하지만 내게 특별한 것은 없었다. 그저 생각이 많아지기 두 달 전 아버지가 돌아가셨다는 것 정도. 사람들은 내가 그 얘기를 했을 때에야 비로소 이유를 찾은 듯 아버지에 관해 물었다. 그러나 난 할 말이 없었다. 출장이 잦던 아버지와 가깝지도 않았을뿐더러 그다지 슬픔에 잠기지도 않았었으니까.

'그냥.'

그들은 믿지 않았다. 그냥 죽음이 자꾸 떠오른 나를. 그냥 생각을 비우고 싶던 나를. 그냥 죽고 싶던 나를. 이유를 믿지 않은 사람들은 나에게 입원이 필요하다고 했다. 그날로 보호조치를 하는 대신 나를 폐쇄병동에 입원시키기로 결정했다. 그리고 역시나 내 이유를 믿지 않은 의료진은 날 퇴원시키지 않았다. 그렇게 열아홉에서 스물이 되던 해의 첫날도 나는 병원에 있었다.

'애들은 이제 술 마시려고 난리겠네.'

스무 살이 되기 전날 밤. 소등 이후 잠들지 못한 나는 침상에 누워 있었다. 커튼 하나 없는 폐쇄병동은 내가 무슨 행동을 하든 모두가 볼 수 있어 자는 척을 해야 했다. 그나마 할 수 있는 일은 눈만 슬며시 뜨고 창밖을 보는 일. 높이 달린 병동 창에는 뛰어 내릴 수 없게 창살이 설치되어 있었고 문은 손바닥만큼밖에 열리지 않았다. 낡은 대학병원인지라 곳곳은 누렇게 변했고 창문도 깔끔하지 못했다. 그러나 하늘에 시선을 두고 집중할 때면 가끔 착시처럼 하늘만 눈에 들어왔다. 마치 창살도, 얼룩도, 먼지도 없다는 듯이. 하지만 조금이라도 눈에 힘이 풀리면 먼지가 가득한 창살이 하늘을 가렸다. 내가 있는 곳은 폐쇄병동. 원내는커녕 병동 밖으로도 나갈 수 없는. 그 말은 밖에 나갈 수 없다는 것보다 한참이고 맑은 하늘을 볼 수 없다는 의미에 가까웠다.

'스무 살……'

밤 12시가 넘었을 때 나는 속으로 떠올렸다. 병원의 누구도 축하해 줄 리 없는 스무 살의 첫날이었다. 밖은 어둡고 병실은 그보다 조금 밝았다. 너무 어두우면 병실 안을 확인하기 어렵다는 이유로 켜진 수면 등 때문이었다. 나는 차라리 온통 어두워졌으면 좋겠다고 생각했다. 밤하늘이 밝다고 느낄 수 있게.

석 달이 지나 퇴원하던 날, 어머니는 내게 꽃을 건넸다. 어머니는 내가 다시는 이런 곳에 오지 않으리라는 확신과 혹시나 하는 걱정이 섞인 오묘한 눈으로 나를 봤다. 오랜만에 입은 사복도 어색한데 꽃을 드니 어색함이 배가 됐다. 어머니는 말했다.

"졸업 축하해, 아들."

그날은 졸업식으로부터 일주일이 지난 때였다. 학교에서 열린 졸업식은 입원 때문에 참여하지 못했다. 친구들이 나를 찾았으나 나는 자살 시도를 급성 맹장염으로 둔갑시켜 입원 중이라는 대답을 했다. 정해진 시간에만 쓸 수 있었던 스마트폰에는 친구들의 졸업 사진이 우루루 와 있었다. 그 사진을 보고 있자니 나홀로 다른 세상에 놓인 기분이 들었다.

어머니가 건넨 꽃과 사복을 어색해하며 병원 밖으로 걸어 나갔던 일이 나만의 조촐한 졸업식이 되었다. 나갈 수 없는 병동 밖으로 걸음을 옮긴 것. 엘리베이터를 타고 병원 밖으로 나가 고개를 들어 올린 것. 시야에 아무것도 걸리지 않는 하늘을 올곧이 바라본 것. 잊을 수 없는 졸업식이었다.

*

"너 진짜 복수전공 할 거야?"

과 동기가 물어왔다. 경제학과에 진학한 이후 심리학과를 복수전공 한 것은 남을 돕고 싶다는 이유가 아니었다. 오로지 내 마음이 무엇인지 알고 싶다는 이유였다. 사람들과 밝게 어울리면서도 한편으로 매일 죽음을 떠올리는 나. 술자리가 끝나고 돌아가는 길, 비처럼 퍼붓는 복잡한 감정에 젖는 나. 그때 나는 언제든지 맑은 하늘을 볼 수 있었지만, 내 마음은 먼지와 얼룩이 가득한 창으로 하늘을 보는 느낌이었다.

대학 시절은 바쁘게 돌아갔다. 내 마음과 상관없이 들어야 하는 수업과 과제로 가득했다. 심리학 수업은 흥미로웠지만, 해결책을 주진 못했다. 그렇다고 열심히 공부를 한 것도 아니었다. 틈만 나면 사람들과 어울렸고 술자리에 끼어 들었다. 기숙사 통금 시간을 맞추지 못해 밤새 술을 먹는 날의 연속이었다.

나는 완전히 잊고 싶었다. 어머니의 그 눈빛도. 석 달간의 입원 생활도. 건물 옥상 난간에 올라 내려다보던 아스팔트도. 그래서 졸업하고 나서 취업을 명목으로 서울행을 선택했다. 하나뿐인 어머니를 두고 가는 것이 마음에 걸렸지만 어쩔 수 없다고 생각했다. 어머니는 많은 말을 하지 않았다.

"걱정 마. 나 잘할 수 있어."

"……"

"믿어. 믿어줘."

나는 어머니의 믿음을 무기 삼아 도망쳤다. 내 과거를 모르는 사람만이 가득한 곳. 새로운 사람이 가득한 곳으로. 새 삶을 살아야겠다는 거창한 뜻은 없었다. 다만 남들처럼 스무 살에 술을 마시고 졸업식에 꽃다발을 받은 삶 정도로 속여가며 살았다. 사람들은 의심 없이 믿었다. 의심이 들 만한 구석도 없었을 테니.

서울에 온 명목인 취업은 뒷전으로 하고 매일 밤 나는 술집 어딘가에 있었다. 혼자가 아니라 사람들과 함께. 나는 아주 잘 웃었고 누구든지 친근하게 대했다. 어떤 자리든 슥 녹아들어 어울리는 게 위로처럼 다가오던 때였다. 내가 있을 곳이 있다고. 어디든 나는 있을 수 있다고. 그리고 그 바람은 다시 내가 되어 사람들에게 나를 친근한 사람으로 느껴지게 했다.

"상우 얘는 진짜 어디 가든 빠지면 안 된다니까!"

"에이, 칭찬인 거죠?"

"너 있으니까 좋다, 야!"

내 주변의 사람들은 오랫동안 날 봐오지 못했지만, 내가 원하는 말을 쉽게 해주었다. 나는 장난처럼 넘기면서도 그 말을 오래도록 기억하기 위해 귀를 기울였다. 그리고 마음에 꾹꾹 담았다. 날아가지 않도록. 잊어버리지 않도록. 새로운 기억이 쌓일 때마다 그날의 기억이 흐릿해질 거라 믿었다. 서울의 나날은 기억하고 술에 취해 잊는 날의 반복이었다.

*

지안 씨와의 만남도 어디에서나 술을 먹던 나로부터 시작했다. 대학 시절 심리학과 수업에서 알게 된 규호가 진행 중인 프로젝트가 끝났다며 언제 한번 보자는 연락을 해왔다. 규호는 나와 달리 심리학만을 전공했고 서울의 한 대학원에 진학했다는 소식까지만 들었었다. 특별히 규호와 친했던 것은 아니지만 워낙 많은 술자리를 다녔으니 규호는 나와 꽤 가깝다고 느낀 듯했다.

— 여기 올래? 지금 프로젝트 뒷풀이인데.

— 지금? 내가 가도 돼?

— 너도 심리학 전공 아니냐. 그냥 편하게 끼어들어.

— 진짜 간다?

뒤풀이 장소는 내가 살던 자취방에서 그리 멀지 않은 곳이었다. 택시만 잘 잡으면 30분 이내로 갈 수 있겠다는 생각이 들자 나는 바로 집을 나섰다. 혼자 원룸에서 천장만 보고 있는 것보다 술자리가 낫다는 건 수없이 느꼈으니까. 규호는 호탕하게 나를 소개했다.

"심리학과 나온 친구예요. 사람이 너무 좋아서 제가 불렀어요."

"안녕하세요, 00대학 09학번 임상우입니다!"

"야, 무슨 대학교 엠티 왔냐. 그냥 편하게 놀자."

그렇게 열 명이 넘는 술자리에 끼어들어 한 자리를 차지했다. 나는 한곳에 머물러 술을 마시기보다 이리저리 자리를 옮기며 사람들과 대화를 나눴다. 무슨 심리학자를 제일 좋아하냐, 임상 경험은 있냐. 이리저리 질문이 오가는 동안 한 사람이 눈에 띄었다. 그게 지안 씨였다.

지안 씨가 눈에 띈 것은 차분한 분위기 때문이었다. 모두 흥이 올라 목소리를 키우는데 지안 씨는 목소리를 높이는 법이 없었다. 나름 술도 잘 마시는지 주는 술은 넙죽 마시는데 싫은 티도 내지 않았다. 그렇다고 내향적인 느낌도 아니었다. 웃으면서 상대와 눈도 잘 맞추고 대화도 잘 이끌어나갔다. 굳이 표현하자면 고상한 교수님 같은 느낌이랄까.

나는 지안 씨에게 다가갔다. 한 손에 빈 잔을 들고 지안 씨의 옆자리에 앉아 말을 붙였다. 제일 먼저 통성명을 하고 나이를 물었다.

"스물다섯이요."

"어, 동갑은 오랜만이네! 저도 스물다섯이에요."

"아…… 그래요."

동갑이니 말을 놓자 하려는데 그녀가 불쑥 존댓말로 답했다. 먼저 다가간 것도 불편할지 모르는데 말까지 놓자고 하면 부담스러워할까 봐 나도 계속 그녀에게 존댓말을 했다. 그녀와 대화하며 느껴진 분위기는 오묘했다. 낯을 가리는 건 아닌데 어쩐지 거리감이 느껴지고 잘 웃지만 밝게 웃는 법이 없는 사람. 임상 심리상담 경험이 많아서인지 듣는 것이 익숙한 상담사의 분위기가 물씬 풍기기도 했다.

"밤하늘이 흐리네요."

술자리를 마치고 사람들과 우루루 나오는 길. 다른 사람은 각자 집에 갈 방법을 궁리하며 택시를 잡는데 그녀는 내 옆에 나란 히 서서 하늘을 봤다. 문득 그녀가 말한 하늘이 내 기억 속 하늘 같아 보여 마음이 날카롭게 찔리는 것 같았다. 나는 그녀의 이야 기가 궁금했다. 흐린 밤하늘을 눈치채는 사람은 어떤 속을 품고 있나 해서.

*

서울에서 지낸 지 1년. 나는 전공과 관련된 보조 업무를 할 뿐 대부분은 사람을 만나는 데 신경을 썼다. 그중 지안 씨도 있 었다. 그녀에게 먼저 연락하는 일은 쉽지 않았지만, 그녀는 늦어 도 반드시 답은 하는 스타일이었다. 때로는 먼저 연락이 왔다. 정 말이지 때때로. 그제야 나는 그래도 이제 좀 편한 사이가 되었구 나 실감했다.

그렇게 나의 모든 것을 잊을 수 있을 거라 생각했다. 새로운 사람. 새로운 환경. 새로운 직장. 그러나 여전히 내 마음에는 죽 음의 기운이 들러붙었다. 집에 혼자 누워 있을 때면 이대로 죽은 내 모습이 떠올랐다. 잠에 들면 깨지 않는 나. 죽어버린 나. 그럴 때면 공기마저 무거워 몸이 바닥에 축 눌어붙었다. 손가락 하나 까딱할 수 없을 정도로. 가슴까지 압박되며 숨이 불편했다. 조금 만 더 무거워진다면 그대로 눈물이 새어 나갈 것 같았다. 무엇을 더 해야 하냐며 죽음에게 소리치고 싶었다.

지이이잉, 지이이잉.

그때 진동 소리가 집 안 공기를 울렸다. 나는 그 흔들림을 파고들며 겨우 몸을 일으켰다. 지안 씨였다.

─여보세요? 상우 씨?

1년이 지나도 말을 편하게 할 생각이 없는 지안 씨가 뜬금없이 전화를 걸었다. 돌이켜 보면 그간 지안 씨가 먼저 전화를 건 적이 있었나 싶었다. 나는 얼떨떨하게 전화를 받았다.

─지안 씨, 무슨 일이에요? 이 시간에.

─일 있어야 전화하나요.

전화 사이로 그녀의 어렴풋한 미소가 느껴졌다. 그녀는 이 상황이 어색할 수 있다고 전혀 생각하지 않는 듯했다. 그렇게 내가 편하게 느껴졌을까. 그녀는 말을 이었다

─일 끝나고 가는데 날이 흐려서 그냥 전화해 봤어요.

─날이 흐린데 나한테 전화해요?

─상우 씨가 연락 할 때 항상 날이 흐렸던 것 같아서요. 그런데 오늘은 연락이 없길래 전화해 봤어요.

─술, 마실래요?

─지금요?

지안 씨는 술까지는 생각하지 못한 듯 되물었다. 하지만 은은하게 밝은 목소리가 싫은 티는 아닌 듯했다. 나 역시 늦은 시간 술 한잔이 작업처럼 보이려나 생각했지만, 지안 씨와 저녁 즈음 만날 때에도 술이 빠지지 않았으니 그다지 특별하게 느껴질 것

같진 않았다.

　—전화한 책임 지셔야죠. 지금 무려 누워 있다 일어났다고요.

　—음…… 그럼 일단 제가 근처로 갈게요. 운전 중이라서요.

　—이따 봐요.

나는 몸을 움직여 세수라도 했다. 잘 보이고 싶다기보다 너무 구질구질하게 보이고 싶진 않은 마음에서였다. 지안 씨의 직장과 내 집이 멀지 않은 탓에 전화했겠지. 그런 생각을 하면서도 지안 씨의 그 말이 떠올랐다. 흐린 날이라 연락했다는. 마치 그녀도 흐릿한 창으로 하늘을 본 적이 있는 사람 같았다.

　"여기 오뎅탕이랑 소주 하나 맥주 하나요."

　"소맥이에요? 보면 지안 씨도 참 술 잘 마셔……."

그녀가 웃는데 생각보다 털털한 사람이었구나 싶었다. 지안 씨가 먼저 전화를 걸었다는 것이 낯설었던 나는 괜히 오버하며 말했다.

　"이런 늦은 시간에 연락하고…… 제가 뭐 한가한 줄 알아요?"

　"그건 아니지만, 왠지 나올 것 같긴 했어요. 그리고 술 마시자고 한 건 상우 씨예요. 그러니까 상우 씨가 한가하다고 알려준 거죠."

　"괜히 지금도 심리분석 하지 마요."

　"그런가. 습관인가 봐요."

농담도 진지하게 받아들이는 그녀였지만, 그게 그녀만의 농담이라는 게 어렴풋이 느껴졌다. 유리잔에 소주와 맥주를 시원하게

만 그녀는 내게 잔을 건넸다. 섬세한 손과 어울리지 않는 시원시원한 모습이었다.

"그런데 상우 씨는 왜 꼭 흐린 날 연락해요? 그러니까 흐린 날 왠지 연락 올 거 같잖아요."

"내가 그랬어요?"

"몰랐어요? '아, 오늘은 흐리네'라고 생각하면 연락이 와 있었다니까요."

그녀는 소맥 반 잔을 한입에 마신 뒤 말했다.

"그래서 흐린 날을 싫어하나 했어요. 싫은 날을 혼자 보내는 일은 더 싫기 마련이니까."

"보통 좋아해서 연락할 거라 생각할 텐데요."

"글쎄요. 저를 찾는 분들이 혼자 있길 싫어해서 그런가?"

"……"

"저는 싫어해요. 흐린 날. 그래서 오늘은 제가 연락했어요."

말투가 차분해서 사무적인 느낌이 들었지만, 그녀가 자기 마음을 말하는 모습에 조금 놀랐다. 그간 그녀는 자신이 어떤 감정인지 도통 얘기하지 않았으니까. 대부분 상담 관련 이야기를 늘어놓았고 읽은 논문 얘길 하는 게 다였다. 나는 떠보듯이 물었다.

"왜 싫어해요?"

"저 같아서요. 맑지도 않고, 그렇다고 시원하게 비가 올 것도 아니고. 애매하잖아요. 상담 오시는 분들 생각하면 항상 기쁠 수도 없고, 그렇다고 그분들 앞에서 제가 울 수도 없고."

지안 씨의 머릿속은 일 생각으로 가득 차 있는 게 분명하다고 생각할 즈음 그녀의 목소리가 들렸다.

"상우 씨는 왜 싫어해요?"

머릿속의 한 장면이 눈앞에 펼쳐지듯 떠올랐다. 맑게 볼 수 없었던 하늘. 낡고 먼지투성이인 창 사이로 겨우 보였던 하늘. 그녀라면 이 얘길 들어줄까. 어떻게 들어줄까. 그때를 잊고 싶어 여기까지 달려왔는데, 어째서 나는 계속 그때 그 자리에 있는 것 같을까. 혼자가 되고 나면, 왜 나는 다시 죽고 싶을까. 그녀의 그 물음에 나는 흐트러졌다. 그리고 나 자신의 모습이 보였다. 겨우 쌓은 나라는 사람의 조각이 떨어져 나가며 천천히 무너지는 모습이.

"상우 씨?"

그녀가 조금 심각하게 내 표정을 살폈다. 나는 무슨 말을 해야 할지 알 수 없었다. 솔직해야 하는 걸까. 지금까지 그래왔듯 농담으로 넘겨버려야 하나. 그래서, 지금까지 그래와서 무너져 내리고 있는 것은 아닐까. 내가 거짓말을 하면 그녀는 알아챌까. 그게 거짓이란 걸. 왠지 지안 씨는 알 것 같았다. 무엇이 거짓이고 무엇이 진심인지.

"실은……."

나는 어색한 웃음을 지었다. 너무 심각하게 얘기하고 싶지 않다는 마음이 그렇게 나온 듯했다. 목소리가 미세하게 떨렸다. 나는 속을 한번 삼키고 말을 이었다.

"예전에 죽으려고 한 적이 있어요. 건물 옥상 난간에 섰죠. 왜 죽고 싶은지는 모르겠는데 그냥 그러고 싶었어요. 그러다 신고를 당했고 폐쇄병동에 입원했죠. 스무 살이 되는 순간도, 졸업식도 그곳에서 보냈어요. 할 수 있는 것도 없고 아무것도 하고 싶지 않아서 매번 창밖을 봤는데, 건물이 낡아서인지 맑은 날에도 뿌옇게 보이더라고요. 그래서 흐린 날이면 그때가 떠올라요. 조금 어이없죠? 그때가 싫은 건 아닌데. 그냥 떠올라요."

"……."

"왜 그랬냐고 다들 묻는데 저도 모르겠어요. 지금도 모르겠어요. 이유가 그렇게 필요했을까 싶어요. 그냥 자꾸…… 그런 생각이 들었어요."

"저는……."

그녀의 눈을 볼 수 없어 맥주잔을 쳐다봤다. 유리잔에 물이 송글송글 맺혀 조금씩 떨어지고 있었다. 그녀가 무슨 말을 하든 마음에 담지 말자고 생각했다. 왜냐고 다시 물어도. 어떤 말이든 위로해 보려 해도. 어떻게든 공감하려 해도. 그런데 그녀의 얘기는 그 어디에도 속하지 않았다.

"저는 어릴 때 집 근처에서 길을 잃은 적이 있어요. 이사 간지 얼마 안 됐을 때였거든요. 그때나 지금이나 길치여서 길을 잃어버렸죠. 그런데 아버지가 저를 찾으러 왔어요. 그 뒤에 집으로 찾아가는 방법을 알려주시더라고요. 하나, 둘 셋. 다시 하나, 둘, 셋. 그래서 지금까지 상담 시작 전엔 꼭 숫자를 세요. 집에 가려면 그 숫자를 꼭 셌어야 했거든요."

"……."

"각자 잊을 수 없는 게 있나 봐요."

그녀는 남은 술잔을 비웠다. 끓어오르는 오뎅탕의 불을 줄이고 내 앞접시에 오뎅과 국물을 섞어가며 퍼주었다. 자신의 앞접시를 채울 때까지도 아무런 말을 하지 않는 내게 그녀는 말했다.

"오늘은 이것만 마시고 가야겠어요. 내일 오전 업무가 있는 걸 깜박했네요."

"그래요."

나는 자리를 빨리 끝내고 싶은 마음에 술을 빠르게 들이켰다. 오뎅탕을 반도 먹지 않았는데 술이 비었다. 그녀도 별다른 얘기 없이 자신의 속도로 술을 마셨다. 누군가와 함께하며 이렇게 적막했던 순간이 있었을까. 이 불편이 적막 때문인지, 꺼내버린 내 속 때문인지 알 수 없었다. 그녀가 잠시 자리를 비웠을 때엔 계산까지 마쳤다. 벗어나고 싶어서. 이 순간을 벗어나고 싶어서.

"조심히 가요."

그녀가 대리기사를 기다리는 동안 나는 그녀가 차에 타는 것도 확인하지 않은 채 인사만 덜렁 건네고 뒤돌았다. 그 모습을 그녀가 신경을 쓰는지 아닌지는 몰랐다. 하지만 그녀는 뒤돌아가는 나를 붙잡지도 않았다. 그 사실이 왜 그리 야속했는지. 그제야 나는 내 마음의 옹졸함을 보았다. 나는 항상 누군가 잡아주길 바랐던 것이다. 내가 나를 잡을 수 없어, 누군가가 잡아주길 기다렸던 것이다.

그 마음이 미치도록 싫었다. 지금까지 내가 노력이라 생각해 온 행동이 결국 잡아주길 바라는 기다림이었다니. 나는 집을 지나쳐 계속 걸었다. 세상의 끝이 있다면 그곳까지 걸을 셈이었다. 하지만 길은 끝도 없이 펼쳐졌다. 언제까지고 걸어갈 곳은 있다는 듯. 그게 또 너무 버겁게 느껴져 걷는 것을 포기하고 싶었다. 걸음이 멈춘 곳은 서강대교의 중심이었다.

땅만 보고 걷던 나는 멈춰 서 고개를 돌렸다. 한쪽에는 새벽을 달리는 차들이, 한쪽에는 하늘보다 더 짙은 색의 어둠인 한강이 흐르고 있었다. 내가 바랐던 짙은 어둠. 밤하늘이 밝아 보이는 어둠. 나는 하늘보다 더 깊은 어둠에 닿고 싶었다. 아무리 노력해도 내가 결국 닿을 곳은 이곳이라는 생각이 들었다. 나는 늘, 같은 곳을 맴돌아 온 것이다.

그날 그 이후 나는 달라질 수 있을 거라 생각했다. 그러나 다시 여기. 이제 어머니의 그 눈동자도 잊어버리고 싶었다. 어떻게든 살아야 한다고 말하던 그 눈동자. 피하고 싶었다. 그 눈 때문에 지금까지 발버둥친 것 같아서. 나를 포기하지 못해서.

그때와 같이 몸이 얼었다. 나는 한 걸음을 생각하고 있었다. 뒤로 한 걸음이 아니라 앞으로 한 걸음. 담을 넘을 때처럼 몸을 똑같이 움직이면 된다고 생각했다. 몸을 빼고 앞구르기를 하듯 미끄러져 내려가면 된다고.

탁!

난간을 쥐었다. 조금씩 힘이 들어갔다. 경직된 몸을 어떻게든 움직여보려 했다. 그때 다시 공기를 흔드는 소리가 들려왔다.

지이이잉, 지이이잉.

'지안 씨……?'

그녀였다. 지안 씨에게 전화가 왔다. 잘 도착했는지 물어보려는 걸까. 받을까, 받지 말까. 고민하는 동안 진동 소리가 이어졌다. 흔들리는 마음으로 전화를 받았다. 마치 지금 이 순간까지도 누군가 붙잡아 주길 바랐다는 듯.

—여보…… 세요?

—상우 씨, 꼭 물어보고 싶은 게 있어서 전화했어요.

—……예?

—혹시 지금도 그 생각, 하고 있어요?

—…….

—도움이, 도움이 필요해요?

그녀와 어울리지 않는 조급함이 느껴졌다. 그 조급함이 그냥 하는 말이 아니라는 걸 말해줬다. 강바람에 경직된 몸이 조금씩 녹아내렸다. 목까지 풀려갈 즈음 나는 겨우 대답했다.

—응……. 도와줘요.

—지금 갈게요. 어디인지만 말해요.

그녀는 내가 있는 곳으로 왔다. 전화를 끊지 않고 내게 말을 건넸다. 내 마음을 묻지도, 왜냐고 묻지도 않았다. 그저 자신의 옛이야기를 쭉 들려줄 뿐이었다. 나는 간간히 그녀의 이야기에 대답하듯 추임새를 넣었다. 그녀가 마침내 나를 발견했을 때, 그녀는 굽이 낮은 구두를 신고 달려왔다. 작은 손으로 내 팔목을 잡았다.

이후 그녀는 나에게 심리상담센터를 소개해 주었다. 일정을 잡을 때에도, 처음 그곳에 갈 때에도 함께했다. 그녀는 처음으로 죽고 싶은 내 마음을 이유 없이 인정해 주었다.

우리는 그날 수많은 얘길 나눴다.

＊

한 번도 건물 난간에 올라본 적 없는 어머니가 떠났다. 방충망과 먼지 사이로 비치는 하늘조차 흐린 날이었다.

[訃告]

임상우 님의 모친께서

2023년 6월 20일 새벽 5시경

별세하셨음을 알려드립니다.

삼가 고인의 명복을 빕니다.

고인: 강문선

빈소: 00장례식장 301호

발인: 2023년 6월 22일 일요일 오전 11시

상조회사가 일러준 대로 부고 문자를 보냈다. 아버지의 장례 땐 어머니가 계셨는데, 어머니의 장례 때 아버지는 없었다. '계실 수' 없었다는 것이 맞는 말일 것이다. 마음속으로 아버지께 말했다. 앞으로 딱 3일. 3일만 어머니를 내 곁에 두겠다고. 그 후 아버지의 곁으로 보내드리겠다고. 딱 3일만 더 기다려달라고.

첫날은 친지들의 방문이 이어졌다. 첫째 이모와 둘째 이모는 나보다 애통해 보였다. 흐느끼는 모습을 보고 있자니 내가 냉혈한이 된 기분이었다. 슬프지 않은 것은 아니나 그렇게 울 수는 없다고 느꼈으니까. 그래서일까. 나는 그 슬픔이 부담스러웠다.

둘째 날 밤. 지안 씨와 지훈 형님이 빈소를 찾았다. 저녁과 밤 사이 애매한 시간이었다. 보통 센터 업무는 늦게 끝나지 않으니, 일부러 조문객이 드문 시간을 고른 듯했다. 흰 블라우스에 검은색 정장 바지, 검은 양말까지 갖춘 지안 씨가 괜스레 어색했다. 오히려 같은 복장을 한 형님이 더 오래 본 사이처럼 느껴졌다.

"상우 씨……."

가볍게 묵념을 마친 지안 씨는 많은 얘길 하지 않았다. 눈에는 슬픔보다 걱정이 서려 있었다. 그 눈이 내 마음을 오히려 복잡하게 했다. 어머니를 위한 슬픔보다 나를 향한 슬픔같이 느껴졌기 때문이다. 올곧이 날 향하는 두 눈이 내 마음을 찔렀다. 울컥 올라오는 감정을 속으로 삼켜야만 했다.

"마음이…… 애통하시겠어요."

다 식은 머릿고기와 전과 육개장이 일회용 그릇에 담겨 차려진 조촐한 밥상. 지안 씨가 센터 일로 잠시 자리를 비우자 지훈 형님이 말했다. 예의를 차려 뭐라도 말해본다는 게 '애통'이란 단어로 튀어나온 듯했다. 나는 덤덤하게 말했다.

"그리 슬프진 않아요. 어머니도 힘드셨을 테고, 제 곁에서 아버지 곁으로 간 것뿐이죠. 솔직히 제가 살가운 자식도 아니었고요. 뭐랄까. 밖으로만 나돈 사람이었죠. 어머니와 가장 오래 함께한 시간이 병원에 계실 때 정도니."

"의외네요. 상우 씨, 굉장히…… 뭐랄까 사이가 좋을 거라 생각했어요."

"안 좋게 지낸 건 아니었어요. 다만 어머니의 마음이 부담스러울 때가 있었을 뿐이죠. 마주하고 싶지 않았어요. 부모의 기대 같은 것들이요."

"그렇군요."

지훈 형님은 무언가를 더 말하려 하지 않았다. 궁금하지 않은 것인지 예의상 묻지 않는 것인지. 그러나 애써 말하지 않는 모습이 그만의 배려처럼 느껴졌다. 묻지 않고 상대의 얘기를 들어주는 것. 적당한 거리감을 두어 신경 쓸 일을 덜어주는 것. 지안 씨와는 정반대의 배려 방법이었다.

"지안 씨가 늦네요."

지안 씨는 업무 전화가 길어지는 듯했다. 장례식장에 사람이 거의 없는 탓에 나와 지훈 형님 둘이 테이블에 앉아 있는 시간이 길어졌다. 생각해 보면 형님과 둘이 얘기를 나눌 기회가 없었기에 다소 어색한 감이 있었다. 형님은 그런 어색함 따위 신경 쓰지 않는 듯 늦은 저녁을 먹다 말했다.

"그런데 상우 씨는 어쩌다 지안이랑 일하게 된 거예요?"

"네?"

"아니, 그냥. 의외여서요. 지안이 성격도 그렇고 지안이와 상우 씨가 잘 지내는 게."

"알고 싶었거든요."

"……?"

"살아가는 사람의 마음을 알고 싶었어요. 그 사람들이 살아가는 이유를요. 어떻게 그렇게 큰 슬픔을 지니고도 살아갈 수 있나. 어째서 계속 살아나가는 걸까. 저라면 포기하고 싶었을 거예요. 그런 슬픔까지…… 견디고 싶지 않으니까요."

지훈 형님이 무심하게 고갤 들고 나를 쳐다봤다. 역시나 그는 더 묻지 않았다. 내가 무슨 얘길 해도 되묻지 않을 것 같았다. 그래서일까. 나는 혼잣말처럼 그에게 말했다.

"삶을 알아가고 싶었어요. 어쩌면 지안 씨와 그런 면이 닮아 함께했는지도 모르겠네요."

그때 누군가 들어오는 기척이 느껴졌다. 지안 씨였다. 나는 지안 씨가 자리로 오는 사이 그에게 슬쩍 흘리듯이 말했다.

"지안 씨, 잘 챙겨주세요. 무너진 사람은 서로를 알아보거든요. 사실 이게 진짜 이유예요."

그 말을 마칠 즈음 지안 씨는 내 등 뒤까지 다가와 있었다.

내 옆에 선 지안 씨는 잔뜩 미안한 표정을 지으며 말했다.

"미안해요. 급하게 위기관리 케이스로 연락이 와서……. 저는 잠시 센터에 가봐야 할 거 같은데, 오빠는 어떻게 할래?"

"나도 들어가 봐야지."

"상우 씨, 괜찮겠어요?"

지안 씨의 손이 내 어깨 위에 올라왔다. 다독이는 듯한 그녀의 작은 손에 나를 기댈 순 없었다. 나는 여유로운 듯 미소를 지으며 말했다.

"괜찮아요. 내일 오전 발인인걸. 이미 시간도 늦었고. 두 분 다 들어가세요."

"더 있어주지 못해서 미안해요."

"제가 다시 괜찮다고 할 거 알면서 그런 말 하는 거죠?"

내가 스리슬쩍 웃자 지안 씨는 안도하는 눈빛으로 씁쓸한 미소를 지었다. 지안 씨는 마지막까지 내게 미안한 내색을 거두지 않았다. 지훈 형님은 감정을 챙기기보다 깍듯하게 예의를 차렸다. 둘이 나가고 장례식장은 적막을 찾았다. 마지막 상을 치웠을 때 도우미 아주머니께도 들어가서 쉬라고 말씀드렸다.

어머니와 단둘이 남겨진 장례식장의 마지막 밤. 나는 이별을 맞이하며 기억을 하나둘 떠올렸다.

*

　퇴원 후 대학교 기숙사에서 지내겠다는 나의 말에 어머니는 별다른 말을 하지 않았다. 마치 내가 병원에 있었다는 것도, 건물 옥상 난간에 올라갔다는 것도 잊어버린 듯 걱정하는 내색조차 없었다. 옥상에서 내려다본 아스팔트의 글씨가 얼마나 작았는지 나는 기억하는데. 어머니는 차분하게 말할 뿐이었다.

　"그게 네 마음이 편하다면 그렇게 해라."

　내가 죽을 수 있다는 걸, 내가 죽으려 했다는 걸 믿지 않는 걸까. 지난 석 달간의 입원은 그저 흘러가는 반항이었을까. 그런 어머니에게 실망한 것은 아니었다. 지금 돌이켜 보면 그건 어머니의 최선이었을 거란 생각마저 드니까.

　주말이면 어머니가 계신 집으로 돌아갔다. 과제가 많든 술자리가 있든 일주일에 하루 정도는 집에 들렀다. 혼자 계신 어머니를 위한 최소한의 예의이기도 했지만, 실은 어머니도 아버지처럼 갑자기 돌아가시지 않을까 하는 불안감에 가까웠다. 매번 현관문을 여는 순간, 문 앞에 쓰러져 있는 어머니를 상상했으니까. 그만큼이나 내게 죽음은 가까웠다. 누구에게나 언제든 일어날 수 있는 일. 하지만 한 번도 내 상상처럼 어머니가 쓰러져 있진 않았다. 어머니는 무늬가 잔뜩 있는 원피스를 입고 나를 맞이했다.

　"졸업하면 어떻게 하고 싶니?"

　"서울에서 취직자리 좀 알아보려고요."

밥상은 단출했다. 된장찌개에 깻잎무침. 굽기만 하면 되는 오리고기 옆에는 노란색 머스터드소스가 있었다. 매번 밥상에 올라오는 마늘종과 배추김치는 10대 내내 먹은 반찬이라고 해도 과언이 아니었다. 어머니는 아들 하나라고 곱디곱게 키우지 않으셨다. 품에 껴안으려 하지도 않았다. 아버지가 계실 때부터 맞벌이로 직장을 다녔으니 요리할 틈이 나지 않으셨다. 조금은 무심했다. 그 무심함이 강인함에서 비롯되었다는 건 아버지가 떠난 이후 알게 되었다.

"살아 있다면 뭐든 하게 돼 있는 법이야. 그러니까 걱정하지 마라."

식사를 마칠 즈음 어머니가 말했다. 나는 미래에 대한 걱정 따위 하지 않았는데 어머니는 그렇게 말씀하셨다. 살아 있다면. 뭐든 하게. 걱정하지 마. 띄엄띄엄 어머니의 말을 하나씩 곱씹었다. 그 말이 '살아 있어라', '뭐든 해라'라고 들려와 아무 대답도 할 수 없었다.

서울에 올라온 뒤에도 어머니는 자주 연락해 오지 않았다. 나 역시 명절과 아버지 제사 때만 본가에 내려갔다. 그때도 반찬으로 마늘종과 배추김치가 올라왔다. 알싸한 마늘종을 흰 밥에 올려 먹으면 부모님과 함께하던 과거 중 어느 때라도 떠올릴 수 있었다. 늘 이 반찬이 있었으니까. 그때 나는 왜 아직도 어머니가 같은 반찬을 만드는지 느낄 수 있었다. 어머니도 아버지를 그리워하고 있었다.

다시 서울로 돌아갈 때 어머니는 많은 반찬을 들려 보내지 않았다. 서울 집에 가기 위해 버스 터미널까지 걸어간 뒤 시외버스를 타고, 도착한 버스 터미널에서 다시 지하철을 타고 가야 하니 짐이 너무 무거워선 안 됐다. 어머니는 가야겠다는 나의 말에 이렇게 물어오곤 했다.

"무슨 반찬 챙겨줄까?"

"김치만 좀 챙겨줘요. 많이는 말고 조금이요."

어머니는 크지 않은 용기에 김치를 담아주었다. 김치는 양념이 새지 않게 비닐로 감싼 뒤 용기에 담고 다시 봉지에 담아 꽉 묶었다. 어머니가 "다른 반찬은?"이라고 물었지만, 난 마늘종 하나조차 얘기하지 않았다. 10대의 어느 하루도 떠올리고 싶지 않았으니까. 모두가 떠나간다는 생각이 들면 아무것도 할 수 없었으니까.

*

'그때 좀 받아둘걸.'

새벽이 깊어져도 잠이 들지 않았다. 어머니와의 마지막 밤이어서일까. 잠드는 대신 흘러가는 시간을 천천히 느끼고 싶었다. 그때 만약 마늘종을 받아 왔다면 아직도 냉장고에 남아 있지 않았을까. 집에서 밥 먹을 일이 없으니 천천히 냉장고에서 썩어가지 않았을까. 아니, 냉장고니까 그대로 보관되었으려나. 다시는 그때로 돌아갈 수 없다는 걸, 그때의 나는 알고 있었다. 그 사실을 알기에 어머니를 보고 싶지 않았다. 모두가 떠나갔을 때, 너무 아파하고 싶지 않아서.

그 덕에 나는 이 장례식장에서 한 번도 흐느끼지 않을 수 있었던 건지도 모르겠다. 나는 모두를 떠나보낼 준비를 하고 있었다. 아버지의 죽음이 내게 옮겨붙은 순간부터 어머니가 떠난 이 순간까지.

'이제 어디에도…… 내가 있을 필요가 없어진 건가.'

가끔씩 가던 어머니가 계신 본가도 사라졌다. 나를 자식이라 부르던 가족도 떠나갔다. 매일 출근하고 앉아 있던 나의 책상 또한 다른 사람의 자리가 되었다. 이제 날이 밝으면 지금 내가 있어야 하는 이 장례식장 자리마저 끝이 날 것이다. 삶이 끝난 것은 어머니인데 왜 내가 있을 자리가 모두 없어진 걸까.

'엄마……'

건강했던 시절의 어머니 사진이 눈에 들어왔다. 죽음의 기운이 보이지 않는 생생한 모습이었다. 나는 그 모습을 분명하게 기억하고 있었다. 아무리 도망쳤어도 어머니는 내가 있을 자리였다. 슬픔을 준비했든 준비하지 못했든 상관없었다. 어머니가 돌아가신 이 순간. 이제까지 숱하게 말해온 괜찮다는 말. 그 말은 모두 부정에 지나지 않았다. 사실 소중했다. 기억하고 싶었다. 사실 떠나보내고 싶지 않았다. 어머니가 병실에 계시던 지난 시간 동안에도 알고 있었다. 지금을 그리워하게 될 거라는 것을.

머릿속에 그때 그 아스팔트가, 보행자 도로라고 써 있던 작은
글씨가, 손가락 한 마디처럼 보이던 사람의 머리가, 구름이 반쯤
섞인 하늘이, 아슬아슬하게 난간 너머를 향한 발끝이 생생하게
그려졌다. 그때도 나는 두려웠던 것이다. 다시 누군가 나를 떠날
수 있다는 게.

"상우 씨!"

갑작스러운 소리에 온몸이 소스라쳐서 벌떡 일어났다. 소리가
난 입구 쪽을 보자 지안 씨가 서 있었다. 시간은 새벽 5시. 누구
도 찾아올 것 같지 않은 시간에 누군가 온 것도 놀랄 일인데 그
사람이 지안 씨라는 것에 다시 놀랐다.

"지안 씨. 이 시간에 무슨 일로……."

"상우 씨, 도움…… 도움이 필요해요?"

"네?"

"지금요. 지금, 도움이 필요하냐고요."

지안 씨는 달려온 듯 숨을 고르며 말했다. 새벽에 갑자기 찾
아와 도움이라니. 도움이 필요하냐고 묻는 지안 씨의 마음을 가
늠할 수 없었다. 그럼에도 나는 선뜻 그녀를 돌려보낼 수 없었다.
더 이상, 괜찮다고 말할 수 없었다.

"지금 저랑 어디 좀 가요."

"……예에?"

"두 시간. 아니, 한 시간이면 돼요."

장례식장을 비우고 어디를 가자는 건지. 지안 씨는 알 수 없

는 말을 해대며 내 팔목을 잡았다. 장례식장 밖으로 날 끌고 가는 지안 씨는 힘이 그리 세지 않았으나 나는 그녀에게 이끌려 뛰고 있었다. 지안 씨는 내 팔목을 잡은 채 쉬지 않고 달렸다. 낮은 신발굽 소리가 요란하게 거리에 울렸다. 그리고 이내 익숙한 골목에 닿았다. 심리부검센터가 자리 잡은 건물의 뒷골목이었다.

"차…… 차, 끌고 오는 것보다 이게 빠를 것 같아서. 여기, 여기 잠깐……. 몇 시예요?"

지안 씨는 차오르는 숨을 내뱉으며 겨우 말했다. 장례식장에서 멀지 않은 센터는 굽이진 골목 사이를 뛰어가면 10분 거리였다. 택시를 부를 여유도 없는 급한 일인 걸까. 나 역시 숨을 고르며 말했다.

"5시…… 5시요."

"어머니…… 떠난 정확한 시간은요?"

"5시 5분……."

숨이 진정되지 않아 짧은 대화만 오갔다. 방금까지 난간 위에서 내려다본 아스팔트를 떠올리던 나는 땀으로 젖어 숨을 내쉬고 있었다. 지안 씨는 먼저 숨을 골랐는지 천천히 말했다.

"늦지 않아서 다행이에요. 저는 상우 씨의 마음을 다 알지 못해요. 그런데, 그런데 예전에 상우 씨가 한강 다리에 있던 날, 뒤돌아 가는 길에 계속 상우 씨가 마음에 걸렸어요. 말로는 어려운데…… 그냥 연락해야 할 것 같은 그런 느낌이요. 그 느낌이 오늘 만났을 때 다시 들어서, 그래서 왔어요. 지나치면 안 될 것 같

293

아서, 후회할 것 같아서요."

"……."

"그래서 묻고 싶었어요. 혹시, 도움이 필요한지."

나는 우뚝 서 지훈 형님에게 했던 말을 떠올렸다. 무너진 사람은 무너진 사람을 알아본다. 지안 씨는 지금도 무너져 있는 걸까. 그래서 또다시 나의 마음을 알아채 버린 걸까. 말없이 서 있는 내 등을 지안 씨가 떠밀었다. 그 앞에는 낡은 공중전화박스가 있었다.

"5시 5분. 어머니께 전화 걸어보세요."

"그게 무슨……."

"절 믿고 전화 걸어보세요."

그녀는 확신에 찬 눈으로 날 바라봤다. 나는 어떻게든, 무엇이라도 믿고 싶은 마음에 의문을 품지 않았다. 그녀의 말대로 검은색 수화기를 들고 차가운 쇳덩어리로 된 공중전화의 버튼을 눌렀다. 어머니의 번호. 어릴 적 익숙하게 눌러댔던 그 번호. 동전조차 넣지 않은 공중전화에선 통화 연결음이 들렸다. 아직 어머니의 번호를 해지하지 않았으니 이상하다고 생각되진 않았다. 그런데 그 끝에 누군가 전화를 받았다. 어머니의 목소리였다.

상우야. 누워 있는 마지막 시간에 너에게 편지라도 남기고 싶었는데 아무것도 남길 수 없어 속상하더라. 건강할 때 네게 뭐라도 써둘걸. 뭐 하나라도 남겨줄걸. 네가 병원에 있는 시간 동안 엄마는 두려웠단다. 사랑하는 사람을 모두 잃어버릴까 봐. 그런데 이제 그 마음을 네게 주는 것 같아 미안하구나. 그럼에도 너에게 많은 얘길 하지 않은 것은, 믿어주는 것 외엔 할 수 있는 일이 없었기 때문이었단다. 경찰에게 전화가 오고 네가 병원에 있을 때에도 늘 너를 믿어주자고 마음을 다잡았어. 네가 엄마를 믿어주듯이. 곁에 있을 거라 믿어왔듯이. 더 긴 시간을 함께하지 못했지만, 마지막 순간을 늘 함께해 줘서 고맙다. 사랑하고 마지막까지 엄마는 상우를 믿고 있을 거야. 아빠랑 함께.

어머니가 아프시기 전, 어머니의 목소리는 단단했다. 단호한 어투와 두께감 있는 목소리는 우직한 어머니의 성격과 닮아 있었다. 하지만 병원에 계신 뒤로 근육이 빠지며 성대에도 힘이 빠진 것인지 목소리가 점차 가늘어졌다. 나중에는 삽관을 해 목소리조차 듣기 힘들었다. 그런 어머니였는데 수화기에서는 건강하고 단단한 목소리가 또렷하게 흘러나왔다. 늘 기억하던 그 목소리가.

"어머니의 마지막 마음, 들었어요?"

"마지막, 마음……."

그녀는 어머니의 마지막 마음이라 했다. 어머니의 마지막 마음. 어머니의, 마지막, 마음.

어머니는 잊은 적이 없었다. 돌아가신 아버지도, 옥상 난간에 섰던 나도. 믿어주는 것이 다라고 생각했다. 사랑하는 모두를 잃을까 봐 두려우셨다. 내가 아버지의 죽음을 보고 느꼈던 그 마음처럼. 그럼에도 살아내셨다. 나는 죽음 앞에 나를 내던지려 했는데. 모든 것을 포기하고 싶었는데.

지안 씨는 처음 내게 달려온 날처럼, 내 곁을 지키며 찬찬히 자신의 이야기를 했다.

"예전에 늘 이곳에서 아버지를 기다렸어요. 아버지가 늦는 날이면 여기서 전화를 걸곤 했죠. 그런데 어느 날은 아무리 시간이 늦어도 아버지가 오시지 않는 거예요. 몇 번이고 전화를 걸어봤어요. 전화는 계속 연결이 안 되고 시간은 더 늦어졌죠. 그러다 12시가 조금 넘었을 즈음 전화가 연결되더라고요. 이후에 흘러나온 말은…… 꼭 유서 같았어요. 제가 아무리 물어도 대답 없이 아버지가 제게 남기고 싶은 말만 흘러나오더라고요."

나는 살며시 고개를 돌려 그녀의 얼굴을 보았다. 그녀는 천천히 머리끝부터 바스라지듯 떨리는 목소리로 말을 이었다.

"그 뒤에 다시 전화를 걸어봤는데 또 연결이 안 됐어요. 밤새 전화를 걸었죠. 그다음…… 누군가 찾아왔어요. 아버지가 아닌 다른 사람이. 아버지가 돌아가셨다고. 사고였다고. 제가 전화했을 때, 그러니까 마지막으로 받았을 때, 그땐 이미 사고가 난 뒤였다고……."

"……"

"그때 알게 됐어요. 마지막 마음을 들을 수 있는 이곳의 비밀을요. 간절한 마음이 모여 생긴, 기적 같은……."

그녀의 뒤로 점점 밝아오는 하늘이 두 눈에 비춰졌다. 검푸른

색에서 점점 어둠이 빠지며 적색과 푸르름을 품고 있었다. 나는 너무 많은 감정에 쉽게 입을 뗄 수 없었다. 그중에는 그녀를 향한 연민도 있었다. 금방이라도 무너질 것 같은 마음을 부여잡는 모습이 생생하게 느껴졌기 때문이다. 마치, 나처럼.

"저는 상우 씨가 무슨 마음인지, 무엇 때문에 힘든지, 얼마나 아픈지 다 알지 못해요. 그런데 상우 씨를 잃고 나서야 그 마음을 알아가고 싶진 않아요. 이 공중전화로 상우 씨의 마음을 알고 싶지 않아요. 변화하는 말을 듣고 싶어요. 대답해 주는 그런 말을 듣고 싶어요. 그러니까, 상우 씨, 솔직한 마음은 뭐예요?"

"……."

"지금도 죽음을 떠올리고 있어요?"

생생한 순간. 아직도 잊히지 않는 그 순간. 난간의 끝에 선 순간. 한강 다리의 중심에 선 순간. 나는 말해야 했다. 나의 솔직한 마음을. 왜냐하면 나는…….

"살고 싶어요. 죽고 싶지 않아요. 그런데 어떻게 해야 할지 모르겠어요. 이제 가족조차 없는데, 슬퍼할 사람도, 책임질 사람도 없는데, 어떻게 살아갈 수 있을지 모르겠어서……. 그래서, 그래서 그냥 막막했어요. 더는 잘 살아갈 수 없을까 봐. 이렇게 모두가 떠나가서 저만 홀로 남겨질까 봐. 제가 있어야 하는 자리가 아무 데도 없는 것 같아서, 더는 슬프고 싶지 않아서……."

"제가 슬퍼하고, 제가 도와드릴게요. 지금까지 해왔던 것처럼. 센터로 돌아와요, 상우 씨. 다시 함께해요."

그녀는 한 걸음, 앞을 향해 내딛었다. 나의 한 걸음 앞이 끝이었다면 그녀의 한 걸음 앞은 시작이었다. 나는 그녀 쪽으로 완전히 몸을 돌렸다. 밝아오는 새벽. 구름은 천천히 흘렀다. 구름 덩어리 한 움큼이 하늘의 반을 넘어갔을 때, 마침내 가려진 해가 모습을 드러냈다. 흐린 날이 가고 맑은 하늘이 왔다. 어제가 가고 오늘이 왔다.

지안 씨는 발인까지 함께했다. 어머니는 아버지 품으로 돌아가셨다.

*

"오늘이 마지막이네요."

마주 앉은 상담사가 아쉬운 표정을 지으며 말했다. 하지만 입가에 은은한 미소가 보여 장난스러운 느낌이 더해졌다. 갑작스러운 소식에 걱정도 했던 그였지만, 내 선택을 믿는 듯했다. 믿어주는 것이 자신의 역할이라면서.

"그동안 감사했어요."

"다시 뵙지 않길 바라요. 물론 좋은 의미로요."

그는 소탈하게 웃었다. 상담사를 만나야 하는 상황이라는 게 좋은 상황은 아닐 테니 던질 수 있는 농담이었다. 그는 행여나 작은 오해라도 쌓일까 "힘드시면 꼭 오셔야 하고요"라는 말을 덧붙였다. 두 말이 너무 다르지 않냐는 내 장난에 그는 웃음으로 답했다.

"잘 지내세요."

7년간의 만남치곤 심심한 마지막 인사였다. 하지만 나도 그것보다 더 나은 인사가 떠오르지 않았다.

"잘 지낼게요."

인사를 하고 푹신한 소파 자리에서 일어났다. 센터의 소파처럼 길이 잘 든 소파. 일어날 때 소리가 거의 나지 않으면서 깔끔했던 그 소파. 센터의 인테리어를 도울 때 그 소파를 고른 것은 이곳의 소파에 앉을 때면 마음이 편해서였다는 게 떠올랐다. 그도 나를 위해 작은 것까지 배려해 왔을 터였다.

"아, 임상우 씨."

그가 자리에서 일어나려는 나를 불러 세웠다. 그리고 나긋하게 말했다.

"오늘 제게 해주신 이야기, 그분에게도 꼭 전해주세요. 아마 힘이 될 거예요."

"그럴게요."

나는 싱긋 웃었다. 그와의 눈인사를 끝으로 상담실 밖으로 나갔다. 마지막 상담이 끝나자 지난 7년이 떠올랐다. 지안 씨가 달려왔던 날. 정처 없이 나눴던 얘기들. 이곳을 소개해 주며 한 말. 살아갈 수 있다던 그 말. 복도 벽면 한쪽에 있는 큰 창이 눈에 띄었다. 먼지 하나 없이 말끔하게 닦인 창은 마치 아무것도 없는 듯 투명했다.

*

평일이지만 수많은 사람이 모여 있었다. 모두가 각자의 도착지를 위해 이곳에 있다 생각하니 많은 사람이 떠나간다는 게 실감이 났다. 아니, 떠나는 것이 아니라 향하는 것이겠지. 이 중 나와 같은 곳으로 향하는 이는 몇 명이나 될까. 누구일까. 나는 어느 것도 예측할 수 없었다. 한 달, 일주일, 혹은 내일조차도. 그건 예나 지금이나 마찬가지였다.

따르르릉, 따르르릉.

비행기표를 여권 사이에 끼우고 통화 버튼을 눌렀다. 지안 씨에게 한국에서의 마지막 인사를 남기기 위해서였다. 지안 씨는 세 번째 연결음이 울렸을 때 전화를 받았다. 또 하나부터 셋까지 센 뒤 전화를 받은 걸까. 그 모습을 생각하니 입꼬리가 슬쩍 올라갔다.

―상우 씨!

그녀의 반가운 목소리가 들려왔다. 그날 새벽, 그녀는 센터에 돌아와 달라 했지만 발인을 마친 나는 생각할 시간을 가지겠다고 말했다. 그리고 한 달도 채 지나지 않아 그녀에게 말했다. 여행을 떠날 생각이라고. 얼마나 길어질지, 어디로 갈지 모르는 여행을 떠날 거라고. 처음 그녀는 걱정스럽게 물었다.

"꼭 떠나야 해요? 여기서 잘 지내보는 것도 좋을 것 같은데."

"완전히 다르게 살아보고 싶어요. 그간 어머니 간병하느라 계속 병원에서 지내기도 했고."

그녀는 몇 번이고 센터에 돌아오라고 얘기했지만 나는 굳게 말했다. 매일 새로운 날을 맞이하면서 살아보고 싶다고. 살아 있다는 것이 늘 새롭게 느껴질 수 있도록 연습해 보고 싶다고. 그 연습을 하러 '향하는' 거라고. 그녀는 나의 고집에 져주면서 이렇게 말했다.

"상우 씨가 돌아올 자리는 언제나 있어요."

그리고 오늘. 마침내 여행의 첫 시작인 날. 나는 공항에서 전화를 건 것이었다.

ㅡ나 곧 출국해요. 자주 연락하기 힘들 거 같아서 전화해요.

ㅡ진짜 가는 거예요? 조금 섭섭한데요.

ㅡ지안 씨가 유일하게 져준 일로 기억할게요. 지안 씨 고집 장난 아니잖아.

그녀가 멋쩍은 듯 웃었다. 잠시 수화기 너머로 어떤 말도 오가지 않았다. 나나 그녀나 하고 싶은 말이 있으나 머뭇대는 듯했다. 먼저 말을 꺼낸 것은 그녀였다.

ㅡ마음은 어때요?

지안 씨는 이 통화가 마지막이라도 되는 것처럼 조심스럽게 물었다. 사실상 해외에 있더라도 인터넷이 되니 연락은 주고받을 수 있는데. 나는 '마지막'이라는 것을 빌미로 삼아 그녀에게 하고 싶은 말을 전했다.

ㅡ지금 돌이켜 보면 내가 죽으려고 했던 날들. 모두 완전히 무

너졌던 날들이었어요. 그때는 그렇게 모든 게 끝나는 것 같았어
요. 지안 씨가…… 그렇게 묻기 전까지, 아니, 물어왔던 날도. 그
런데 지금은 그렇게 생각해. 완전히 무너져 봤기에 다시 시작할
수 있는 거라고. 새롭게 살아볼 수 있다고.

　—지금도 무너져 있어요?

　—무엇이든지 할 수 있는 상태랄까. 그러니까 지안 씨도…….

　—……?

　—지안 씨도 이제 쌓아 올려봐요. 다 무너트려서라도, 끝까지
떨어지더라도 다시 시작해 봐요. 지금이 우리가 있어야 할 곳이
잖아요. 이렇게 안부를 묻고, 대답하고, 대화하는 지금이 우리가
살아가야 하는 곳이잖아.

　—알고…… 있었네요.

　그녀가 단조롭게 말했다. 마음이 아플수록 어조가 단조로워
지는 것은 지안 씨의 습관이었다. 그 공중전화로 전화를 건 날
이후 며칠간 나는 어머니의 목소리를 다시 듣기 위해 그곳을 찾
았다. 그리고 마지막 발걸음을 옮길 때 혹시나 하는 마음이 들었
다. 아직도 지안 씨는 이곳을 찾고 있는 건 아닐까 하는. 그녀의
어투로 보아 내 예상이 들어맞은 듯했다.

　—나도 잘 지낼게요. 어떻게든 앞을 향해 갈게. 그러니까 이제
지안 씨도 벗어나요.

　—상우 씨…….

　—대신 나한테 전화해요. 궁금한 거 있으면 다 답해줄게. 지안

씨 해외도 안 나가봤으니까. 매번 내가 자랑 좀 할게요. 다음에 연락할 때까지 형님이랑도 좀 친하게 지내보고! 이제 분위기 풀어줄 사람도 없잖아요.

　―참…… 상우 씨도. 자기도 해외 처음이면서.

　나는 그녀의 마음을 알면서도 가볍게 말했다. 그녀도 무겁지만은 않게 내 말을 받아주었다. 나는 앞으로의 그녀를 믿어보기로 했다. 그녀라면 모든 것을 무너트려도 쌓아갈 수 있을 거라고. 무너트려서라도 새로운 삶으로 나아갈 수 있을 거라고. 그녀도 나를 그렇게 믿어줄 테니까. 우리는 믿고 있으니까.

　―연락할게요.

　그녀와의 전화를 끊고 지훈 형님에게 문자를 보냈다. 지안 씨를 잘 부탁한다는 말에 느낌표를 다섯 개쯤 붙인 문자였다. 출발 시간이 다 되어갈 즈음 나는 비행기에 올랐다. 허술해 보이지만 믿을 수밖에 없는 안전벨트를 매고 몸을 푹 기대면서 의자에 붙였다. 저가항공편 비행기는 좌석이 좁고 의자가 딱딱했지만, 여행의 설렘까지 빼앗아 가진 않았다.

　비행기가 완전히 이륙했을 때 나는 놀라운 하늘을 보았다. 그건 구름 위의 세상이었다.

6장

✳

**마지막 마음이
말하고 있는 것**

The Girl in a Phone Booth

"……어머니는 왜 그러셨어?"
"그런 질문 이상해. 나도 몰라.
장례식에서도 사람들이 다 묻더라. 왜 자살했느냐고.
그런데 나는 엄마가 자살한 게 슬픈 게 아니라
죽었다는 게 슬픈 거야. 너도…… 그냥 슬픈 거잖아."

빈 센터에 남아 있었다. 의뢰인도, 상우 씨도, 지훈 오빠도 없는 센터. 하나만 켜진 형광등은 내 자리만 겨우 밝게 비추었다. 테이블에 놓인 시계는 밤 11시 30분을 가리켰다. 습관처럼 컴퓨터와 모니터를 차례로 끄고 나니 적막이 감돌았다. 시간이 다가올수록 어디로 향해야 할지. 마음은 서로 다른 방향으로 팽팽해졌다.

"그러니까 이제 지안 씨도 벗어나요."

상우 씨가 남긴 말이 내 발목을 잡았다. 평소라면 향했을 건물 뒷골목. 어린 시절 수없이 아버지를 기다렸던 그 장소. 아버지의 목소리를 다시 듣고 싶었다. 변하지 않더라도, 내 안부조차 묻지 않는 말이라도. 다가오는 12시. 센터의 남은 불을 끄고 문을 잠갔다. 발소리를 죽여가며 건물을 끼고 돌았다. 오르막길에 자리 잡은 공중전화부스를 향해 걷는 길, 한 걸음마다 벗어나지 못하는 마음이 근육을 타고 심장을 조여왔다.

'상우 씨도 지금 비행 중일 테니, 오늘만. 오늘이 진짜 마지막이야.'

공중전화박스에 들어가자 좁은 공간 특유의 답답한 공기가 느껴졌다. 어릴 적엔 넓디넓었던 공간이 이제는 딱 들어맞는 공간이 되어 있었다. '그 시각'이 되기 전, 공중전화박스에 붙은 광고 스티커를 하나씩 읽었다. 용달. 이사. 사람을 찾아준다. 돈을 받아준다. 스티커조차 세월의 때를 타서 색이 바라고 떨어져 나가 있었다.

011-XXXX-XXXX

익숙하게 번호를 눌렀다. 수천 번은 눌렀을 그 번호. 가장 처음으로 외운 번호이면서 가장 오래 간직하고 싶은 번호. 통화는 어김없이 연결됐다. 어제와 같은 목소리로 어제와 같은 말이 흘러나왔다.

지안이 졸업식만이라도 볼 수 있게 해주세요. 하나뿐인 딸 졸업식이라도, 아니, 내년까지라도 함께할 수 있게 해주세요. 지안이가 혼자 남지만 않게 해주세요. 딸이 저 돌아오길 기다리고 있어요. 살게 해준다면 무엇이라도 믿겠습니다. 지안이, 우리 지안아. 너는 혼자가 아니야. 지훈이도 있고 아빠도 있어. 더는 같이 밥을 먹을 수 없어도, 더는 지안이가 기다리지 않아도 아빠는 늘 지안이와 함께야. 미안하다. 지안이가 필요할 때 곁에 있을 수 없어서 미안해. 부탁합니다. 제가 죽어도 남은 아이들은 잘 살아가게 해주세요.

살고 싶은 아빠의 목소리. 처음 아빠의 목소리를 들었을 땐 신을 찾아가고 싶었다. 아빠의 말을 들어주지 않은 신에게 어떻게 그럴 수 있냐며 따지고 싶었다. 이렇게 간절히 살고 싶었는데. 이렇게 간절히 말해왔는데. 나를 향한 말이 흘러나올 때에는 아빠가 죽음을 인정하는 것 같아 화가 났었다. 포기하지 말지. 더 살아보려고 하지. 그럼 살았을지도 모르는데. 그러나 10년이 넘은 지금. 내가 계속 전화를 거는 이유는 이 말 때문이었다.

너는 혼자가 아니야.

아빠가 죽었다는 것도, 더 이상 함께할 수 없다는 것도 이제 알고 있다. 그러나 혼자가 아니라는 말은 아빠가 떠난 이후 줄곧 내게 필요했던 말이었다.

＊

장례식장에 다녀온 뒤, 센터 업무를 처리하기 위해 돌아온 날. 일 처리가 오래 걸리자 초조한 마음이 들었다.

"처리됐나요? 네, 네. 감사합니다. 그럼 일단 저희 쪽에서 진행하던 부분은 미결로 처리하겠습니다."

새벽 3시. 내 목소리가 센터에 울려 퍼졌다. 심리부검 신청 이후 조사를 진행 중이던 유가족분이 자살 시도를 했다는 연락을 시작으로 결국 사망했다는 소식까지 전달받았다. 사망 이후 경찰 측에서 인터뷰 자료를 요구했으며 조사가 이뤄질 거라고 했다. 센터 자체의 책임은 아니지만, 불편한 마음은 지울 수 없었다. 그때 한 번이라도 물었다면. 후회가 깊었다.

미결로 종결될 이번 케이스는 마음을 짓눌렀다. 상담사로서 알아채지 못했다는 후회. 한 번 더 물어보지 않은 것에 관한 죄책감. 또다시 이 슬픔을 반복해 버렸다는 무기력. 느껴지는 감정은 서류 파일처럼 정리되었지만, 실제 내 모습은 가슴을 치며 어디로든 뛰쳐나가고 싶어 했다. 이전에도 의뢰인이나 내담자의 자살을 경험했지만, 무뎌지지 않았다. 늘 같은 크기로, 같은 무게로 내리누르는 것이 내담자의 자살이었다.

'아빠.'

무섭도록 긴 밤을 앞둔 초조함과 불안감에 몸이 붉게 달아올랐다. 스트레스를 받을 때의 반응이었다. 몸 곳곳이 붉게 올라오자 몸이 조각나는 느낌이 들었다. 손과 팔이 분리되고 몸과 다리가 분리되어 나뒹구는 모습이 떠올랐다. 조각난 몸은 더 작게, 그리고 더 작게 쪼개져 사라질 것 같았다. 부서지는 몸을 이끌고 공중전화로 향했다. 하지만 사망 시각이 지난 새벽 4시. 공중전화 앞에 서 봐도 전화는 걸리지 않았다.

이 번호는 없는 번호이며…….

동전 몇 개를 넣고 걸어본 전화. 누구라도 받지 않을까 하는 마음에 돌아온 음성은 소중한 이가 죽었다는 차가운 사망진단서 같았다.

새벽의 공기는 습했다. 몸이 바닥에 눌어붙을 것 같은 무게였다. 도와달라고 말하고 싶었다. 누구라도 상관없이 도와달라고. 머릿속에는 내게 도와달라 말하던 내담자들이 스쳐 지나갔다. 그때 상우 씨가 떠올랐다. 도움이 필요했던 사람. 편하게 얘기할 수 있는 사람. 그러나 내 마음보다 상우 씨의 슬픔이 아른거렸다. 어머니를 보내고 장례식장에 홀로 남아 있을 상우 씨. 눈물조차 제대로 흘리지 않던 상우 씨. 괜찮다고 말하던 상우 씨. 나는 부고 문자를 확인했다. 사망 시각은 오전 5시경. 나는 상우 씨가 있는 곳으로 무작정 달려갔다. 그리고 숨을 헐떡이며 말했다.

"도움…… 도움이 필요해요?"

만약 상우 씨가 괜찮다고 말한다면, 진심으로 괜찮다면, 나는 상우 씨에게 얘기할 참이었다. 지금 나는 도움이 필요하다고.

비록 그 말은 하지 못했지만, 상우 씨의 모습을 보며 마음을 다잡았다. 무슨 일이 있어도 이들의 마음을 구해내는 것이 내가 해야 하는 일이라고. 나 자신에게 빠져 주변을 놓치지 말자고.

*

—지안 씨, 여기 사람들 말이 안 통해! 나 진짜 한국말 하고 싶어서 입이 근질거렸다니까.

일주일 만의 연락이었다. 상우 씨는 아프리카 어디를 여행하고 있다고 했다. 첫 해외여행이면서 아프리카라니. 상우 씨에게 그런 무모함이 있었는지 센터 일을 해오면서도 몰랐다. 상우 씨는 한껏 들뜬 목소리로 얘기했다.

—어제는 게스트하우스에 있는데 이따시만 한, 아니, 그러니까 팔뚝만 한 벌레가 나오더라고요. 지안 씨도 봤으면 소리 질렀을걸? 그런데 더 웃긴 건 거기 있는 사람 중에 나만 소리 질렀어요. 다들 익숙한 건지 뭔지. 민망했다니까.

—어때요? 지낼 만해요?

—매일이 새롭긴 한데, 솔직히 센터 일도 조금 그립긴 하네.

—벌써요?

상우 씨와의 전화에 나는 쿡쿡 소리를 내며 웃었다. 얼마 만에 소리 내어 웃은 건지 기억도 나지 않았다. 상우 씨의 이야기

속에는 확실히 출국 전에 예상하지 못한 일들이 넘쳐났다. 끝나지 않을 것 같은 일주일간의 일들을 다 말하고 나서야 상우 씨는 내 안부를 물었다.

─지안 씨는 지낼 만해요? 지훈 형님이랑은 어때?

─뭐, 그냥. 평소대로 지내는 거죠.

─마음 풀 생각은 아직 없어요?

─마음 풀 게 있나요…….

말하는 걸 좋아하지만, 누군가가 한 말은 잊어버리지 않는 것이 상우 씨의 능력이었다. 덕분에 센터에 온 의뢰인들의 말을 모두 기억해 이 일에 대한 신뢰감을 주곤 했다. 그런 상우 씨는 내 오랜 이야기 또한 잊지 않은 듯했다.

─어머니랑, 그런 거요. 지안 씨가 예전에 말해줬잖아. 나 한강에서 정신 못 차리고 그럴 때 지안 씨가 밤새 했던 말 기억 안 나요?

─와, 그게 몇 년 전인데요.

─7년 전입니다! 그 정도는 기억해야죠. 나는 다 기억나는데. 그래서, 어머니랑 마음 풀 생각은 없어요? 이제 앞으로 형님이랑 둘이 일해야 하는데. 언젠가는 얘기해야 하지 않을까?

─…….

─지안 씨. 시간이 흐르면서 해결되는 것들이 있다지만, 그건 해결하려는 노력이 있기 때문이라고 지안 씨가 말했잖아. 지안 씨도 이제 노력이 필요할지 모르지.

그 말은 내가 심리부검센터 개업 당시 기관심사 면접에서 했던 말이었다. 지금의 방식으로 자살 예방을 할 수 있는 것은 제한적일 수 있다. 더 적극적인 개입과 유가족을 위한 방안이 필요하다. 시범 운영 승인을 요청한다. 그 딱딱한 말 속에 들어갔던 문장을 상우 씨는 또다시 기억하고 있었다. 물론, 면접 얘길 해준 건 나였지만.

—나 오늘 밤에 다시 전화할 거예요. 오늘은 아버지 좀 쉬게 두고 좀 자봐요.

—너무 오랫동안 해온 일인걸요.

—아니, 그러니까…… 그 오랫동안 지안 씨는 변해왔어요. 그때의 지안 씨가 아닌 어엿한 센터장으로.

—생각해 볼게요. 밤에는 굳이 전화 안 해도 돼요.

—밤에 또 걸게요. 받아!

상우 씨는 그 말과 함께 전화를 뚝 끊어버렸다. 끊어진 전화에선 아무런 소리도 나지 않았다. 나는 무심히 잠금화면을 바라봤다. 지훈 오빠의 졸업식. 아빠와 나, 그리고 졸업하던 오빠 셋이 찍힌 사진. 그곳에 어머니는 없었다. 그곳뿐만 아니라 내 삶에도 그녀는 없었다.

*

그녀를 아예 기억하지 못하는 건 아니다. 흐릿한 첫 기억에는 그녀가 있었다. 일곱 살 즈음인가. 가족이 다 같이 여행을 떠났던 때였다. 내가 기억하는 첫 가족 여행이자 마지막 여행이었다. 그녀는 햇빛에 얼굴이 붉어진 채 나와 오빠에게 선크림을 발라주었다. 무언가를 쥘 정도로 힘이 있지 않았던 내 손을 놓지 않았다. 챙이 넓은 모자에 그늘진 얼굴에는 드문드문 환한 웃음이 번졌다. 그 웃음을 보며 행복하다고 느꼈던 것 같다. 무엇이 행복인지도 모르면서 그녀가 웃을 때 따라 웃었다.

하지만 어느 순간 그녀는 보이지 않았다. 아무리 기다려도 집에 돌아오지 않았다. 처음에는 긴 외출이라고 생각했다. 상황을 모르는 어린아이는 속없이 아빠에게 "엄마 언제 와?"라고 물었던 것 같다. 아빠는 다정하게 "나중에. 좀 더 나중에"라고 말했지만, 그 눈빛을 보고 있자니 먹먹함의 의미를 알 것 같았다. 마음을 얇은 커튼으로 가린 듯한 느낌. 가슴 한구석이 무겁게 내려앉아 답답한 느낌. 조금 더 자랐을 무렵에서야 그녀가 다시는 돌아오지 않는다는 걸 알아챘다. 그날 난 전해주지 못한 선물을 모두 버렸다. 크리스마스의 편지도, 어버이날의 카네이션도.

"지안아!"

그때부터 매번 아빠가 돌아오는 시간에 마중을 나갔다. 아빠는 떠나지 않는다는 걸, 돌아온다는 걸 조금이라도 빨리 느끼고 싶었다. 아빠는 힘든 걸음을 옮기다 내 얼굴을 보면 환하게 웃었다. 나는 그런 아빠의 얼굴을 보면서 안심했다. 아빠만큼은, 돌아온다. 떠나지 않는다. 늘 돌아오던 아빠의 팔에 팔짱을 끼고 가볍게 웃으며 집으로 향했다. 현관문을 열었을 때 지훈 오빠는 시큰 둥한 얼굴로 내다보며 말했다.

"왔어?"

그 말만 툭 던진 오빠는 아무렇지 않게 다시 시선을 돌려 게 임에 열중했다. 그 모습이 서운하진 않았다. 그저 왔냐는 그 물음 만으로도 돌아올 곳이 있다는 마음이 들었으니까.

그때 그 장면. 거실에 놓인 컴퓨터로 게임을 하는 오빠와, 아 빠와 함께 신발을 벗으며 집 안으로 들어서던 나. 살짝 열린 창 문으로 들어오던 다른 집의 저녁거리 냄새. 간단히 차려진 식탁 과 둘러앉은 오빠와 나, 그리고 아빠. 설거지 당번으로 싸우던 우 리. 나는 지금도 그 모습을 가족이라고 떠올렸다.

*

지이이잉, 지이이잉,

오전 12시. 바지 주머니에 넣어놓은 휴대전화가 울렸다. 좁은 공간을 울리는 소리는 늦은 밤의 정적 때문인지 천둥처럼 크게 들렸다. 눈앞에 놓인 공중전화와 울어대는 휴대전화. 전화를 걸 것인가, 받을 것인가. 그 시각이 다가올수록 고민은 커져갔다.

결국, 어떠한 선택도 하지 못했다. 공중전화로 아빠의 목소리 를 듣지도, 상우 씨의 전화를 받지도 않았다. 상우 씨에게 미안한 마음이 들면서 아빠에게도 미안한 마음이 들었다. 오늘은 아빠를 마중 나가지 못한 것 같아서. 진동 소리가 그친 뒤에야 휴대 전화를 봤다. 가족사진 위로 상우 씨의 부재중 전화가 떠 있었다.

'아빠. 나 어떻게 해야 해.'

아빠에게 묻고 싶었다. 이제는 자신에게 오지 않고 잊고 살아가길 바라는지. 아니면 매번 마중 나가던 때처럼 늘 찾아주길 바라는지. 하지만 알고 있었다. 아무리 물어보아도 답을 들을 수 없다는 걸. 아빠의 목소리를 듣더라도 같은 말만 흘러나올 거라는 걸. 공중전화박스에 등을 기댔다. 두 다리만으로 서 있기엔 몸이 너무 무거웠다.

*

'왜 아직도 안 오지⋯⋯.'

늦어도 9시에는 아빠가 왔다. 늦어지는 날에 전화를 걸면 아빠는 해도 저물었으니 기다리지 말라고 일러두기도 했다. 그럼에도 나는 아빠를 기다렸다. 아무리 늦어지더라도 돌아오는 아빠의 모습이 좋아서 기다리는 시간이 지루하지 않았다. 때로는 근처 매점 단상에 앉아 있기도 했고, 동네를 한 바퀴 걷기도 했다. 그러나 그날만큼은 전화조차 받지 않아 공중전화 곁을 떠날 수가 없었다.

시간은 밤 10시에 가까워졌다. 열 통이 넘게 전화를 걸어보았지만, 받지 않았다. 평소와 다르다는 걸 직감했을 때 발끝이 아려왔다. 감각이 천천히 둔해지며 저릿한 느낌이 점점 위로 올라왔다. 이윽고 아릿함이 가슴까지 올라오자 숨이 막혀왔다. 몸 곳곳이 붉게 올라와 피부병에 걸린 듯 보였다. 나는 10분 단위로 아빠에게 계속 전화를 걸었다. 연결되지 않는 전화에 지훈 오빠에게까지 전화를 걸었다.

"혹시 아빠 거기 갔어?"

"아니? 같이 있는 거 아니었어?"

고등학교를 졸업하고 취업 때문에 지방에 간 지훈 오빠도 모른다는 듯 말했다. 지훈 오빠에게 일이 생겨 아빠가 급하게 그리로 향한 것은 아닐까 하는 의구심에 건 전화였다. 혹시나 하는 가능성마저 사라져 버리는 것 같았다. 나는 머리가 하얘졌다. 아빠가 돌아오지 않을지도 모른다는 생각에 눈물이 울컥 흘러나올 것 같았다.

찰칵!

12시가 조금 넘은 시각. 드디어 전화가 연결됐다. 길어지는 통화 연결음에 이번에도 전화가 끊길 거라 생각했는데 전화가 연결되는 익숙한 소리가 들려왔다. 나는 다급하게 말했다.

"아빠! 어디야!"

내 말과 상관없이 아빠의 목소리가 계속 흘러나왔다. 몇 번이고 어딘지 물어도 상관없는 말들이 아빠의 목소리로 들려왔다. 이상함을 눈치채고 아빠의 말을 들었을 땐 어느덧 마지막 문장이 흘러나오는 중이었다.

제가 죽어도 남은 아이들은 잘 살아가게 해주세요.

그 마지막 말을 들었을 때, 세상이 아득해졌다. 내 말과 상관 없이 흘러나오는 말들이 마치 유언 같았다. 다시는 돌아오지 못 하는 곳으로 떠나는 사람의 말. 급하게 다시 전화를 걸었지만, 전 화는 연결되지 않았다. 그때 다급한 발소리가 들려왔다.

"지안아! 지안아!"

빌라 옥상에 사는 집주인 아주머니였다. 헐렁한 잠옷 바람의 아주머니는 잠결 때문인지 정신이 없어 보였다. 나는 상황을 알 수 없어 우두커니 서 아주머니를 바라봤다. 아주머니는 내 앞까 지 와서 내 손을 낚아채 큰길가로 끌고 갔다. 그리고 말했다.

"니 아빠 사고 났단다. 계속 집에 전화했는데 안 받아서 니 오빠가 나한테 전화했디야. 지금 빨리 가야. 니 오빠도 지금 서울 오고 있디야!"

"네……?"

"아이고…… 돌아가셨댜. 언능 가봐라! 택시!"

대로변에는 돌아가려는 사람들 투성이었다. 거리를 달리는 차 들이 모두 집을 향하는 것 같았다. 아주머니는 내 손을 잡고 그 중 갈 곳 없는 택시를 잡았다. 택시에 날 밀어 넣을 때엔 돈 몇 만원이 쥐여 있었다.

"00병원 장례식장으로 가주셔요! 지안아, 택시비 여 있다!"

택시는 도로를 무섭도록 달렸다. 돈을 잃어버릴까 손을 꽉 쥐

었다. 도시를 가르는 차창으로 시선을 향하자 그날 하루가 스치
듯이 지나갔다. 출근하던 아빠. 학교에서 돌아와 퇴근 시간에 맞
춰 기다렸던 시간. 받지 않은 전화와 연결되었던 전화. 그리고 마
지막 말. 병원으로 차가 들어갈 때엔 이게 현실이라는 걸 알았다.
택시는 당연하다는 듯 장례식장 주차장으로 들어가 정류장에 섰
다. 나는 다리가 떨어지지 않았다.

"……학생, 도착했어요."

"아…… 네."

나는 그제야 꽉 쥔 돈을 내밀었다. 얼마인지도 모르고 그냥
내밀자 택시 기사는 말없이 돈을 거슬러줬다. 택시 문을 열고 다
리에 힘을 주어 어떻게든 내렸다. 한 걸음. 한 걸음. 내려앉는 세
상을 헤쳐가며 걸었다. 도착한 곳은 안치실. 이미 모든 것은 끝나
있었다.

*

그나마 그 자리를 지킬 수 있었던 것은 지훈 오빠 덕분이었
다. 나는 무엇을 해야 할지 아무것도 알 수 없었는데 지훈 오빠
는 장례를 치러보기라도 한 사람처럼 장례 절차부터 연락까지
모두 차분하게 진행했다. 내 담임선생님에게 연락을 한 것도, 절
을 몇 번 하고 인사를 어떻게 해야 하는지 알려준 것도 지훈 오
빠였다. 내 친구 몇몇은 어찌할 바를 모르는 표정을 하고선 교복

을 입고 왔다. 나는 지훈 오빠를 흉내 낸다는 생각으로 절을 하고 묵묵히 밥을 먹었다. 아빠가 죽고서도 음식을 입에 넣는 내가 이상했지만, 그런 생각에 빠지면 안 될 것 같았다. 모두 밥은 먹었는지 내게 물어왔고, 그조차 하지 않으면 모든 게 다 무너질 것 같았으니까.

발인을 앞둔 전날 밤은 유독 길었다. 아빠가 어떤 삶을 살아왔는지 다 알지는 못해도 아빠에게 가족은 우리였다는 게 분명해지는 밤이었다. 장례식에 고작 스물한 살과 열여덟 살 된 자녀밖에 남지 않았으니까. 친척이라는 사람 중 누구 하나 남아 있지 않았다. 친척이라는 사람이 우는 모습을 보면 과연 진짜 친척인지도 의심스러웠다. 눈물을 거둔 뒤 술자리를 펼치고 덜렁 가버렸으니까.

지훈 오빠는 발인을 앞두고 상조회사와 계속 무언가를 결정했다. 나는 분향소에 앉아 아빠의 사진을 물끄러미 보았다. 내가 기억하는 아빠는 환한 웃음을 짓는 모습이었는데 사진에는 어쩐지 어색한 표정을 짓고 있는 아빠가 있었다. 상조회사에서 어떤 사진을 요청했는진 몰라도 내가 기억하는 아빠의 사진은 안 되는 모양이었다. 어색하게 정면을 보고 있는 아빠는 어디도 보고 있지 않는 것 같았다. 눈앞에 내가 있는데도.

술판을 벌이던 사람들이 떠나고 깊은 새벽. 다섯 시간 뒤면 발인이었다. 지훈 오빠는 대충 일이 정리되었는지 내 옆에 앉았다. 그리고 덤덤하게 말했다.

"발인하기 전에 조금이라도 자. 이제 올 사람도 없을 거야."

"……엄마는?"

"……."

"엄마는 왜 안 와?"

지훈 오빠 말로는 저 어색한 아빠의 사진은 결혼식 때 사진이라고 했다. 정면을 본 제대로 된 사진이 저것뿐이었다고. 저 옆에 그녀도 있었을 터였다. 장례식에서 사람들이 얘기한 대로 자식까지 버려가며 떠난 그녀도.

"사정이 있겠지. 네가 이해해."

"무슨 사정? 무슨 사정이 있으면 아빠 장례식에도 안 오는데? 내 친구도 오고 얼굴 한 번 못 봤던 친척도 오는데, 왜 엄마라는 사람은 오지도 않는 건데? 아빠가…… 죽었잖아."

"지안아."

"가족이잖아, 가족이었잖아. 그래도 우리 엄마잖아……."

지난날 동안 얼마나 메어왔는지 목이 찢어질 듯 아파왔다. 울고 싶은 마음이 없는데도 눈물이 계속 흘러 눈두덩이 부어올랐다. 헐어버린 코끝이 따가워 콧물조차 닦지 못했다. 눈물과 콧물이 지저분하게 섞여 상복을 적셨다.

"……엄마도 오기 힘들 거야."

"왜 못 오는데! 아무리 그래도 엄마잖아, 자식 다 버렸다고 해도 엄마잖아! 엄마는 살아라도 있잖아! 아빠는…… 아빠는 이제 없다고."

"......."

차분함이 믿음직하게 느껴지던 지훈 오빠였지만, 그렇게 소리 지르던 순간만큼은 엄마만큼 미웠다. 함께 울어주지도, 속상해하지도 않고 모든 일이 당연하다는 듯 행동하는 모습을 이해할 수 없었다. 남은 가족 하나라도 함께 울어주길 바랐다. 엄마라도 함께 원망하길 바랐다.

그녀는 오지 않았다. 발인을 마치고 지훈 오빠는 아빠의 짐을 정리하겠다며 며칠간 본가에 남아 있었지만, 결국은 떠났다. 자신이 일하고 살아가야 하는 곳으로. 아빠의 죽음은 나를 세상에서 혼자로 만들었다. 그래서 매번 그 공중전화를 찾을 수밖에 없었다. 혼자가 아니라는 말이 너무나 간절해서.

*

—제가 그때 지안 씨를 알았다면 도울 수 있었을까요?

상우 씨의 목소리가 끊기듯이 들렸다. 어디쯤인지 몰라도 인터넷 연결이 잘 안 되는 듯했다. 시차 때문인지 상우 씨에겐 저녁의 안부 전화였지만, 내가 있는 곳은 밤을 향해 가고 있었다. 나는 멋쩍은 듯 말했다.

—사실, 지금 돌이켜 보면 아예 혼자는 아니었어요.

—지훈 형님 말하는 거예요?

—아뇨. 그때는 오히려 가족이어서 더 미워했죠. 같은 학년 친

구가 있었어요. 장례식장에 왔던⋯⋯.

─의외네요. 지안 씨가 친구 얘길 하는 건 못 봤는데.

─상우 씨도⋯⋯.

내가 나지막하게 상우 씨를 부르자 상우 씨는 장난이라며 유쾌하게 웃었다. 상우 씨는 이내 무게를 잡고 물었다. 진지한 얘기가 슬픔까지 이어지지 않게 하기 위한 상우 씨만의 방법이었다.

─친구가 어떻게 도와줬어요?

─별거 없었어요. 그냥 장례식 끝나고 학교에 갔는데 어느 날 얘기하더라고요. 자기 엄마는 자살로 세상을 떠났다고. 그때 친구가 어떤 마음인지 쭉 얘길 해주는데 제 마음이랑 똑같다고 생각했어요. 뭐라고 해야 할지. 저는 말하지 않았지만 제 마음을 알아주는⋯⋯. 그때 생각했어요. 자살이든 아니든 소중한 사람이 떠나가는 건 똑같이 아프다는 걸.

─센터 일을 한 이유가⋯⋯.

─친구 덕분이죠. 조금이라도 도움이 되고 싶었거든요. 그 친구 덕분에 제가 견딜 수 있었고요.

나는 정선이와의 기억을 떠올렸다. 학교가 끝나고 나와 같은 방향으로 걷던 정선이. 툭툭 자신의 얘길 하던 정선이. 이야기의 끝에 눈물을 보이던 정선이. 굳게 그 눈물을 닦아내던 정선이. 이제는 소식도 모르는 먼 친구가 되어버렸지만, 그때의 기억은 나를 여기까지 끌어주었다. 나에게 힘이 되었던 그 정선이처럼, 정선이와 같은 이들에게 힘이 되어주자며.

—친구 어머니는 자기 딸이 어떻게 살길 바랐을까요?

—글쎄요. 그래도 잘 살길 바랐겠죠. 지금까지 만나온 분들이 공중전화에서 들은 마지막 얘기처럼요.

—지안 씨의 아버지는요?

—…….

나는 쉽게 대답할 수 없었다. 그 마음을 몇 번이고 아빠에게 묻고 싶었음에도 답을 들을 수 없었으니까. 하지만 상우 씨는 답인지는 모르나 그간 내가 해온 말을 내게 들려주었다.

—잘 살길 바라겠죠. 지금보다 더. 살아 있는 사람들과 함께하면서.

—…….

—오늘은 그냥, 지안 씨가 마음이 편했으면 좋겠네. 한국은 시간이 늦었겠다. 먼저 끊을게요.

시계를 보니 11시가 조금 넘었다. 상우 씨는 집에 남은 내게 선택권을 주고 싶었던 건지도 모른다. 다시 아빠의 목소리를 들으러 갈 것인가, 오늘 하루는 이대로 잠들 것인가. 나는 자연스럽게 센터로 가는 시간을 계산해 봤다. 12시 전에는 도착할 것이다. 그럼에도 쉽사리 집을 나설 수 없었다. 망설이는 시간이 길어질수록 그 시간은 다가왔다.

기나긴 밤이었다. 잠에 들지 못할 것을 알면서도 잠을 택했다. 12시가 다 되어갈 즈음에는 이제라도 공중전화로 달려가고 싶었다. 하지만 내가 듣게 될 말은 뻔했다. 없는 번호라는 말. 꿈도 없는 밤 속에서 상우 씨의 말이 귓가에 맴돌았다. 잘 살자. 아빠의 마지막 말에 그 말도 함께 담겨 있었다면. 이제는 외워버린 아빠의 마지막 말을 하나씩 되짚어 보았다. 잘 살아가게 해주세요. 그것이 살아 있는 사람과 함께하는 일이라는 건 알고 있었다. 그러나 그것이 그녀와 잘 지내는 일일까. 이건 용서하지 못한 마음인 건가. 아빠는 그것을 바랐을까. 아는 것이 곧 마음이 될 수는 없다. 누군가를 위해 일한다는 나도 고작 내 마음 하나 어쩌지 못하는, 한 사람에 불과했다.

*

피곤한 하루였다. 폭신한 침대에서 잠들지 못하고 떠오르는 생각들 사이를 이리저리 오가던 밤. 야트막한 빛이 암막 커튼 틈으로 새어 들기 시작했다. 해가 뜨기 시작한 탓이었다. 빛이 점점 밝아져 침실 한구석을 비췄다. 한동안 빛을 바라보다 알람이 울리기 전 몸을 일으켰다. 잠드는 것을 포기했다는 뜻이었다.

"무슨 일 있어?"

지훈 오빠가 스치듯이 물었다. 다른 사람에게 별 관심 없는 오빠까지 내 피곤함을 눈치챈 듯했다. 이런 날 의뢰인이 오지 않아 다행이라 생각하자 나도 모르게 한숨이 푹 나왔다. 큰 숨이 새어 나가자 정신이 들었다. 아직 업무 중이라는 사실을 떠올리며 애써 말을 돌렸다.

"지난 인터뷰 정리는 다 했어?"

"어. 근데 진짜 무슨 일 있어?"

다시 묻는 지훈 오빠에게 시선을 돌렸다. 오빠는 나를 물끄러미 바라보고 있었다. 웬만하면 눈을 맞출 일이 없는 사람인데 이런 날 정면으로 보고 있었다. 나는 재빨리 모니터로 시선을 옮겼다. 일에 집중해 보려 해도 옆 책상 자리에서 따가운 시선이 느껴졌다. 오빠가 더 물을 생각까진 없는지 몸을 돌리는 소리가 들렸다. 하지만 시선을 옮긴다고 자리를 피할 수 있는 건 아니었다.

"곧 아빠 기일인데 찾아갈 거야?"

"지금 업무 중이야."

"어머니가 같이 가고 싶어 해. 아빠 뵈러."

내 안부를 신경 쓴 것은 그 말을 하기 위해서였을까. 아빠 기일마다 각자 시간이 되는 대로 납골당에 찾아갔는데 함께 일하니 따로 가기도 그렇고. 물어는 봐야 하고. 게다가 어머니라니. 그 단어를 듣자마자 속에서 응어리가 느껴졌다. 순간 마음이 울컥했다. 감정적으로 행동하고 싶지 않지만, 정작 날아간 말은 매섭게 쏘아붙이는 화살 같았다.

"오빠 아직도 그 사람이랑 연락해? 같이 가긴 뭘 같이 가?"

"우리 같이 일한다고 얘기하니까 같이 가보고 싶으시대."

"말도 안 되는 소리 하지 마."

"지안아, 벌써 10년도 넘은 일이야."

"아무리 시간이 지나도······."

다 하지 못한 말을 뭐라 맺어야 했을까. 시간이 지나도 잊히지 않는다는 걸까. 시간이 지나도 아빠는 돌아오지 못한다는 걸까. 시간이 지나도, 용서할 수 없다는 걸까. 나는 뒷말을 정하지 못했다. 등 뒤로 오빠의 목소리가 들렸다.

"어머니도 미안하다고 사과하고 싶어 하셔. 너 만나고 싶대."

"······잠깐 나갔다 올게."

그대로 벌떡 일어나 곧장 센터 밖을 향해 걸었다. 시선이 느껴졌지만, 뒤돌아보지 않았다. 계단을 하나씩 밟고 건물 밖까지 나가자 가슴에 통증이 느껴졌다. 숨에 잔뜩 힘이 들어가 조여오는 가슴팍을 부여잡았다. 무의식적으로 긁은 손등에 점점 붉은 기가 올라왔다.

'하나, 둘, 셋······.'

숫자를 세며 천천히 숨을 쉬었다. 하나, 둘, 셋. 하나. 둘. 셋. 불어오는 바람에 여름과 가을 내음이 섞여 있었다. 축축하고 짓눌린 낙엽 냄새. 계절이 넘어가는 것뿐인데 한 생이 끝나는 느낌이 들었다. 여름이 가면 가을이 오고 가을이 오면 여름이 가는 법인데. 나는 천천히 걸음을 옮겨 뒷골목으로 향했다. 빌라와 산을 가로지르는 오르막길. 그 중턱에는 변하지 않는 장소가 있었다. 공중전화박스. 나는 그 안에 들어가 수화기를 들었다. 매번 들었던 그 무게 그대로였다. 몸은 습관처럼 아빠의 번호를 누르고 있었다.

011-XXXX-XXXX

하지만 번호를 다 눌러도 돌아오는 것은 없는 번호라는 안내
음성뿐이었다.

*

"아빠, 보고 싶어. 무슨 말이라도 해줘. 이제 정말 아무것도 모
르겠어."

지안이가 혼자 남지만 않게 해주세요. 딸이, 저 돌아오길 기다리고 있어요.
살게 해준다면 무엇이라도 믿겠습니다. 지안이, 우리 지안아⋯⋯.

그날 밤은 다시 그곳으로 향할 수밖에 없었다. 흘러나오는 아
빠의 목소리를 들으며 하소연을 했다. 그저 어디에라도 얘기하고
싶었다. 하지만 정해진 말과 시간이 끝나자 아빠의 음성은 가차
없이 끊어졌다. 몇 번이고 다시 걸어도 없는 번호라는 말만 나올
뿐이었다. 뱉지 못한 말은 마음에 엉겨 붙었다. 이 마음을 어떻게
견뎌내야 하는 걸까. 휴대전화를 켜고 통화내역을 쭉 보자 상우
씨가 눈에 띄었다. 참아야 한다는 마음과 누구라도 부여잡고 싶
은 마음이 서로를 찢어놓았다. 나는 떨리는 손으로 상우 씨 이름
의 전화 버튼을 눌렀다. 누르는 그 순간까지도 누르지 말자고 생

각하면서.

따르르릉, 따르르릉.

통화 연결음이 세 번 울리면 전화를 끊을 셈이었다. 더 이상 목소리를 들을 수 없다는 현실과 마주하고 싶지 않았으니까. 하지만 상우 씨는 두 번 반 만에 전화를 받았다.

─지안 씨! 무슨 일이야?

상우 씨의 들뜬 목소리를 듣자 무슨 말을 해야 할지 막막했다. 상우 씨는 아무것도 모르는 세상에 가 있는 것 같았다. 하지만 상우 씨가 다시 물었다.

─여보세요? 지안 씨?

아무런 말이 없는 전화에 걱정스러운 말투가 배어 나왔다. 전화를 걸기 전에는 뭐라도 말하고 싶었는데 막상 목소리를 들으니 무슨 얘기를 해야 할지 알 수 없었다. 그럼에도 뭐라도 말해야 한다는 생각에 사로잡혔다. 그런데 어디서부터 얘기해야 하는 걸까. 마음부터일까, 상황부터일까. 나는 결국, 불쑥 전화를 건 목적을 얘기했다. 목적이라고 하기엔 너무나 애절한 말이었다.

─도와줘요, 상우 씨.

─지안 씨…….

상우 씨의 목소리가 낮게 내려앉았다. 어떤 말을 해야 할지 고르는 듯 쉽게 말을 잇지 못했다. 나는 겨우 울음을 참았다. 어떤 말을 듣고 싶은지 나조차도 몰랐다. 서로의 거리만큼 긴 정적이 흘렀다. 누구 하나 먼저 이 거리를 좁힐 엄두를 내지 못했다.

하지만 이내 상우 씨가 말했다.

─지안 씨가 처음 나한테 그 말 했을 때. 나 정말 어떻게 해야할지 아무것도 몰랐어. 그런데 지안 씨는 그냥 옆에서 막 자기 얘길 하는 거야. 처음에는 그저 듣고만 있었는데 이제야 그 마음을 알 것 같네요. 우리 다, 어떻게 해야 하는지 몰랐던 거야.

─…….

─하지만 지안 씨. 지금 거기로 갈 순 없어도 이렇게 얘기는 할 수 있어요. 무슨 말이라도 하고 싶으면 들어주고, 그것도 힘들면 그냥 나 아무 말이나 할 거야. 얘기, 하고 싶은 거 있어요?

─놓을 수 없어요. 그냥, 그냥 용서가 안 돼요. 그 사람이나 오빠나……. 머리로는 아는데 마음이 자꾸 따라가질 못해서 질질 끌리는 느낌이에요. 이제까지 잘 버텼는데. 이렇게 살면 되는 줄 알았는데…….

말과 말 사이 울음이 섞였다. 상우 씨에게 전화하며 우는 날이 올 거라 생각하지 못했는데. 나는 늘 중심을 잡고 누군가를 끌어주는 사람이라 생각했는데. 마치 아버지가 돌아가신 10대 시절이 된 느낌이었다. 그 장소. 그 마음.

─어머니 일이에요?

─네…….

─지안 씨는 어떻게 하고 싶어요?

제가 죽어도 남은 아이들은 잘 살아가게 해주세요.

아빠의 마지막 말, 마지막 문장이 떠올랐다.

—모르겠어요.

상우 씨는 그녀를 용서하라고 말하지 않았다. 나 역시 그녀를 용서하는 게 진정 원하는 일인지 확신이 들지 않았다. 용서를 택하는 사람을 만난 적도, 용서를 해보라고 말한 적도 있는 나였다. 그들의 마음에는 항상 채울 수 없는 상처가 있었으니까. 그녀는 내게 채울 수 없는 상처였다. 상우 씨는 나에게 말했다.

—무엇이라도, 지안 씨 마음이 편했으면 좋겠어요. 잠깐 편하고 마는 삶이 아닌, 앞으로도 편하게 살 수 있는 삶……

그날의 전화는 길게 이어졌다. 물음과 독백이 섞여 있었지만 분명 그것 모두 대화였다. 물어보고 알아가고 이해할 수 있는. 오가는 말 속에서 내가 있어야 하는 곳을 떠올렸다. 눈물이 잦아들고 정신이 들 즈음에 고개를 돌려 불이 꺼진 센터를 바라봤다. 내가 있어야 하는 곳. 내가 살아가야 하는 곳. 상우 씨는 전화 끝에 농담처럼 말했다.

—지안 씨 오늘 운 거 부끄러워서 전화 피하지 마요. 무슨 일 있으면 전화해. 꼭 받을 테니까.

—상우 씨도…….

부끄러움과 후련함이 교차했다. 조금은 알 것 같았다. 내가 돌아가야 하는 곳이 어디인지를.

센터에 그녀가 찾아오리라고는 생각하지 못했다. 항상 낯선 이들이 들어오는 곳이었는데 그녀의 얼굴은 어딘지 모르게 익숙했다. 흐릿한 기억이라 해도 기억은 기억이었나 보다. 나는 금방 그녀를 알아봤다. 비록 기억보다 나이가 들고 허리가 굽고 살이 붙은 모습일지라도.

어색하게 소파에 앉은 그녀와 마주 앉아 표정을 찬찬히 살폈다. 마주치지 못하는 눈과 꼭 쥔 두 손. 죄책감이 얼룩진 근육의 미세한 움직임. 자리를 만든 것은 지훈 오빠였다. 한번은 만나보겠다 말한 것이 이런 식의 만남이 될 줄은 몰랐다. 애초에 섬세하게 물어볼 거라 기대하지 말았어야 했다. 지훈 오빠는 그다음 날 바로 그녀를 센터로 불렀다. 마치 약속을 잡고 찾아오는 의뢰인처럼.

상대의 마음을 먼저 살피던 내 자리와 온갖 감정을 품고 앉는 의뢰인의 자리. 나는 여전히 내 자리에 앉아 있었지만, 그녀가 그 자리에 앉았다는 것에 미시감이 들었다. 나는 먼저 인사도 건네지 않았다. 이 역시 센터에서 처음 있는 일이었다.

"차라도 드릴까요?"

지훈 오빠는 예의를 갖춰 물었다. 흘긋 본 오빠의 모습은 어색할 것 하나 없다는 듯 태연했다. 그런 모습에 거부감이 들었지만 자리를 피하진 않았다. 언젠가 마주할 수밖에 없다면 그래야 한다고 마음먹었으니까. 그 언젠가가 오늘일지도 모르니까.

그녀와 나 사이의 낮은 단상에 차 세 잔이 올려졌다. 지훈 오
빠는 차를 내려놓고서 내 옆자리에 앉았다. 그녀 옆에 앉지 않은
것이 다행이라 생각해야 할지. 그녀는 여전히 말이 없었다. 뭐라
할 말이 없어 그런 건지, 하고 싶은 말을 쉽사리 꺼내지 못하는
건지. 찻잔의 손잡이만 만지작대는 그녀에게 내가 먼저 물었다.

"왜 보고 싶다고 하셨어요?"

"그야…… 너희 다 내 자식이니까."

"그때는 자식이 아니었나 봐요."

"지안아."

오빠의 차분한 목소리가 감정을 눌렀다. 그만하라는 말 대신
내 이름을 부른 탓이었다. 마음 같아선 원망을 쏟아내고 싶었다.
왜 버렸냐. 왜 우리를 떠났냐. 왜 장례식에 오지 않았냐. 그런 물
음이 이어질수록 대화가 되지 않는다는 건 나도 잘 알고 있었다.
그럼에도 입가에 원망이 머물러 입이 떨어지지 않았다.

"어머니도 그간 나름 힘드셨어."

"직접 얘기해 보세요."

나는 숨을 몰아쉬며 말했다. 한숨처럼 보일 그 모습은 감정을
다스리기 위해 할 수 있는 최선이었다. 그녀는 주름진 입을 우물
거리다 하나씩 말을 꺼냈다. 목소리는 그때와 똑같다는 게 내 마
음을 더 처참하게 했다.

"네 아빠랑 헤어지고…… 먼저 떠난 건 인정한다. 그렇다고 너

희를 잊은 건 아냐. 늘 마음속에 담고 그러고 살았어. 자식들 떠난 죗값이라 생각하고 그러고 버티고 살았다. 너희 찾아가 보려 해도 그이 때문에 못 갔어."

"그이가 누군데요?"

"어머니랑 결혼한 분. 새아버지."

지훈 오빠가 대신 대답했다. 내 마음을 참을 수 없게 만든 것은 그 단어였다. 새아버지. 한 번도 본 적 없는 사람을 아버지라 부르고 싶지도 않고, 내게 아빠는 하나뿐이었다. 나는 조금씩 높아지는 언성을 눌러가며 말했다.

"무슨 아버지야. 그래서 이제 와서 왜 찾아오셨는데요?"

"작년에 그이가 떠났다. 기운 넘치던 이가 갑자기 갔어. 그래서 이제야 연락할 수가……."

"혼자가 되시니까, 자식들 찾아온 건 아니고요?"

"강지안."

몸이 떨려왔다. 발끝부터 아릿하게 감각이 멀어졌다. 그대로 자리를 벗어나고 싶은데 지훈 오빠의 목소리가 나를 잡았다. 일어나 보려 해도 힘이 들어가지 않았다. 악이라도 쓴다는 것이 목소리만 높아졌다. 나는 볼품없이 그렁그렁한 눈으로 소리를 꾹꾹 누르며 말했다.

"장례식에 못 온 것도 그분 때문이에요? 새로 결혼한 사람이 싫어서? 우리 아빠는…… 아빠는……."

"미안…… 미안하다."

"하나뿐인 가족을 잃는 마음을 알아요? 다 떠나가는 모습 지켜보는……."

"……."

지훈 오빠조차 말이 없어졌다. 나를 본가에 남기고 떠나간 오빠의 모습이 아른거렸다. 일하러 돌아가야 한다던 그 말. 돌아가는 곳은 집이지 않나. 이곳은 오빠에게 집이 아니었을까. 문이 닫히고 텅 빈 집에 남아 있던 그 순간. 나 하나가 떠나면 어떤 온기도 남지 않는 공간. 그곳에 남겨질 나를, 오빠는 알았을까. 나는 최대한 정신을 부여잡으며 단호하게 말했다.

"저 먼저 일어날게요."

온 신경을 다리에 두고 몸을 일으켰다. 무거워진 공기가 몸을 짓눌렀다. 눈물을 흘리는 내 모습조차 보기 싫어 흐르기 전에 닦아냈다. 울지 않았던 것처럼 자연스럽게. 센터 문을 열고 나가자 문 뒤로 청량한 종소리가 들렸다. 그 소리에 의뢰인들이 오갔던 모습이 떠올랐다. 소중한 사람을 떠나보내고 후회했던 이들. 내려오는 계단마다 그들의 말이 들려왔다. 시간을 돌리고 싶다는 말. 살아 돌아오면 좋겠다는 말. 먼저 알았으면 그렇게 하지 않았을 거라는 말. 그 많은 말을 듣고서도 난 용서하지 못했다. 그들의 후회를 보았는데. 그들의 마음을 알았는데. 어쩌면 나는 아무것도 몰랐던 건 아닐까.

*

임상 수련을 할 때였다. 상대는 대학원을 다니던 젊은 나와 달리 나이가 지긋한 중년 여성이었다. 졸업할 무렵이라 수련 경험이 있었음에도 나이가 곱절이 넘는 분 앞에서 얘길 듣는 건 쉽지 않았다. 조금이라도 어린 티가 나면 신뢰를 잃을 수 있다는 강박에 사로잡혀 나는 최대한 어른스럽게 굴어야 했다. 단정한 옷에 높지 않은 구두. 차분한 머리스타일과 화려하지 않은 화장. 단조롭고 차분한 말투. 그게 내가 할 수 있는 노력 중 하나였다.

첫 회기 상담이라 무엇 때문에 상담을 결정하게 되었는지 차근차근 물어봤다. 차음이 잘되는 상담실이라 목소리가 또렷하게 들려왔다. 상담실 내부는 잘 꾸려진 가정집처럼 편한 분위기를 풍겼다. 상담사들끼리 같이 쓰는 공유 오피스였다. 그녀가 불편한 마음이 들지 않게 부드러운 말투로 대답을 끌어냈다. 첫 회기 상담 시간의 절반을 넘겼을 즈음 나는 물었다.

"어린 시절에는 어떠셨나요?"

어린 시절 부모와의 관계는 애착 관계 형성에 영향을 줄 수 있고 핵심적인 심리를 파악할 수 있는 하나의 자료였다. 각각의 어린 시절은 모두 다르지만 어린 시절은 다 있기에 빠질 수 없는 질문이기도 했다.

"아래로 남동생이 있고 부모님은 잘 지내셨어요. 아버지가 먼저 떠나서 고생했지만서도……."

그녀의 어린 시절은 바로 나오지 않았다. 포인트를 살짝 빗나간 회피적 반응이었다. 임상 경험이 비교적 적은 나는 중년이 되어 자신의 어린 시절을 회상하는 것이 어려울 수 있겠다고 짐작했다. 서두르지 말자. 조급함은 경험 부족을 드러낼 뿐이었다. 그래서 바로 그 부분을 지적하기보다 그녀의 마음에 깊숙이 들어가는 질문을 했다.

"아버님은 언제 돌아가셨나요?"

이번에는 어떤 반응일지 세심하게 그녀의 표정을 살폈다. 늘 그래왔듯 첫 회기에 많은 얘기를 듣기보다 질문에 따른 심리 반응을 보기 위함이었다. 그런데 그 물음에 그녀의 시선이 툭 떨어졌다. 손톱 끝을 뜯거나 시선을 자주 옮기는 등의 반복적 행동은 나이에서 느껴지는 단단함을 무너트리고 그녀를 두려움에 떠는 어린아이처럼 느껴지게 했다. 그녀가 가는 목소리로 말했다.

"중학교 졸업을 앞둔 때였어요. 그때야 어리고 사춘기이기도 하니까 집에 있길 싫어했죠. 친구들이랑 어울리고 시내 나가 놀고 그랬는데 한번은 가출도 했어요. 가출이라 해도 친구 집에서 며칠 자는 정도였지만……. 그렇게 부모 속 다 썩여가며 집에 돌아왔는데 얼마 뒤에 아버지가 입원을 하더라고요. 무슨 병인지도 모르고 집에 있는데 다 제 탓 같았어요. 내가 속 썩여서 아빠가 아프구나. 나 때문이구나. 그러고 한 달 뒤에 돌아가셨죠. 엄마는 울고, 동생은 뭣도 모르고 있고. 죄책감이 들어서 마음 편히 울지도 못했어요. 그게 지금도 한이어서……."

그녀는 너무나 생생하게 그때를 떠올렸다. 마치 작년이나 몇 달 전에 그런 일이 일어난 것처럼. 지금 내 앞의 그녀는 내가 아닌 과거를 다시 보고 있는 것 같았다. 목이 메어오는지 가슴을 쿵쿵 쳤다. 울분이 섞인 목소리는 신음처럼 들려오기도 했다.

"지금도 애들이 여행이라도 간다 그러면 덜컥 무서워요. 그러다 갑자기 떠나갈까 봐. 다 큰 애 붙잡아 봤자 안 되는 거 알면서도 마음이 못 놓아주겠어요. 속 썩일 때는 또 어찌나 화가 나는지…….. 저도 모르게 애들을 혼내고 있더라고요."

트라우마. 외상 후 스트레스 장애. 트라우마라고 하면 보통 재난이나 전쟁, 폭행 등을 떠올리지만, 일상에서 일어나는 충격적인 사건에 의해 심리적 상처를 입은 것 또한 폭넓게 트라우마의 범주 안에 속했다. 그리고 그 트라우마 안에 있는 사람은 언제고 생생하게 그때를 떠올리고 그때의 감정으로 되돌아갔다. 예순에 가까운 그녀가 아버지가 돌아가신 일을 떠올리며 지금도 눈물 흘리는 것처럼. 그때의 기억 때문에 자식들을 놓아주지 못하는 것처럼.

나는 그때 그 중년 여성의 이야기를 들으며 생각했다. 트라우마란 시간을 뛰어넘는 마음의 상처라고. 그녀는 나와 함께 그때를 마주하며, 그 일이 떠오를 때 어떻게 해야 하는지 하나씩 적어나갔다. 그 사건은 상처였고 특수한 상황이었음을 인지하며 일상을 살아갈 수 있도록. 그럼에도 종종 그녀는 다시 울었다. 그때마다 나는 그녀에게 말했다. 지금, 여기 있어야 한다고. 과거가 아닌 현재를 살아가야 한다고.

그렇게 말해오던 나는 다시 공중전화의 수화기를 들고 있었다. 기일이 다가올수록 바람은 점점 그때의 계절 내를 품었다. 밤바람이 서늘하게 느껴지던 그날. 나는 또다시 아빠에게 전화를 걸었다.

똑같은 말과 똑같은 어조. 변하지 않는 그 말. 그리고 다시 걸었을 때 없는 번호라는 그 말까지. 정작 나는, 늘 과거 속을 살아왔던 걸까.

지잉.

짧게 울리는 진동 소리에 화들짝 놀라 스마트폰을 확인했다. 나도 모르게 혹시 상우 씨인가 생각했는데 지훈 오빠가 보낸 문자였다.

곧 아버지 기일인데 그래도 다시 얘기해 봐. 어머니 번호야.

짧은 문자와 함께 보내온 연락처. 알고 싶지도 않고 저장도 하지 않은 그 번호. 나는 낯선 번호를 지그시 바라보았다. 없는 번호가 아닌 세상에 있는 번호. 조심스럽게 그 번호를 눌러보았다. 통화 연결음이 이어지며 전화가 연결됐다.

—여보세요?

어머니의 목소리가 들려오자 나는 전화를 끊어버렸다. 심장이 쿵쿵 가슴을 쳤다. 아빠의 번호에서는 여전히 없는 번호라는 말만 흘러나왔다.

*

　퇴근 시간이 조금 지난 시각. 지훈 오빠는 업무가 정리되지 않았는지 자리에 남아 있었다. 지난 의뢰인 사망 사건은 잘 마무리가 되었지만, 몇몇 기관에서 내가 운영하는 센터의 방식을 문제 삼기도 했다. 중앙 심리부검센터에서 진행하고 있는 심리부검에 비해 유가족의 심리적 부담감이 클 수 있고 이용 인원이 많아지면 관리가 어렵다는 측면에서였다. 센터 운영에 영향을 미칠 정도는 아니었으나 마음이 불편한 건 어쩔 수 없었다. 지훈 오빠도 센터 분위기를 느꼈는지 그날 이후 나에게 별다른 얘길 꺼내지 않았다. 나는 짐을 정리하며 말했다.

　"퇴근 안 해?"

　"회계 업무가 좀 남아서."

　"얼마나 걸리는데?"

　"30분?"

　"저녁이나 먹을까."

　나는 시계를 확인하며 말했다. 센터장으로서 직원을 챙긴다는 명목과 센터의 활력을 찾아보려는 속셈이었다. 지훈 오빠는 모니터에서 눈을 떼지 않고 선뜻 말했다.

　"그럴까."

"뭐 먹을까."

"짜장면. 야근이니까 탕수육도."

"상우 씨랑 연락했어?"

"문자 정도."

상우 씨는 늘 분위기가 무거워지면 짜장면을 시켰다. 흥신소 분위기나 내보자던 특유의 농담 같은 일이었다. 그런 상우 씨의 인수인계 목록에는 짜장면집 번호도 있었던 듯했다.

지훈 오빠의 시선은 여전히 모니터를 향했다. 그러고 보면 어릴 때부터 뭐 그리 컴퓨터가 좋은지 항상 모니터를 뚫어져라 바라보고 있었다. 나는 항상 상우 씨가 시키던 중국집에 전화를 걸어 주문을 했다. 넉살 좋은 사장님이 "항상 전화하시던 분이 아니네?"라며 물어오기도 했다.

배달이 오는 사이. 타자 소리와 거리를 지나는 차의 엔진 소리가 드문드문 들려왔다. 딱히 해야 할 업무도 없어 그냥 멍하니 소파 자리에 앉아 있었다. 센터 일을 시작하고 이렇게 멍하니 있었던 적이 있나 싶기도 했다. 상우 씨가 있을 땐 쉴 새 없이 말을 걸어왔고 지훈 오빠가 들어온 이후엔 업무가 몰리곤 했으니까.

멀리서부터 들려오는 계단을 오르는 발소리가 익숙했다. 의뢰인의 걸음 소리가 아닌 배달원의 발소리였다. 의뢰인의 걸음 소리는 대부분 가벼웠다. 조심스러움과 흔들림이 섞여 마음은 무거워도 발소리만큼은 가벼웠다. 그에 반해 배달원의 발소리는 거침없었다. 명확하게 목적지를 향하는 발소리. 맑은 종소리와 함께 문이 열리고 무심한 목소리가 들려왔다.

"배달이요."

"감사합니다."

받아 든 봉지가 묵직했다. 오랫동안 자리 잡은 짜장면집은 아직도 철가방으로 배달을 했다. 붙임성 좋은 상우 씨는 어떻게 알아냈는지 저기는 동네 장사라 철가방으로도 장사가 되는 집이라고 말해주었던 기억이 났다. 원래는 이런 생각도 잘 안 하는데 지훈 오빠가 일을 하고 나는 일을 하지 않으니 참 별별 생각을 다하는구나 싶었다.

홀의 낮은 테이블에 종이를 깔고 짜장면과 탕수육을 올렸다. 조리한 지 얼마 지나지 않아 뜨끈함이 느껴졌다. 나는 음식이 옷에 튀지 않게 조심하면서 포장을 벗겼다. 지훈 오빠는 부르지 않아도 털썩 내 맞은편에 자리를 잡았다.

"오빠는 밥 먹을 때는 참 알아서 잘 와."

"그랬나."

지훈 오빠는 속없이 짜장면을 비비더니 한 젓가락을 물었다. 먼저 저녁을 먹자고 한 건 나였으나 막상 음식이 앞에 있으니 먹고 싶은 마음이 들지 않았다. 어색한 분위기와 복잡한 센터 사정이 떠올라서였다. 나는 음식 냄새가 뺄까 창을 열고 다시 앉았다. 급하지는 않으나 먹는 속도가 빠른 오빠를 보며 한마디 했다.

"천천히 먹어. 소파에 튀지 않게 조심하고."

"너 전에도 그 얘기 했어."

아무리 분위기를 풀어보려 해도 말이 이어지지 않았다. 툭툭 떨어지는 지훈 오빠의 대답에 나도 뭐라 말을 이어야 할지 어려웠다. 그래도 센터에서 함께 일해야 하는 사람이니 어떻게든 잘 지내야겠다는 책임감에 어깨가 한껏 무거워졌다. 오빠는 그 마음을 아는지 모르는지 묵묵히 탕수육을 집었다.

"그날 어머니는 잘 들어가셨어?"

"어? 어……."

지훈 오빠는 집어 든 탕수육을 입까지 가져가지 못하고 내려놓았다. 그녀에 관한 얘기를 하고 싶었으나 분위기를 보며 차마 꺼내지 못한 듯 보였다. 뭐라도 풀어보고 싶은 마음은 꺼내기 싫은 얘기까지 마주하게 만들었다. 나는 그날과 달리 차분하게 오빠에게 물었다.

"어머니랑은, 언제부터 연락했던 거야?"

"독립하고 난 뒤부터. 어떻게 내 번호를 아셨는지 전화가 왔어. 독립한 걸 알고서 전화하신 거 같더라. 아버지랑 따로 있었으니까."

"왜…… 받아줬어?"

"얘기를 듣다 보니 이해가 돼서. 뭐랄까. 그래도 나한테 나쁜 엄마는 아니었으니까."

솔직히 지훈 오빠가 얘기하는 '나쁜 엄마'와 '좋은 엄마'의 구분이 무엇인지 나는 이해가 되지 않았다. 자식을 두고 집을 떠난 엄마는 나쁜 엄마에 속하지 않나. 그럼에도 세 살 터울인 지훈 오빠에게는 어머니에 관한 기억이 더 많이 남아 있을 터였다. 나보다 더 많이, 그녀와의 기억이.

지훈 오빠는 내려놓은 탕수육을 다시 집어 입 안으로 가져갔다. 이번에는 천천히 우물거리며 음식을 먹었다. 묻고 싶은 것은 많았으나 나는 찬찬히 생각을 정리했다. 지훈 오빠는 그 마음을 아는지 모르는지 탕수육을 다 삼키고 묻지도 않은 것을 줄줄이 얘기했다.

"몇 번씩 연락하려 하셨대. 그런데 새아버지가 너무 집착이 심해서 자식들에게 연락도 못 하게 했다더라. 직접적으로 말은 안 하셨지만 좀 폭력적이었나 봐. 그러다 내가 독립하고 나니 사람을 타고 물어서 날 찾아낸 거야. 처음 전화에서 말씀하시더라고. 이 번호로 전화를 받을 수는 없다고. 대신 간간이 전화해도 되냐고. 그렇다고 했고 이후로 연락을 주고받았던 거고."

"장례식에는……?"

"문자만 드렸어. 부조금만 받았고. 오시기 힘들었겠지. 아무래도…… 그런 사람이랑 살고 있었으니."

"왜 나한테는 얘기 안 했어?"

"시간이 좀 필요하다고 생각했어."

무슨 시간이 필요했는지 묻고 싶었다. 장례식에서 무엇이든 해결하던 오빠에게도 시간이 필요했던 걸까. 아무렇지 않아 보이던 오빠의 속내가 무엇이었을까. 무엇도 쉽게 묻지 못하자 지훈 오빠는 역시나 덤덤하게 말을 이었다.

"나도 살기 바쁘고 어리기도 했고. 아빠가 돌아가신 것도 내심 견디기 힘들었거든."

"……."

"남기고 떠난 건, 미안하게 생각해. 그저 내가 돈을 버는 게 가족을 위한 거라고 생각했어. 지금이야 너랑 일하지만."

지훈 오빠는 처음으로 미안하다는 말을 하면서 시선은 고작 탕수육으로 피했다. 내 눈도 볼 수 없을 정도면서 겨우 시선을 둔 곳이 탕수육이라니. 그간 만나온 의뢰인의 사정에 비하면 이해할 수 있는 부분이었지만, 막상 내가 그 주인공이 되니 선뜻 괜찮다고 할 수 없었다. 나도 뭐라 할 말이 떠오르지 않아 탕수육 한 조각을 입으로 가져갔다. 음식을 씹는 동안 아무 얘기도 할 수 없다는 게 마음 편히 느껴지는 순간이었다.

아주 천천히 음식을 씹다 더는 씹을 수 없을 때쯤 목으로 음식을 넘겼다. 입 안에서 다져지고 뭉쳐진 음식이 식도를 타고 내려가는 느낌이 들었다. 하지만 가슴에서 얹힌 듯 응어리가 느껴졌다.

"왜, 좋은 엄마라고 생각했어?"

"너는 모르겠지만, 어머니가 집을 나가던 날 나를 안으면서 말했거든. 미안하다고. 그냥 그 순간이 기억에 남아서 나쁜 사람이라고 생각하진 않았어. 나중에 우릴 계속 만나려 했다는 것도 알게 됐고."

지훈 오빠는 다시 태연하게 단무지를 입에 욱여넣었다. 그렇다고 미안하다고 한 말도, 어머니에 관한 말도 거짓처럼 느껴지진 않았다. 그렇게 꾸며내서 오빠가 이득을 보는 것도 아니고, 상황을 모면하기 위해 거짓말을 하는 사람도 아니었으니까.

그런 오빠 앞에서 다시 언성을 높이고 싶진 않았다. 지금 이렇게 얘기하는 것이 오빠의 최선임을 알고 있었으니까. 대신 묵묵히 음식을 먹고 뒷정리를 했다. 다 먹은 그릇을 간단히 헹궈 센터 앞문에 내놓는 동안 큰 이야기는 오가지 않았다. 그저 옛날처럼 각자 먹은 것을 치우고 서로 약속이라도 한 듯 나는 테이블을 닦고 오빠는 쓰레기를 내다 버렸다. 한 집에 사는 것처럼.

"먼저 들어갈게."

업무가 길어지는 듯 오빠는 뒷정리가 끝나자 다시 모니터 앞에 앉았다. 그 모양을 보고 있는데 밥을 먹자마자 게임을 했던 오빠의 10대 때가 떠올랐다. 나는 짧은 인사와 함께 짐을 챙겼다. 신발을 갈아 신고 가방을 들자 오빠가 흘러가듯 말했다.

"여기서 일하면서 네가 왜 이 일을 하게 됐을까 생각했던 적이 있어. 네가 의뢰인에게 했던 말들. 사실 너한테 필요했던 말들이지 않을까 하면서. 그래서 다시 생각했으면 좋겠어. 어머니 일."

나는 가방을 안은 채 지훈 오빠를 지그시 바라봤다. 똑같이 모니터를 보고 있었지만 눈빛이 미묘하게 흔들리고 있었다. 그 마음이 죄책감이라고 느껴진 것은 행동보다 분위기였다. 오빠에게 그 말은 미안하다는 표현과 같았다.

"알겠어."

짧은 대답과 함께 센터 밖으로 나왔다. 해가 점점 짧아진 탓에 벌써 날이 어두웠다. 나는 숨을 크게 한 번 들이마셨다. 두 다리로 몸을 지탱하며 한 걸음씩 앞을 향해 걸었다. 주저앉고 싶은 날들이 너무나 많았는데 그날의 나는 스스로 버틸 수 있었다. 상우 씨의 말대로 나는 달라져 있었다. 열여덟이 아닌 서른넷의 강지안으로.

태어난 순간부터 계속 함께 살아온 사람인데 남보다 멀게 느껴지는 서른넷. 생각이 이어질수록 엄마라는 사람도, 지훈 오빠도 까마득한 남처럼 느껴졌다. 그 속마음을 다 알지 못하는, 작은 일 하나 이야기해 본 적이 없는, 완전히 새롭게 알아가야 하는 사람. 우리는 더 작은 것들을 얘기해야만 했다.

*

정선이와 나는 같은 반이었다. 아주 가까운 사이는 아니었지만 하굣길이 같아 종종 같이 걸어갔다. 학교에서 서로를 찾으며 반갑게 얘기하지도 않았다. 우리가 하는 대화 대부분은 하굣길에 나눈 작은 이야기였다.

정선이가 장례식에 찾아왔을 때, 솔직히 조금 놀랐다. 친한 친구 몇몇이 오긴 했지만, 정선이가 올 거라 생각하진 못했다. 또 하나 놀라운 것은 정선이가 마치 장례를 몇 번 치러보기라도 한 듯 자연스럽게 문상을 하는 거였다. 절을 두 번 하고 묵념 후 나란히 선 나랑 오빠와 맞절을 한 뒤에 손 한번 내밀지 않고 고개를 숙여 인사했다. 표정 또한 놀랐다기보다 차분해 보였다. 묵묵히 밥까지 먹고 간 정선이를 다시 학교에서 마주했을 때 나는 괜시리 정선이가 불편하기도 했다.

장례식이 끝나고 며칠간 정선이와 같이 하교하는 것을 피했다. 당시 장례식에 왔던 친구 모두가 조금씩 불편했다. 그래도 학교생활은 이어졌지만, 정선이는 어떻게든지 피하려 했다. 조금 늦게 반에서 나가기도 하고 후다닥 빨리 혼자 가버리기도 했다. 정선이도 그를 알아챘는지 어느 날은 나에게 함께 하교하자고 말까지 걸었다. 나는 거절하기가 어려워 그러자며 고개를 끄덕였다. 정선이는 반에서 뭉그적대는 나를 조용히 기다렸다.

함께 수없이 걸었던 길을 다시 걸었다. 무슨 말을 해야 할지가 그때의 내겐 너무 어려운 일이었다. 장례식에 와줘서 고맙다고 해야 할까. 고맙다고 표현하는 것이 맞나. 나보다 어른스러워 보이는 정선이에게 어려 보이고 싶지 않았다. 하지만 아무리 말을 골라봐도 적당한 말을 찾아내지 못했다.

"우리 엄마는 재작년에 가셨어. 자살하셨거든."

정선이의 첫말에 머리를 얻어맞은 것 같았다. 나는 아빠의 죽음조차 실감이 나지 않는데 정선이는 너무 아무렇지 않게 엄마가 자살했다고 했다. 위로를 해줘야 하는지, 명복을 빌어야 하는지, 장례식에 관한 얘길 해야 하는지 아무것도 몰랐다. 정선이는 상관없다는 듯 자기 얘길 했다.

"엄마가 우울한 것도 몰랐어. 그냥 그날도 같은 분위기였던 것 같아. 아침에 출근하고 돌아왔지. 그리고 밖에 나간다고 한 뒤로 늦게까지 들어오지 않았어. 밖에서 그런 거야. 내가 보는 게 싫었던 건지."

"......"

"이상했어. 항상 일찍 나가서 늦게 들어오던 엄마인데 이렇게 슬플 수 있다는 게. 이제 들어오지 않는다는 게. 그다지 잘 지내지도 않았는데 세상이 그대로 끝나버린 것 같았어. 나는 어떻게 살아야 하는지 막막했어. 엄마가 없는 삶이라는 거, 생각해 본 적도 없는 거야."

정선이가 자신의 마음을 얘기하는 동안 나는 정선이의 말에 빠져들 수밖에 없었다. 내가 말한 적 없는 마음이 쏙쏙 골라져 정선이의 입으로 흘러나왔다. 그럼에도 자살이란 말에 놀란 마음이 들기도 했다. 자살이란 건 더 비참하고 꺼내기 어려운 일이라고 생각했으니까.

"......어머니는 왜 그러셨어?"

"그런 질문 이상해. 너도 아빠가 그렇게 갈 줄 몰랐잖아. 나도 몰라. 장례식에서도 사람들이 다 묻더라. 왜 자살했느냐고. 그런데 엄마가 자살이든 아니든 죽었다는 건 나도 알아. 돌아오지 않는다는 것도. 그리고 나는 엄마가 자살한 게 슬픈 게 아니라 죽었다는 게 슬픈 거야. 너도…… 그냥 슬픈 거잖아."

열여덟. 어린 나이였지만, 정선이의 그 말에 내 질문이 잘못되었다는 걸 알았다. 누군가 내게 와서 아빠가 왜 죽었는지 묻는다면 그건 중요한 것이 아니라고 똑같이 얘기했을 테니까. 그제야 정선이의 슬픔이 오롯이 이해됐다. 나와 같은 슬픔. 딱 그런 슬픔이었다.

정선이의 왼쪽 눈에 눈물이 맺혔다. 절대 무너지지 않는다는 듯 세찬 걸음으로 나아가면서도 눈가는 점점 젖어갔다. 정선이는 슬픈 표정도 짓지 않은 채 눈물을 닦았다. 그리고 단단한 목소리로 말했다.

"나는 지금도 슬퍼. 엄마가 보고 싶어. 밖에 나간다고 한 날 말려보는 상상도 했어. 그런데 그래도 엄마는 나갔을 거 같아. 아무리 내가 막아봐도. 그렇게 생각하면 한편으론 마음이 편해. 모두는 죽고, 어쩔 수 없는 일이니까. 언젠가 이 슬픔을 마주해야 하잖아. 나는 그게 좀 이를 뿐이었겠지."

"……."

"슬프지 않은 죽음은 없을 거야. 죽음은 우리도 피할 수 없고. 나는 그냥 엄마 대신 내가 슬퍼한다고 생각해. 내가 먼저 떠나면 이 슬픔을 엄마가 겪어야 했을 테니까."

지금의 내가 그때의 정선이를 마주한다면 너무나 슬픈 존재라고 느꼈을 것 같다. 어린 나이에 겪은 어머니의 상실과 죽음을 이해하기 위해 온 마음을 쏟아붓는 모습. 자살이라고 수근대는 말들 속에서 자신을 보호하기 위해 어떻게든 부여잡은 마음들. 그러나 그때의 나는 그런 정선이의 마음이 완전히 와닿지 않았다. 아빠가 떠났다는 것조차 받아들이기 힘들었으니까.

자살이든 아니든 정선이와 나의 마음은 닮아 있었다. 이후 심리부검을 하며 봐온 소중한 사람의 죽음에서 오는 마음은 누구나 비슷했다. 슬프기도 하고 화가 나기도 하고 자책하기도 하고 피하고 싶기도 하고. 그리고 그건 지훈 오빠도 마찬가지였을 것이다. 지훈 오빠도 나와 같이 아빠를 떠나보낸 한 명의 자식이고 아들이니까.

그때 정선이와 몇몇 대화를 나누고도 우리는 그다지 친해지지 않았다. 함께 하교를 하는 정도였고 고등학교를 졸업할 때 나와 오빠가 있는 사진을 찍어주는 정도였다. 정선이는 바로 취업을 했고 나는 대학교에 진학했다. 간간히 묻던 안부 인사는 삶이 달라지는 만큼 드물어졌다. 서른이 넘은 지금 나는 정선이가 어떻게 사는지 알지 못했지만, 최소한 그때 정선이의 말은 이해할 수 있었다. 죽음의 슬픔은 비교할 수 없고 피할 수도 없다는 것.

정선이와 나눴던 그런 얘기들. 적당히 멀어질 친구에게도 했던 얘기를 나는 지훈 오빠와 나눠본 적이 없었다. 오빠도, 어머니라는 그녀도 죽음을 맞이할 텐데. 만약 정선이라면 이때 어떻게 행동했을까. 아마 정선이는 특유의 잔인한 말투로 지훈 오빠와 비슷한 의미의 말을 했을 것 같다.

다 죽는 세상에서 다음은 없어. 언제 죽을 지 모르니까. 그러니 다시 생각해 봐. 함께해야 할 순간은 지금이야.

＊

―결국 같이 가기로 한 거예요?

상우 씨의 목소리에서 밝은 기운이 느껴졌다. 걱정하는 마음
을 숨기려다 보니 더욱 밝은 어조로 얘기하는 것 같았다. 나는
차분한 목소리로 말했다.

―내일 저녁에 센터 일 마치고 같이 추모원에 가기로 했어요.

―지안 씨가 연락하진 않았을 거 같고⋯⋯. 형님에게 넌지시
말했구나?

―상우 씨도⋯⋯.

눈치가 빠른 상우 씨는 센터에서 일어나는 일을 모조리 꿰고
있는 듯했다. 생각을 정리한 나는 출근한 지훈 오빠에게 넌지시
말했다. 며칠 뒤 아빠 기일에 그녀와 추모원에 가겠다고. "어머니
가 아직도 생각이 있다면⋯⋯"이라며 말을 흐렸지만, 지훈 오빠
는 당연하다는 듯 "그래"라고 답했다. 이후 얼마 지나지 않아 어
머니가 함께 가고 싶어 한다는 말을 전해주었다. 아버지의 기일
날 센터에서 만나 같이 출발하자면서.

―어머니랑 무슨 얘기 할 거예요?

―잘 모르겠어요.

―이건 어때요? 지안 씨가 유가족분들 뵙듯이 마음을 차근차
근 묻는 거요. 지안 씨 그런 일에 도사잖아.

―이건 일이 아니잖아요.

―지금껏 해온 일이 얼만데! 꼭 해봐요. 어쩌면 지금을 위해 지안 씨가 달려온 걸지도 모르잖아.

―노력은 해볼게요.

상우 씨는 억지로라도 내게 약속을 받아냈다. 의뢰인의 마음을 알아가듯 그녀의 마음도 한번 알아가 보라고. 내 얘기를 다 들은 뒤에는 상담값으로 자신의 얘기를 들어줘야 한다면서 여행 동안 일어난 일을 자랑스럽게 말했다. 말이 통하지 않아 몸으로 표현하는 게 꼭 함께 춤추는 모양 같았다는 말과 짐을 끌고 공항에서 열세 시간을 기다려야 했던 일. 끝내 닿은 도착지에서 숙소를 알아보다 소매치기를 당할 뻔한 일. 상우 씨의 얘기를 듣다 보면 세상은 참 사건 사고가 끊이지 않는 곳이라는 생각이 들 정도였다. 한 사람이 여행을 하면서도 저렇게 많은 일이 일어나는데, 우리의 삶에는 얼마나 많은 사건 사고가 가득할까. 그러면서도 상우 씨는 즐거운 듯 말했다.

―온갖 일을 겪어보니까 이제 뭐든 할 수 있을 것 같아요. 어느 나라에 떨어트려 놔도 살아남을 거 같아. 잘 살 수 있다는 마음이 그런 거 아니겠어요?

나는 그 말에 미소 지으며 상우 씨의 말을 되새겼다. 잘 산다는 것이 무엇인지. 힘든 일을 지나 무엇이든 할 수 있을 것 같은 마음. 나도 그들의 말처럼 잘 살아내고 싶었다.

*

차는 서울 근교를 향해 달렸다. 내 옆에는 오빠가, 뒤에는 그녀가 앉아 있었다. 날이 서늘해져서인지 차창 너머로 드문드문 붉게 올라온 단풍잎이 눈에 띄었다. 가을이 오고 있었다. 계절 하나가 지나가고 있었다.

차에서 흘러나오는 라디오 소리도 사람 목소리인지라 분위기를 환기시켜 주었다. 아무런 대화도 오가지 않았지만 끊임없이 사람 목소리가 들려와 무엇에라도 집중해 듣는 척이라도 할 수 있었다. 그녀도 마찬가지인 듯했다. 딱히 고개를 창밖으로 돌리지도 않은 채 앞을 쳐다보고 있었다. 그녀의 옆자리에는 아빠 대신 꽃 한 다발이 놓여 있었다.

서울 외곽으로 빠지는 길. 정체된 도로가 풀리면서 시원하게 도로를 달렸다. 진짜 아빠의 유골이 있는 추모관으로 가는 길은 익숙하지 않았다. 공중전화가 내게는 아빠의 추모관 같았으니까. 약속이 잡힌 후 이날까지 공중전화박스를 찾지 않은 것은, 지금을 살아내기 위한 노력이었다. 아빠에게 미안한 마음이 들었지만, 조만간 찾아간다고 속삭이며 마음을 다잡았다.

라디오에서 잔잔한 소식이 흘러나왔다. 음악을 신청한 이유부터 아이가 아파서 마음이 속상했던 일, 오늘도 라디오를 들으니 힘이 난다는 말 등 일상에서 일어나는 크고 작은 일이 모두 라디오에 담겨 있었다. 나중에 라디오에 오늘에 대해 써야 한다면 어떤 사연을 보낼지 상상도 했다. 처음으로 어머니와 함께 아빠의 추모관을 찾았다고 해야 하나. 아니, 가족이 모두 함께라고 해야 할까. 단어를 정하지는 못했다. 그녀가 가족 속에 있는 것은 어색한 일이었으니까.

한 시간 반을 달려 닿은 추모관의 주차장은 넓었다. 찾아오는 이들이 끊이지 않는다는 의미일 수도, 끊이지 않고 누군가 죽는다는 뜻일 수도 있었다. 주차까지 마치고 차에 시동을 끄자 지훈 오빠가 먼저 차 문을 열고 나갔다. 그녀는 천천히 차 문을 밀었다. 힘이 드는 듯 무릎을 짚고 두 다리로 몸을 지탱하기 위해 애쓰는 것 같았다.

지훈 오빠가 그런 그녀를 부축했다. 특별히 건강에 문제가 있는 것은 아니지만, 무릎이 좋지 않은 탓이라고 그녀가 혼잣말처럼 말했다. 나는 별다른 대답을 하지 않았다. 일어선 그녀의 등은 가슴 쪽으로 굽어 있었고 걸음에 힘이 빠지는 듯 신발 뒤축이 끌렸다. 이상해 보인다기보다 그 나이 특유의 걸음에 가까웠다. 나는 걷는 속도를 천천히 줄였다. 그녀보다 앞서 걸으면서도, 그녀와 너무 멀어지지 않게.

"아버지, 저희 왔어요."

아빠의 자리는 몸을 조금 낮춰야만 볼 수 있는 자리였다. 유골함 앞에는 지훈 오빠의 졸업식 사진이 있었다. 내 휴대전화 배경화면이기도 한 그 사진. 지훈 오빠는 들고 있던 꽃을 그녀에게 전했다. 그녀는 꽃을 받아 들고 천천히 아빠의 유골 앞에 서 묵

넘을 했다. 그리고 아빠 앞에 꽃을 가져다 놓으며 말했다.

"미안해요…… 미안해."

그 미안하다는 말이 아빠를 위한 말처럼 느껴지지 않았다. 뒤에 선 나와 지훈 오빠 모두에게 하는 말 같았다. 나는 그 장면이 낯설었다. 장례식에도 오지 않은 그녀가 아빠의 추모관 앞에 서 있는 모습이나 꽃을 전하는 모습, 모두 상상한 적 없는 모습이었으니까.

그녀는 왜인지 눈물을 흘렸다. 나와 지훈 오빠도 울지 않는데 미안하다는 말을 몇 번 반복한 뒤 눈물을 흘리며 곡을 하듯 울었다. 마치 장례식에서 터트리지 못한 슬픔을 전하려는 듯 애절했다. 그런 울음은 추모관보다 장례식장에 어울릴 테니 더 그렇게 보였다.

곡소리를 마친 그녀는 눈물을 닦아냈다. 언뜻 보이는 표정이 정말로 슬퍼 보여서 진심으로 슬퍼하는 건 아닐까 싶었다. 지훈 오빠가 그녀를 살며시 다독였다. 그녀도, 지훈 오빠도 자신이 무엇을 해야 하는지 다 아는 것 같았다. 나는 그녀를 똑같이 다독여야 할지, 오빠에게 무슨 말이라도 해야 할지 몰라 속으로 아빠에게 말을 걸었다.

'나 왔어. 아빠……'

서로 다른 생각을 하는지 말없는 시간이 이어졌다. 추모관 곳곳에서 슬픔의 소리가 작게 들려왔다. 우리가 아닌 다른 이들도 누군가의 죽음을 슬퍼하고 있었다. 슬픔을 위한 공간. 진정한 애도. 나는 의뢰인에게 해왔던 말을 스스로에게 물음처럼 던졌다.

'살아간다는 것은 무엇일까⋯⋯.'

큰 상실 이후의 삶은 애도다. 슬퍼하다 화를 내고, 화를 내다 무력해진다. 그것들은 하나의 방향성만을 띠지 않는다. 서로를 오가고 이내 받아들인다. 시간이 짧든 길든, 받아들여야 살아갈 수 있다. 죽은 이는 돌아오지 않는다는 걸. 이 슬픔을 안고 살아가야 한다는 걸. 그것이 애도고, 죽음 이후 남겨진 이들의 몫이다. 그리고 나도 다르지 않았다. 나도 그 모든 과정을 통해 알아야 했다. 아빠는 돌아오지 않는다는 걸.

아빠에게 전화를 걸었던 숱한 날들이 스쳤다. 언제라도 돌아올 거라는 헛된 희망. 떠나지 않았다고, 부여잡고 싶은 어린 마음. 내가 있어야 하는 곳은 지금 여기. 이 순간을 살아내려 슬퍼해야 했다. 내가 만나온 사람들처럼, 처절하게 울어야 했다. 눈물이 툭 터져 나왔다. 속에서 응어리가 뜨겁게 달아오르며 녹아내리는 눈물이었다.

아빠가 떠난 날처럼 울음이 그치지 않았다. 눈에서 흐르는 눈물이 뜨거워 얼굴이 달아오를 정도였다. 속에서 무언가를 밀어내듯 윽 소리가 나왔다. 눈물이 아니라 엉킨 덩어리를 밀어내는 느낌이었다.

"지안아⋯⋯."

지훈 오빠의 흔들리는 목소리가 들렸다. 오빠와 추모관을 찾은 적이 있지만, 한 번도 이렇게 울지 않았었다. 그때는 언제라도 공중전화를 통해 아빠의 목소리를 들을 수 있다고 생각했다. 그런데 이제 놓아야 한다. 떠나간 아버지를. 받아들일 수 없던 날들을. 앞으로 내가 들어야 하는 것은 아빠의 목소리가 아닌 함께하는 사람의 목소리였다. 그것이 아빠가 말한 마지막 바람이었다고 믿어야 했다. 그래야 잘 살아가고 있다고 스스로 믿을 수 있으니까. 아빠의 목소리는 다시 들을 수 없지만, 나는 이곳에서 아빠를 위해 슬퍼할 수 있다. 그렇기에 울고 또 울었다. 살아갈 힘을 얻을 수 있을 만큼.

"미안하다, 미안해……. 지안아, 엄마가 미안해, 정말……."

내가 눈물을 멈추지 않자 그녀가 날 껴안았다. 끌어안은 그녀는 나보다 키가 작았다. 넓지 않은 어깨에 피부는 거칠었지만 맞닿은 살에서 익숙한 살 내음이 느껴졌다. 나는 저려오는 팔에 힘을 주었다. 그리고 살며시 그녀를 안았다. 놓고 싶지 않았다. 내 마음속 어머니는 원망만이 아니었다. 그리움이 섞인 원망이었다. 그녀를 안아보고서야 내 안에 숨겨져 있던 마음이 모습을 드러냈다.

"얼마나 기다렸는지 아세요? 얼마나 보고 싶어 했는지……."

"엄마도 보고 싶었어. 늘 곁에 있고 싶었어."

"제가 그날도 얼마나 아빠를 기다렸는데……."

"엄마가 미안해. 너무 늦게 찾아와서."

그녀는 내가 말하는 모든 슬픔에 미안하다고 했다. 자식을 두고서 꾸린 새 가정에서 집 밖에 한번 제대로 나가지도 못하며 살

앉음에도. 여기저기 상처와 멍이 생겼던 세월이었음에도. 그렇게 견디고 견디다 그런 남편마저 죽었음에도. 겨우 찾아온 자식이 원망을 쏟아내도. 모든 삶을 다 겪고서도 그녀가 하는 말은 그저 미안하다는 얘기뿐이었다. 만약 어머니마저 세상을 떠났다면, 나는 그녀에게 미안하다고 했을까.

지금 이 순간, 나는 새로운 삶을 쌓아 올려야 했다.

*

센터는 멈추지 않았다. 같은 시간, 불이 켜지고 소중한 이를 떠나보낸 사람들이 오가며 마음을 풀어나갔다. 때로는 세상이 슬픔에 잠겼고, 때로는 심연의 끝을 보고 나아가기도 했다. 나는 오가는 그들 사이에서 기둥처럼 자리를 지켰다. 그간 내가 해오던 일과 달라지는 것은 없었다.

띠리리링, 띠리리링.

평소 무음이던 전화가 요란하게 울렸다. 받아야 하는 연락이 있어 무음을 해제했는데 다시 무음으로 바꾼다는 걸 깜박한 탓이었다. 요란하게 울리는 소리에 지훈 오빠도 고개를 빼고 내 쪽을 바라봤다. 상우 씨의 전화였다.

―여보세요?

소리가 울리자마자 전화를 받았다. 지훈 오빠는 눈짓으로 누구인지 물었다. 나는 소리 없이 입 모양으로 '상우 씨'라고 한 뒤

전화를 이었다.

　　—네, 상우 씨. 잘 지내요?

　　—아이, 그럼. 지금 거기는 몇 시예요?

　　—딱 점심시간에 맞춰 전화했네요. 이번에는 어디예요?

　　—힘들게 여행하느라 지쳐서 좀 쉬러 태국에 왔습니다.

　　—정말…… 여행 계획이 하나도 없네요.

　　아버지의 기일이 지나고 석 달. 계절은 한 해의 마지막을 향해 갔다. 그새 상우 씨는 몇 번이고 전화를 걸어왔고 나는 그날의 일과 내 마음을 모두 털어놓았다. 아버지의 기일날 어머니를 집까지 모셔다드린 후 돌아오던 길, 지훈 오빠가 나에게 물었던 것까지.

　　지훈 오빠의 질문은 간단했다. 내가 기억하는 엄마는 무엇이냐고. 나는 '엄마'라고 불렀던 때의 기억, 그러니까 가족이 모두 함께한 생의 첫 기억을 말했다. 가족이 다 같이 여행을 떠났던 때. 엄마가 햇빛에 얼굴이 붉어진 채 나와 오빠에게 선크림을 발라주었던 기억. 드문드문 환하게 웃었던 기억.

　　"엄마가 손을 놓지 않고 웃었던 게 기억나. 그 이후부터는 흐릿하지만, 그냥 그때 매일이 오늘 같으면 좋겠다고 생각했어. 그게 마지막이었지만."

　　내가 했던 말에 지훈 오빠는 희미한 미소를 지으며 대답했다.

　　"맞네. 그랬었네."

　　그 짧은 말에 나와 지훈 오빠가 기억하는 어머니가 같다는 걸 알았다. 오빠를 끌어안고 미안하다 말하며 떠나는 것은 내 기억에 없지만, 그런 행복한 날을 함께한 사람이 마지막에 그런 모습을 보이고 떠났다면 과연 미워만 할 수 있었을까. 의뢰인이 자살로 떠나간 이들의 마음을 알아가듯 나와 오빠, 그리고 어머니 사이엔 알아가야 할 것이 가득했다. 다른 것이 있다면 하나는 죽음이고 하나는 삶이라는 것 정도였다.

그날의 기억이 까마득한 과거처럼 느껴지는 지금, 상우 씨는 여전히 힘찬 목소리로 내 안부를 물었다. 소리가 어찌나 큰지 통화 내용이 지훈 오빠에게도 들리는 듯했다. 상우 씨는 여기저기 다녀보았으니 이제 한곳에 오래 있어보고 싶다며 월세 방을 구했다고 했다. 그래봤자 비자 문제로 두 달 정도 지낼 예정이지만, 한곳에 머무르는 것도 운치 있을 것 같다며 잔뜩 기대감을 드러냈다.

—이번 기회에 여기로 가족여행 오는 건 어때요? 숙소는 제공해 드릴게.

—갑자기 여행이요?

—눈 감고 딱 3일만 쉬어봐요. 지상낙원이 따로 없어.

—상우 씨는 매일이 지상낙원이에요?

내가 장난스럽게 묻자 상우 씨는 호쾌하게 웃었다. 상우 씨의 여행 이야기는 지상낙원보다 고생낙원같이 보일 때가 많았기에 던질 수 있는 농담이었다. 상우 씨는 맞장구를 치면서도 하고 싶은 말을 강조했다.

―진짜로 가족이랑 한번 놀러 와요. 이번만큼은 지상낙원이라 생각하시고.

　―생각해 볼게요.

　―꼭 생각하고 알려줘요. 지안 씨는 약속을 잘 지키니까, 이번 주 내로 확답한다고 알고 있을게. 약속입니다!

　―알겠어요.

　전화를 끊고 숨을 푹 내쉬었다. 상우 씨의 요란함을 생각하니 웃음이 살짝 새어 나왔다. 어쩐지 눈길이 느껴져 고개를 돌리자 지훈 오빠와 시선이 맞닿았다. 지훈 오빠는 급하게 시선을 옮겨 일하는 시늉을 했다. 전화 내용을 들었을까. 나는 생각에 잠겼다. 연말을 맞이해서 잠시 쉬는 것도 나쁘지 않은 일이라는 생각이 들었다.

　"상우 씨가 다 같이 여행 오라네."

　상우 씨가 던져놓은 고민을 툭 뱉었다. 꺼진 휴대전화의 버튼을 누르자 배경화면이 눈에 들어왔다. 지훈 오빠와 나, 그리고 아버지. 나는 휴대전화의 잠금화면을 바라봤다. 지훈 오빠는 전화 내용을 다 들었는지 아닌지 여행 이야기에 모른 척 대답했다.

　"그것도 좋지."

　나는 빤히 가족사진을 바라보다 "잠시만"이라 말하며 조용히 센터 밖으로 향했다. 자연스럽게 발걸음이 이어졌다. 삼거리 매점을 끼고 돌면 나오는 뒷골목. 한쪽에 위치한 낮은 동산과 길을 구분 짓는 회갈색 벽돌담. 그 틈을 파고들어 추운 겨울을 살아내는 풀들. 일방통행이라고 적힌, 간신히 차 하나만 다닐 수 있는 좁은 오르막. 인적 드문 공중전화박스. 동전 몇 개를 넣고 문자에 남겨진 번호로 전화를 걸었다.

　　—여보세요?

　　—엄마.

나는 낯선 단어를 나지막하게 읊었다.

작가의 말

긴 이야기가 끝난 지금, 반드시 이 글을 읽을 필요는 없다고 생각한다. 작은 문장 하나라도 마음에 남았다면 충분하니까. 그럼에도 글을 쓴다. 또 다른 이야기일 수도 있고, 이어지는 이야기일 수도 있다.

『마지막 마음이 들리는 공중전화』를 기획한 것은 꽤 오래되었다. 폐쇄병동에 있을 당시, 나는 죽음에 파묻혀 있었다. 정신적으로 긴 투병을 거치며 지친 상태이기도 했다. 그러다 『에드윈 슈나이드먼 박사의 심리부검 인터뷰』라는 책을 통해 처음으로 심리부검이라는 걸 알게 되었고, 이후 그와 관련된 정보를 모으기 시작했다. 그때 기획한 소설이 『마지막 마음이 들리는 공중전화』였다.

첫 장편소설이어서일까. 우여곡절이 많았다. 단편소설을 발전시켜 장편으로 고쳐 썼고 그 후에도 세 번 정도 개고 작업을 거쳤다. 완전히 다시 써야 했던 때도, 이야기를 지우거나 추가해야 하는 때도 있었다. 2년이 넘는 시간 동안 원고를 준비하며 나는 다시 『에드윈 슈나이드먼 박사의 심리부검 인터뷰』를 읽었다. 그리고 그 책 맨 앞 장에 쓰인, 언젠가 내가 써둔 유서를 보았다.

나는 그곳에 내 유서가 있다는 걸 까마득히 잊어버렸었다. 유서에는 내가 떠나면 책을 위로 삼아 남은 이들이 살아갔으면 좋겠다는 말이 담겨 있었다. 그걸 본 순간, 나는 내가 왜 이 소설을 쓰고 있는지 다시금 깨달았다. 언젠가 떠나갈 누군가와 남겨질 누군가. 그들의 마음을 모두 담고 싶었다. 조금이라도 슬픔을 덜고 싶었다. 그건 이 소설뿐만 아니라 내가 글을 쓰는 궁극적인 이유이기도 했다.

긴 집필을 마친 지금, 나는 떠나가는 이의 마음에서 남겨진 이의 마음이 되었다. 그들이 어떤 슬픔을 품을지 감히 가늠해 보며 아픔을 꾹꾹 눌러 담았다. 아직 투병을 이어가고 있지만, 때로는 포기하고 싶지만, 그럴 때마다 나는 작품 안으로 들어간다. 그리고 다시 묻는다. 살아갈 용기란 무엇인지.

몇 번이고 원고를 봐주고 도와준 권정은 PD님께,

이 책이 나올 수 있게 해준 클레이하우스에,

나를 지탱해 준 수많은 사람에게 감사함을 전한다.

2024년 1월

이수연

마지막 마음이 들리는 공중전화

초판 1쇄 발행 2024년 1월 12일
초판 9쇄 발행 2025년 1월 6일

지은이 이수연

편집 윤성훈
교정교열 김정현
디자인 studio forb
일러스트 NOMA
마케팅 한민지, 신동익
제작 (주)공간코퍼레이션

펴낸이 윤성훈 **펴낸곳** 클레이하우스(주)
출판등록 2021년 2월 2일 제2021-000015호
주소 경기도 파주시 회동길 363-21 2층
전화 070-4285-4925 **팩스** 070-7966-4925 **이메일** clayhouse@clayhouse.kr

ISBN 979-11-93235-11-9 (03810)

· 책값은 뒤표지에 있습니다.
· 파본은 구입하신 서점에서 교환해드립니다.
· 이 책은 저작권법에 의하여 보호를 받는 저작물이므로 무단 전재와 복제를 금하며,
  이 책 내용의 전부 또는 일부를 이용하시려면 반드시 저작권자와 출판사의 서면 동의를 받아야 합니다.

클레이하우스(주)가 더 나은 책을 펴낼 수 있도록 의견을 남겨주시거나 오타를 신고해주세요.
QR코드에 접속해 독자 설문에 참여해주신 분께 추첨을 통해 선물을 드리겠습니다.